U0024595

風月傳說

卷·5

重甲雄風

無極——著

風月傳說 卷5 重甲雄風（原名：風月帝國）

作者：無極
發行人：陳曉林
出版所：風雲時代出版股份有限公司
地址：105台北市民生東路五段178號7樓之3
風雲書網：http://www.eastbooks.com.tw
官方部落格：http://eastbooks.pixnet.net/blog
Facebook：http://www.facebook.com/h7560949
信箱：h7560949@ms15.hinet.net
郵撥帳號：12043291
服務專線：(02)27560949
傳真專線：(02)27653799
執行主編：朱墨菲
美術編輯：許惠芳

法律顧問：永然法律事務所 李永然律師
北辰著作權事務所 蕭雄淋律師

版權授權：蔡雷平
初版日期：2014年2月
初版二刷：2014年2月20日
ISBN：978-986-5803-54-4

總 經 銷：成信文化事業股份有限公司
地　　址：新北市新店區中正路四維巷二弄2號4樓
電　　話：(02)2219-2080

行政院新聞局局版台業字第3595號 營利事業統一編號22759935

定價：280元　特價：199元

國家圖書館出版品預行編目資料

風月傳說／無極著. -- 初版-- 臺北市：風雲時代，
2013.07 -- 冊；公分

ISBN 978-986-5803-54-4（第5冊；平裝）

857.7　　102020708

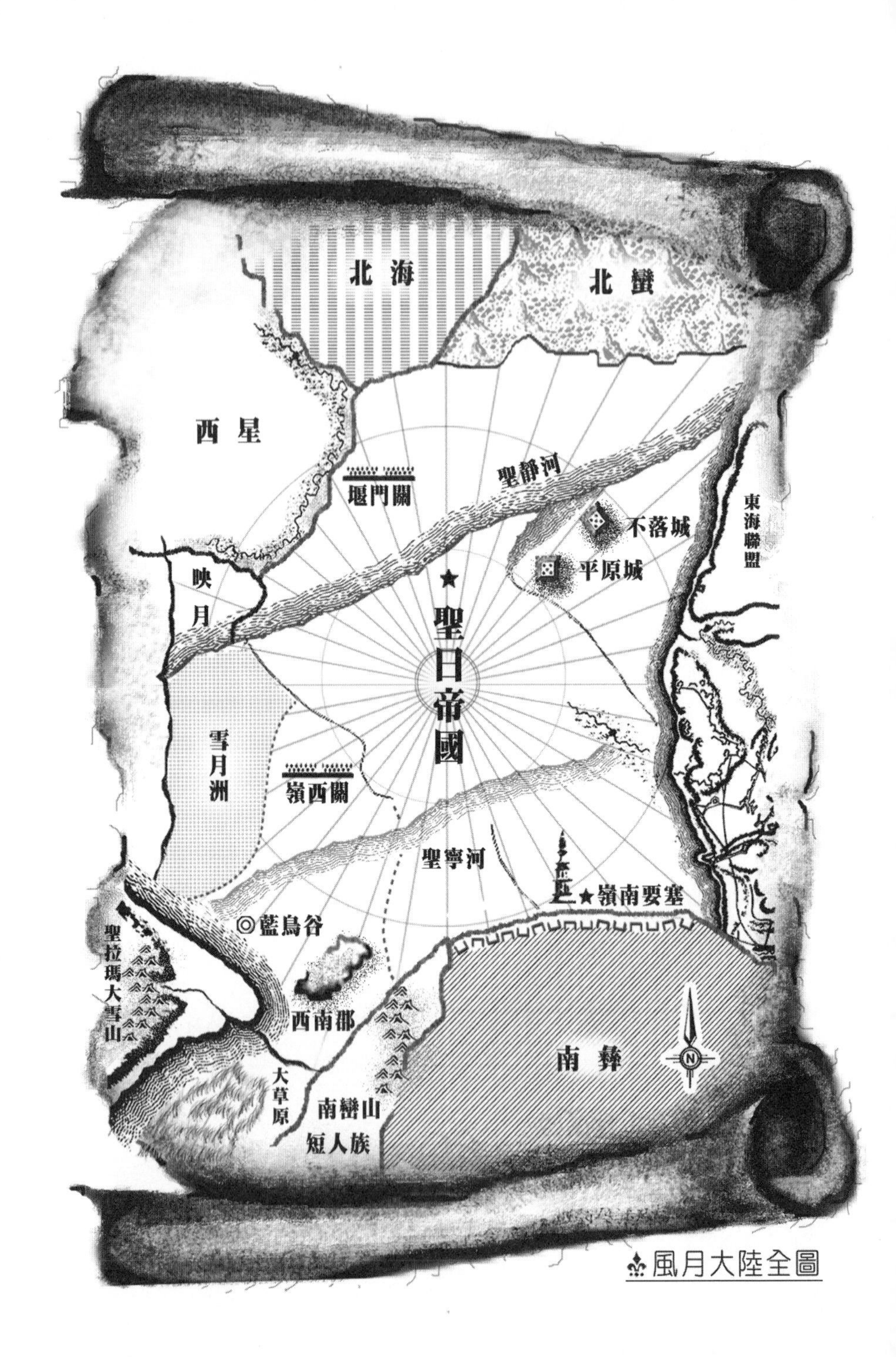
北海
北蠻
西星
堰門關
聖靜河
不落城
平原城
東海聯盟
映月
聖日帝國
雪月洲
嶺西關
聖寧河
嶺南要塞
藍鳥谷
聖拉瑪大雪山
西南郡
南彝
大草原
南蠻山
短人族
N
風月大陸全圖

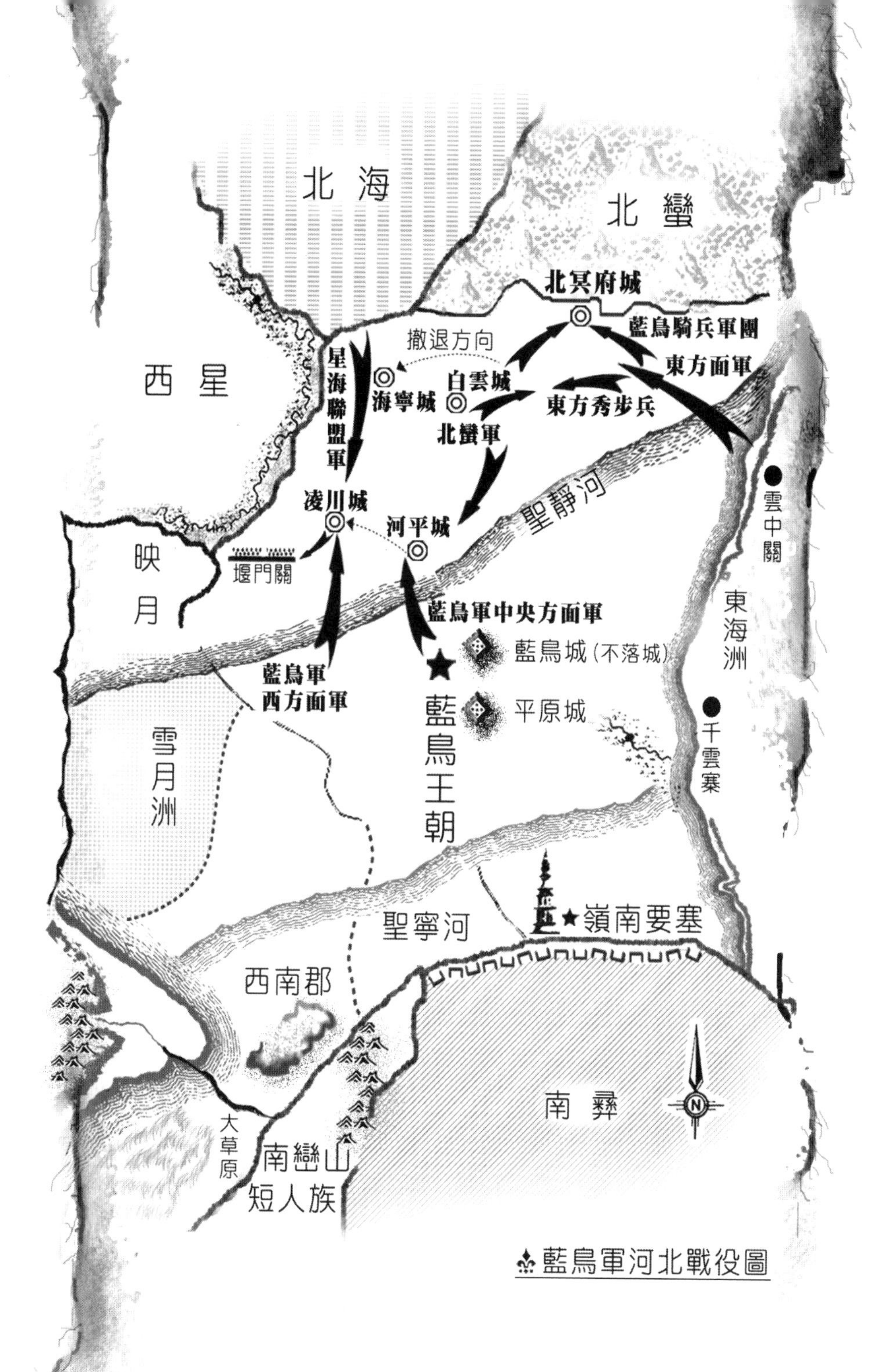

北海
北蠻
北冥府城
藍鳥騎兵軍團
撤退方向
東方面軍
西星
星海聯盟軍
海寧城
白雲城
東方秀步兵
北蠻軍
凌川城
河平城
聖靜河
雲中關
映月
堰門關
藍鳥軍中央方面軍
東海洲
藍鳥城(不落城)
藍鳥軍
西方面軍
平原城
千雲寨
雪月洲
藍鳥王朝
嶺南要塞
聖寧河
西南郡
南彝
大草原
南巒山
短人族
藍鳥軍河北戰役圖

第一章　偃旗息鼓

前排的士兵倒下，後排的立即就跨過戰友的屍體，繼續向前邁進，在每一個士兵的眼裏，有的只是對戰爭的狂熱，對廝殺的渴望，對勝利、榮譽的追求。

越和率領神武營來得很快，一接到豪格的消息，他沒有耽誤一點時間，敵人有四個軍團，其中一個整重步兵軍團，對於豪格來說，壓力極大，如果靠豪格能擊潰敵人，那是絕對不可能的，越和明白此點，更明白重步兵攻擊的可怕，豪格能夠堅持到他趕到就不錯了，所以越和沒有要求神武營的人組成隊形，只有一句話：「北線，出發！」然後立即展開輕功身法，儘快趕過來。

越和看了眼前的形勢，見弩車和投石車陣地距離敵人越來越近，忙傳令邊打邊撤，保持後撤攻擊，拉開距離，然後再攻擊。神武營的人逐漸趕過來，在戰壕裏組成了防線，頑強地阻擊敵人，使敵軍每前進一步都要付出更大的代價。

神武營一萬五千人個個是好手，弓箭嫻熟，箭法極準，且力量強大，射擊的速度極快，在他們的配合下，五千名中弩手漸漸地發揮出了潛力，加快了速度，敵人成批地倒下，但仍然不見減少，終於到達陣地前面。

這時候，投石車、弩車又發揮出其巨大的威力，給予敵人重大的殺傷，使敵人進攻的速度減慢了點，在經過三輪打擊後，越和見敵人已經近了，與豪格略一商量，立即就命令部隊後撤，在神武營布下的掩護網下，迅速撤至第二道防線，重新部署，很快就開始了反擊。

神武營的人利用快速的身法躍進第二道戰壕內，頑強地阻擊敵人，殺了再撤，阻擊一陣又撤，很快，三道戰壕就被敵人突破了，第四道防線已經面對著敵人，已經沒有退路了。

經過三道戰壕的爭奪，西星人馬損失將近一半，但他們一點也沒有停止腳步的意思，而豪格部也損失三分之一多點的人手，弩車、投石車損壞了近半，雙方人都殺紅了眼。

藍鳥騎兵第十五軍團終於趕了上來，加入了搏殺，在寬十餘里的地面上，敵我雙方密集的人把戰場占得很滿，騎兵幾乎沒有什麼運動的空間，儘管騎兵軍團長法華爾作戰經驗豐富，指揮得當，但地形上的限制使騎兵發揮不出應有的機動性，肉搏是唯一的選擇。

天已經漸漸地黑了下來，激戰了一天，雙方士兵都沒有吃一口飯，但是，在戰場上仍然進行著殊死搏鬥，藍鳥軍最後一道防線終於被敵人突破，短兵相接，你死我活。

越和已經不知道自己斬殺了多少敵人，年紀的差異使他感到了手中的劍有些沉重，但他沒有後退一步，作爲聖瑪民族的一代宗師，越和有這個覺悟。

豪格身上已經有了近十道大小傷口，手中的大刀已經揮舞了無數次，但是，作爲一方的主將，豪格知道自己的責任，他沒有後退一步，帶領士兵進行著拼殺，就是死，也要死在戰場上，絕對不能爲藍鳥軍丟臉。

敵我雙方的動作都慢了下來，星慧儘管用盡了全力，向前推進了二十里，幾乎已經達到了堰門關下，但是他最後一絲力量也終於用盡了，而藍鳥軍豪格、越和、法華爾部也用盡了自己的全力，把最後一絲力量都用在了反擊上，弩車、投石車早已經被敵人破壞，車手早就加入了肉搏戰，也許一個都沒有活下來。

文嘉元帥儘管知道北線的戰鬥很艱苦，但他仍然沒有派出一兵一卒，作爲防守堰門關的主帥，他知道自己肩上的擔子有多重，一旦抽掉兵力，堰門關被星沙兵團突破，整個河北就將承受敵人三面夾擊的危險，但是，只要他仍然站在堰門關上，敵人就不可能形成夾擊，大局就是穩定的。

文嘉時刻注意北線的戰鬥情況，他相信越和，相信豪格和法華爾，更相信年輕的主帥商秀有能力扭轉被動的局面，只要敵人還沒有上關，他就要站在關上，他的任務就是對付關外的星沙兵團。

在星慧幾乎到達堰門關下的時刻，文嘉也沒有出手，儘管海東先生幾次想出去支援越和，但都被文嘉所阻擋，在文嘉元帥的心中，這時候比什麼時候都平靜，這就是一個名將的風度，一個名將的穩重作風。

主帥商秀這時候臉上青筋暴起，幾乎欲裂，從他得知北線的第一個報告時起，他就深深地自責，聖王已經指出了北線上的弱點，但自己還是沒有很好地加強，如今自己手上僅有的預備隊就是第一軍團的長槍營，但大戰才開始一天，這時候就把僅有的預備隊投入進去，一旦發生意外情況，後果簡直不堪設想，他派出一批又一批的藍爪，把北線的消息一個又一個地準確地掌握在手中，計算著敵我雙方的力量，儘管北線步步後撤，但他仍然沒有派出長槍營，只是命令組織起民團預備隊，開始向北線靠近。

目前，在商秀的前方，帕爾沙特也是殺紅了眼，大軍沒有後撤一步，緊緊咬住第一軍團重步兵營和騎兵軍團，西星僅有的一個騎兵軍團也在星碧的率領下出擊了，雙方騎兵交戰在一起，形勢對商秀也是很不利，第二道防線也已經放棄，全力防守第三道防線。

而南路的星智、北部的北海明部也向前推進了有十里，大軍緊緊咬住凱武和文謹不放，血戰仍然在繼續，天黑並沒有對雙方造成什麼重大的影響，改變什麼。

但是，這時藍鳥軍民團的力量就漸漸地顯露了出來，在整個地區，民團緊急組織起來，配備武器，準備戰鬥，而其餘的人把乾糧運送到戰線，希望將士們能吃上幾口，恢復些體力，天黑是最好的隱蔽場所，雖然仍在作戰，但激烈的程度大大減弱，雙方都盡可能地休息，恢復體力，積累力量，民團在這時接替部分軍隊，漸漸滲透進戰場中。而在北線，十餘萬民團幾乎接替了整個戰線，在豪格、越和和法華爾的組織下，終於抵抗住星慧最後一次衝擊，穩定了下來。

整個夜晚，雙方都沒有再發生大規模的戰鬥，只有局部零星的戰鬥在進行，但是，無論是藍鳥軍還是西星軍隊，這一個晚上都不平靜，帕爾沙特和商秀都沒有睡覺，思考著天亮後的戰鬥，算計著自己手中的力量，而對於藍鳥軍來說，這一個夜晚是十分寶貴的，民團進行了整編，臨陣磨槍，進行了組織訓練。

夜晚的燈火格外明亮，松把、燈火把戰場照亮得如白晝，士兵們抓緊時間休息，躺在地上入睡。

東方漸漸地發白，幾百米的距離看得真切，屍體遍地，各種各樣的姿態都有，戰馬、戰車的殘骸隨處可見，刀槍零亂地躺在地上，走上幾步就可以撿起幾把，而血已經凝固。

帕爾沙特已經下定了決心，在昨天的戰鬥中，他幾乎損失近半人馬，事情到這一步，想不繼續下去也不行，天亮後，他親自督戰，把手中的部隊全部拉了出來，準備一舉拿下中路地區。

就在晚間，他接到了星慧的確切消息，一切進展順利，接近堰門關，只要他有效牽制敵人，使敵人不能增援，勝利的天平就倒向了他，曙光已現。

而商秀也不好過，昨天的損失將近半數，他手中能用的完整軍團只有長槍營了，雖然民團還有幾十萬人，但是，想靠他們抵抗住帕爾沙特前進的腳步，他沒有把握，他把一切可以動用的力量都集中在手中，準備與帕爾沙特決一雌雄。

太陽剛剛露出半張笑臉，鮮豔的霞光照耀大地，把聖靜河兩岸染映得十分的美麗，而在這一地區的人們，沒有一個人注意到今天的陽光特別的溫暖、燦爛，有的只是麻木。

雙方大軍在第三道戰壕前開始對峙，距離堰關城與臨河防護城只有五里遠，空氣中充滿了濃重的血腥氣味。

嘹亮的歌聲從聖靜河邊悄悄地響起，瞬間向四周圍擴散，聲浪漸漸加大，緩緩地匯成一股洪流，歌聲的洪流、海洋。

「我是一隻小小的藍鳥，我要展翅飛翔，我是一隻驕傲的藍鳥，我要勇敢地戰鬥；

讓奮飛的翅膀更加美麗，讓鮮血染紅那飛揚的戰旗，前進，驕傲的藍鳥……」

「聖王，是聖王來了，聖王來了！」

歡呼聲刹時變成了歌聲，使整個堰門關、堰關城、臨河防護城、戰壕內外都被歌聲所淹沒，無數的士兵、民團、百姓高舉起戰刀、大槍、戰斧、弓箭，他們的鬥志刹那間被歌聲所激起，無數的傷兵站了起來，他們熱淚盈眶，跟隨著歌聲唱下去。

「軍師，是軍師，軍師也來了！」

眼尖的士兵悄悄地摸了把淚水，然後賣力地歌唱著。商秀也是雙眼含淚，滿眼的期盼。

從臨河防護城的後部，湧現出無數的士兵，他們隊形整齊，戰旗飛揚，人人的臉上都露出微笑，嘴裏用歌聲鼓舞著戰友，激勵著全軍的將士。

當先，一桿大旗高高飄揚，斗大的藍鳥圖案與別處不同，儒雅地展開翅膀。在大旗的下面，左右兩面護軍旗，當中一桿稍高的旗幟上繡著「豪溫」兩個大字，旗下，軍師雅星身穿白色儒服，騎著一匹白色戰馬，領先走來。

大軍迅速通過百姓、民團，來到第三道戰壕前，商秀帶領著身邊的將領，當先跪了下去，他雙眼落淚，聲音哽噎地說道：「北方面軍主將商秀拜見軍師大人！」

雅星翻身下馬，伸雙手扶起商秀道：「將軍辛苦了！」

然後，他揮手對將士們說：「兄弟們辛苦了！」

「軍師辛苦！」

雅星再次擺了下手，然後，他邁步來到軍前，對著五百米外的帕爾沙特帥旗方向說道：「帕爾沙特殿下，一向可好？」

帕爾沙特在藍鳥軍戰歌響起的時候，臉上就開始變色，他舉目光向前望去，就見從南方出現了幾十萬人馬，後部仍然在源源不斷地湧出，當士兵們爆發出「聖王」的歡呼聲時，他就感到心一陣陣發抖，然後，又是疑惑。雪無痕遠在錦陽城，什麼時候回軍河北地區了，但是，當他看見是軍師雅星的旗幟時，才把懸掛的心放下一點。

這時，帕爾沙特聽見雅星的叫聲，忙催馬來到軍前，兩人遠隔第三道戰壕，互相地凝望。

雅星有近八年沒有見過帕爾沙特，就是父親戰死時，他也沒有回京城不落城，是後來他回到望南城時才知道消息，聖王天雷把父親凱旋的後事辦理得極其風光，使他感激不盡，同時，他對帕爾沙特歸還父親的遺體也深表感謝，雖然是帕爾沙特使父親戰死，身負家仇國恨，但那是戰爭，他與帕爾沙特沒有絲毫的私人恩怨，相反的還深深地佩服。

帕爾沙特對雅星也是敬佩已久，互相聞名，對凱旋戰死他深表遺憾，但那是戰爭，各爲其主，如今兩人在戰場上見面，國仇家恨、恩恩怨怨一時間湧上兩人心頭，兩人互相凝視，默默無語，整個戰場上一時間一片寂靜。

良久，還是雅星首先開口：「雅星多謝帕爾沙特殿下大恩，我將永生難忘！」說完深施一禮。

「雅星客氣了，帕爾沙特對令尊深明大義，爲國盡忠的胸懷，感佩而已，談不上恩情，如今我們兩國交戰，爭霸中原，帕爾沙特不會手下留情！」

雅星仰天長笑：「多謝殿下對家父的讚賞，雅星深以有這樣的父親爲榮，時刻以父親爲榜樣。正如殿下所說，中原爭霸，勝負未定，雅星時刻不忘父親大人的教誨，對殿下必有以報！」

帕爾沙特明白雅星的意思，兩人之間，國仇家恨無法化解，或帕爾沙特佔領中原，稱霸大陸，或雅星協助聖王掃平四海，滅了西星，雅星的報答，是以西星帝國的滅亡爲代價，心中的仇恨，極其的深重。

但帕爾沙特也不怕，雅星雖然爲藍鳥王朝的第二號人物，才華橫溢，但要想滅了西星，談何容易，就憑自己的才華，絕對不在雅星之下，況且西星如今雖不敢說是大陸第一強國，但也決不比藍鳥王朝遜色，雅星想報國仇家恨，爲時尚早。

當下，帕爾沙特笑道：「好，雅星兄豪氣凌雲，帕爾沙特佩服，早等待著與雅星兄弟一戰，但一直沒有時機。中原逐鹿，雅星兄運籌帷幄，決勝千里，帕爾沙特雖敗一陣，但我會使形勢好起來，定與雪無痕和雅星兄決一勝負！」

雅星對帕爾沙特的豪爽直言深表欽佩，這就是他的過人之處，勝不驕敗不餒，一是一，二是二，大家風範一覽無遺。

「帕爾沙特殿下果然不凡，但如今藍鳥軍佔據堰門，切斷殿下的後軍，一時間殿下想扭轉局面還不大可能，堰門一戰，我看殿下損兵折將，不如暫時休整，他日再戰如何？」

帕爾沙特爲難地沉吟了一下，然後說道：「好，既然雅星兄如此提議，帕爾沙特遵命就是，他日交戰，我們一決勝負！」

雅星微微一笑：「殿下也許心有未甘，但是經過昨天一戰，西星軍隊傷亡至少在五十萬左右，北線偷襲已被我軍擊潰，如今只剩餘五萬人左右，對大局沒有什麼影響了，正面作戰，雅星不敢說定勝殿下，但是，憑我手中的部隊擊退殿下當是必然，再廝殺下去徒增傷亡，暫時收兵才是上策，對你們雙方都有好處！」

「好，雅星果然就是雅星，說得明白，看得透徹，帕爾沙特無話可說，今日你我雙方兩敗俱傷，都需要休息，來日再戰，帕爾沙特定傾盡全力！」

「很好，雅星深有同感！」

「告辭！」帕爾沙特雙手一抱，施了一禮。

「保重！」雅星躬身相送。

雙方百萬大軍在主帥的言語交鋒中偃旗息鼓，退回本部，但帕爾沙特仍然佔據著第一、二道防線，雙方以第三防線爲界點，開始了對峙。

帕爾沙特回到後軍本部，所有的將領都聚集在他身邊，有人忍不住問：「殿下，我們付出了如此大的代價，就這樣收兵了，我心不甘！」

帕爾沙特安慰地說：「雅星不比商秀，他智謀深遠，手段高名，如今率領幾十萬人馬支援而來，我們已經沒有勝利的希望，他就是看重了這一點才好言息兵，正如他所說對我們雙方都有好處，如果硬戰，我們必是兩敗俱傷的結局，對全局極爲不利，現在還沒有到決戰的時候，雖然我們付出了代價，但如繼續下去，我們手中就沒有力量了，還談什麼中原爭霸！」

「雅星尖舌如刀，句句擊中要害，果然是個人物，不過，殿下以後想拿下堰門關就更難了！」星智說道。

帕爾沙特點頭，沒有言語，但內心的痛，卻絞割著他的心，功虧一簣，損兵折將，幾乎元氣大傷，以後的路將更加漫長。

北海明沒有再說什麼，他是高明的統帥，知道事可爲與不可爲，如今藍鳥軍得到軍師雅星的加強，想戰勝是困難重重，以後戰局將更加的難。

午後，星慧帶著四萬餘人退回大營，帕爾沙特親自出營迎接，星慧老淚縱橫，哭拜於地。

帕爾沙特也是滿腹辛酸，但他強打笑臉，拉著星慧進入大營，從此後，帕爾沙特安心休整，準備再戰。

藍鳥軍軍師雅星見帕爾沙特退軍回營，也率領大軍回歸中部的大營內。商秀一路上心中納悶，軍師從什麼地方帶來這麼多的部隊呢，但是他沒有問，帶領雅星回到帥帳內。

原來，軍師雅星在赤河城內時刻注意著河北的戰局，額部把所有戰事的進展情況隨時向他彙報，在六日下午，他就感到局勢對商秀不利，而直接的威脅是北線之敵，但他經過反覆的計算，感到雙方都已經耗盡了力量，如果自己再不想辦法，戰局就有可能出現異常，一旦帕爾沙特醒悟，往北線注入力量，堰門關就將面臨危險。

帕爾沙特手中畢竟比商秀兵多些，東西加在一起，大軍達一百四十萬人，而商秀僅有八十萬人馬，要分成三個方向防禦，只在正面，帕爾沙特就集中七十萬兵力，商秀已經盡了全力了，一天的激戰，商秀手中不會再有什麼預備隊了。

想到此，雅星當機立斷，命令在聖靜河南岸的所有城衛軍、水軍、能用的民團立即渡河，在北岸集結待命，然後，他把大量的軍裝、武器裝備運過河去，讓額部組織人整編、換裝等，忙了幾乎一夜，在黎明時分，雅星渡過聖靜河，開始向北前進。

藍鳥王朝這時候顯示出了民眾的力量，知道消息的青壯年紛紛加入到雅星組織的軍隊中，拿起了武器，傾盡了全力支援河北的軍隊，物資更是堆滿了聖靜河兩岸。

雅星上岸後，傳令高挑戰旗，軍隊排好隊形，高唱藍鳥軍歌，一路激昂地向前開去，果然激起了全軍的士氣，一路上歌聲不斷，在河北的民團紛紛加入到雅星的隊伍中，聲勢浩大，場面壯觀，帕爾沙特就是怎麼想，也不會想到雅星來上這一手，當時就士氣低落，萌生退意，雅星審時度勢，以語言攻擊，迫使帕爾沙特收兵。

其中的危險性極高，但雅星也想到了，就是危險，帕爾沙特也將付出慘重代價，真正消耗了其實力，從此一蹶不振，爲聖王天雷去掉一大敵，但這代價是高昂的。

帕爾沙特不敢冒雅星這樣的險，在這場賭注中他敗了，他不敢用自己的稱霸夢想做賭博，雅星敢，是因爲河北地區還不是藍鳥軍的主力，聖王手中還有藍翎，還有藍羽，還有青年兵團、平原兵團、凌原兵團、新月兵團，有藍衣眾、藍鳥騎士團，犧牲第一軍團等代價，藍鳥軍付得起，但帕爾沙特不行。

聖靜河北堰門關第二次戰役在軍師雅星的出場後落下帷幕，這次戰役，以西星爲首的聯軍以傷亡四十餘萬人的代價向前推進了十里，沒有完成預定的戰略意圖，而藍鳥軍也傷亡二十六萬餘人，丟失兩道防線，但是，藍鳥軍頂住了西星聯軍的進攻，從整個戰略上完成了任務，爲保證聖寧河戰役的勝利完成贏得了時間，同時，他極大地消耗了以西星爲首的聯軍有生力量，使其短時間內不能夠恢復，同時也緊緊地勒住了帕爾沙特的脖子，使其動彈不得。

聖王天雷接到軍師雅星的傳書，得知聖靜河北堰門關第二次戰役勝利結束，心頭大喜，他反覆研究了整個戰役的經過及損失報告，認爲帕爾沙特暫時無法對河南地區造成威脅，放下了一塊心病，他在高興之餘，也爲威爾、豪格等人的勇氣所感動，傳令：「嘉獎第一軍團重步兵營爲近衛重步兵營，威爾進升子爵位；豪格、法華爾進升子爵位！」同時對商秀、文謹、文嘉、凱武、越和、海東給予嘉獎，命令軍師雅星對有功人員給予褒獎，死亡者加倍撫恤。

聖靜河北堰門關戰役，極大地震動了各國，藍鳥軍威名大振，商秀的威望在各國中直線上升，而文謹、文嘉、凱武等老一輩名將的英名不墜，在各國的心中重新估量藍鳥軍的實力，而藍鳥第一軍團更是聲威顯赫，藍鳥王朝僅僅以第一軍團及預備隊就頂住西星、北海、映月聯軍一百四十萬大軍的進攻，並使其遭到重創，是軍隊戰略歷史上的一大奇蹟。

西星進攻堰門關地區遭到失敗，震動了國內，使帕爾沙特無敵的形象大受挫折，直線下降，而雪無痕藍鳥軍的英勇善戰一時間壓在了人民的心頭。國主星晨爲了平息堰門關的失利而引起的動盪，忍痛下令將星雲斬首，以正軍法，從而兌現了帕爾沙特許出的諾言。

國主星晨、丞相星魂這時候也感到了藍鳥王朝的強大，而帕爾沙特所說的話，再次在他們耳邊迴響：「雪無痕是我們最大的敵人，只要消滅了他，中原就是我們的，在沒有消滅雪無痕之前，一切要以消滅藍鳥軍爲第一要務，北海等問題都是枝節問題，不足爲患！」

丞相星魂再次被帕爾沙特用事實證明了其高瞻遠矚，從此後，與國主全力幫助帕爾沙特，恢復國力，整備軍馬，在爭霸中原的大方向上，又一次達成了統一，帕爾沙特雖然兵敗，但也統一了國內意見，未嘗不是因禍得福，壞事變好事。

半個月後，東海聯盟和南彝接到北方聯盟沒有收復堰門關的消息，並且損兵折將，帕爾沙特與雅星陣前舌戰，互不相讓，最後，百餘萬大軍收兵回營，落下堰門關戰役的帷幕。

東海聯盟主席東方闊海聞聽心潮翻滾，漁于飛雲、長空飛躍等心頭不是滋味，對於藍鳥軍和北方聯軍的大戰，東海聯盟暗喜，無論是雙方那一方獲得勝利，對於他們來說都是好事情，最少他們也是兩敗俱傷，東海聯盟坐享好處，但是，他們沒有想到的是，雪無痕只用了藍鳥第一軍團和預備隊就抗擊住了帕爾沙特一百四十萬大軍，藍鳥軍的實力，再一次提升到了無敵的位置上來。

最感到難看的是少輩的東海六公子，他們與雪無痕相比，固然是差了一籌，但是如今像溫嘉、商秀這樣的後起之秀的聲名都有蓋過他們的趨勢，使他們備感難受。

就在幾年前，聖拉瑪大陸上年輕一代的排名是明月公主、帕爾沙特王子、東海六公子、百花公主、雪無痕幾個人，是大陸上未來的名將，可是，幾年之間，雪無痕地位直線上升，帶動了維戈、雷格等人的地位，明月公主隱世不出，百花公主毫無作爲，東海六公子再次敗在雪無痕的手下，帕爾沙特一而再，再而三地受挫折，戰場上接連不斷失利，而藍鳥軍的將領逐漸展示出了才華，細心的人仔細觀察雪無痕的手下，藍鳥谷出身的人逐漸成爲藍鳥王朝的中流砥柱，聖王天雷刻意培養藍鳥谷的勢力，從各個方面無不說明藍鳥谷實力的雄厚，聖拉瑪大陸兩大神仙之一的聖僧培養出的下一代，大有主宰大陸未來走向的勢頭，而天王印千百年來神秘的傳說，正漸漸地被演變成事實，聖王天雷身上的光環，更加的明亮，更加的輝煌、燦爛，更加的神秘。

堰門關第二次戰役的勝利，受震動最大的是南彝軍隊，藍鳥軍兩線作戰，嚴格地說是三線作戰、多線作戰，都抵抗住了各國的攻勢，目前雖然都轉入了戰略防禦，全軍休整，但並沒有露出失敗的跡象。聖王天雷多處樹敵，全線開戰，目的極其的明顯，收復中原，勢在必行。

藍鳥軍第一軍團勝利的威懾力是巨大的，對於南彝南北兩線主帥來說是災難性的，雪無痕也許是在等待了第一軍團的勝利才沒有對南彝動手，可是，如今商秀終於完成了聖王的重託，爲藍鳥軍贏得了時間，接下來的事情，必然是解決南平原的問題，而聖寧河必然是第一個要解決的對象。

彝雲龍、彝雲松兄弟苦思苦想對策，一籌莫展，軍事行動只會徒增傷亡，沒有一絲的希望，只藍翎就抵抗住了南北兩面的進攻，如果藍羽一旦參加動手，南彝將很快結束，幾十萬將士的命運不知如何。

像彝雲龍、彝雲松般的苦惱同樣存在於百花公主的身上，畢竟出兵中原她也有責任，八年的血戰中原，死亡將士三十多萬人，如今在中原三十多萬人的命運都掌握在雪無痕一個人的手裏，只要他一聲令下，他們就立即化爲灰煙，消失在歷史的長河中。

第二章　南北對峙

藍鳥軍前進的腳步彝凝香是無法阻止的，但是挽救三十餘萬將士的生命她還是要盡力的，畢竟對於她來說，與聖王天雷還有一點交情，嚴格地說，是對聖王天雷乃至於藍鳥軍、聖瑪民族來說她是有大恩，就憑這一點，雪無痕還是要給她一點面子，否則他就不會被稱爲聖王，不是一個賢良的王者，況且，和平解決南彝問題對於藍鳥王朝來說是有利的，雪無痕不會考慮不到這一點。

對於百花公主彝凝香來說，最難的問題是自己身在東海聯軍大營，行動不便，處處受到監視，如果她想與前方的聖王天雷取得聯繫，就必須另想辦法，對於東海聯盟來說，與聖王天雷取得聯繫就是通敵大罪，是絕對不會被允許發生的事情。目前只好派人先與比雲的人取得聯繫，再想辦法約見比雲，爭取聯繫上聖王天雷。

在百花公主的心中，她有左右南彝人在中原力量的能力，有左右自己父王彝雲龍的力量，她是彝雲龍唯一的女兒，是未來的王位唯一繼承人，儘管她沒有把南彝之王的位置放在心上，但南彝全國的人民還是知道她就是唯一的未來女王，士兵們愛護她，爲了她不惜流血犧牲，爲了她不惜與任何敵人開戰，彝凝香的作用是連彝雲松都不能比的，這個事實就是她的把握，能力的源泉。

彝凝香冰雪聰明，知道自己在東海大營內早晚是個問題，要想辦法儘快脫身，只要自己回到了平原城，東海聯盟就沒有辦法監視自己，她就可以一展身手，爲南彝爭取最好的利益，把自己的子民帶回國內。

但是，要想回到平原城談何容易，目前可以利用的只有東海六公子，想到此處，彝凝香眼珠一轉，計上心來，她馬上穿戴整齊，來到中軍大帳篷，拜見主帥漁于飛雲。

「凝香拜見漁于叔叔！」

漁于飛雲見狀忙說道：「賢侄女快快請起，請坐！」

「漁于叔叔一向可好？」

「好，好，公主見老夫可有什麼事情？」

彝凝香故意沉吟了一下，然後說道：「漁于叔叔，有件事情凝香不得不說！」

「請講！」

「漁于叔叔，你也知道，自從六位大哥與聖王天雷一戰，情緒低落，整日酗酒，這樣下去實在不是辦法，這會毀了六位哥哥的，凝香看著心裏發痛，我們要想個辦法才是！」

「謝謝妳，公主！老夫也知道這樣下去不行，可是有什麼辦法，與天雷交戰，且不說我們勝負未料，如真要再戰，他們必然會拼死一戰，聖王天雷武功蓋世，而且已經說得明白，以後不會手下留情，後果實在不是老夫所能承擔的！」

「漁于叔叔說得正是，既然六位哥哥在前線沒有什麼作用，凝香想與六位哥哥出去走一走，也許回到不落城他們會忘記此事，遠離聖王天雷是目前最好的辦法！」

漁于飛雲沉吟良久，然後說道：「公主所說極是，目前沒有什麼戰事，他們離開是最佳的選擇，回到不落城後，給他們找些事情做，也許就會忘卻這些不愉快的事情，好吧，就這樣，公主，妳與他們一起走！」

「謝謝漁于叔叔，但是請叔叔不要將實話告訴他們，就說我想回不落城，請他們護送我回去，這樣一來，他們就不會想到其他！」

「公主聰明絕頂，老夫謝謝了，好吧，明天你們就動身！」

「漁于叔叔，這件事情由我來跟六位哥哥說，你看如何？」

「好，很好，妳決定就是了，我裝什麼都不知道，他們問我，我同意就是！」

「就是這樣，漁于叔叔，凝香就告辭了！」

「公主慢走！」

事情就這樣決定了下來。其實，漁于飛雲並不想放百花公主離開，但是她說回到不落城，漁于飛雲就減少了戒心，況且是與東海六公子一起回去。目前，東海六公子情緒不穩定，一旦交戰，無論是那一個有傷亡，都不是他能承受得起的，每一個孩子都是六大世家的寶貝，未來的繼承人，如果在他手中有死傷，每一個家族都會怨恨他的，況且還有自己的兒子在內，離開陣前是最好的選擇，而沒有戰事就是最好的藉口，沒有人在沒有戰事的時候還說什麼，這是兩全齊美的辦法。

百花公主回到自己的大帳篷，派人找來東海六公子，採用迷人的手段，訴說自己想回到不落城去，在前方大營內實在是沒有什麼事情做，非常無聊等等，並要求東海六公子護送自己回去，東海六公子經受不住百花公主的哀求，最後同意，東方秀考慮了一下，讓漁于淳望向漁于飛雲請示，漁于飛雲當即同意。

第二天，百花公主在東海六公子的護送下，緩緩起程，向不落城方向而去。漁于飛雲眼望著緩緩而離去的人影，心頭讚歎百花公主的聰明伶俐。

一路上，百花公主慢行，每天都走不了幾里路，下車觀賞沿途的風光，與東海六公子說說笑笑，調整心情，東方秀等人慢慢被百花公主的笑聲所感染，心情漸漸地開朗了起來，暫時忘卻了心中的不快，與她有說有笑，同時，心中對百花公主充滿了依戀。

半個月後，眾人來到一個小鎮，距離不落城還有百十里的路程，向東是通往不落城的路，向東南爲通往平原城的路，雖距離稍微遠些，但卻是一個重要的叉道口。百花公主停留在此休息，一連三天。

東海六公子頭一天還很高興，一路上雖走得慢，但心情不錯，也不寂寞，有百花公主相伴，煩惱都忘卻了，第二天，他們心中疑惑，爲什麼百花公主還不走，但也沒問，畢竟她是女子，多休息一天也沒什麼，但是，第三天百花公主還沒有走的意思，東方秀和長空旋就感到奇怪，過來問彝凝香，不想這一問，百花公主是淚流滿面，痛苦失聲，訴說著自己的苦悶，對平原城內士兵的關心，對叔叔彝雲松的擔心等等，哭得東海六公子心情大動。最後，東方秀無法，只好提議眾人先到平原城，然後再回不落城，長空旋雖然不願意，但其他人都贊成，只好聽從。

彝凝香高高興興地向平原城而來，心情頓時開朗了許多，臉上笑容如花，銀鈴般的笑聲不斷，東海六公子見狀，心懷大開，也沒再想其他。

幾日後來到平原城，守軍有五萬人，都是南彝的精銳部隊，彝雲松特意留給百花公主，見公主回來，頓時大喜，擺開盛大的宴會，爲公主接風洗塵，感謝東海六公子的護送等等，把東方秀等人灌得大醉，扶回休息。

從第二天起，百花公主彝凝香不再提回不落城的事情，每天除陪東海六公子外，就是關心前方的戰事，並積極與東方秀等人議論，研究各種各樣的方案等等，暗中卻派人尋找比雲的手下，溝通聯繫，尋找比雲，好與聖王天雷聯繫。

十餘天後，東海六公子才想起回不落城，但這時候，彝凝香是無論如何也不會再回去了，東海六公子極力相勸，但彝凝香不爲所動，他們在平原城內也不敢使用過激的行爲，最後只好離開。

走出城外，東海六公子相對苦笑，感到上了彝凝香的當，但是他們沒有後悔，畢竟他們都喜歡百花公主，況且，彝凝香也確實爲他們做了些事情，給予他們心靈上的安慰，撫平創傷，這份情誼就足夠了。

東海六公子放開心懷，快馬回轉不落城。

百花公主彝凝香運用智慧擺脫了東海聯盟的束縛，回到平原城，把好消息立即飛鴿傳書給父親彝雲龍和叔叔彝雲松，並把自己的一些想法告訴他們。

彝雲龍兄弟見自己的女兒卓越的遠見，大爲高興，如真能和平解決南彝與藍鳥王朝的事情，未嘗不是件好事，但是，這只是她一廂情願的想法，能否成功還不一定。但是，對於彝凝香來說，只要父親和叔叔同意自己的想法就夠了，這就相當與賦予她權利，只要她有這個權利，餘下的事情就由她來做，她相信天雷一定會與她聯繫，給予她一個回覆，對於幾年來她爲聖瑪民族所做的事情，給予一個交代，她等待著最好的消息。

平原城內的黑爪把彝凝香尋找比雲的消息傳給了遠在望南城內的比雲，比雲經過思考後認為，這是百花公主發出的一個信號，有可能是和平的信號，經過與額部人員的討論，最後決定報告給聖王，回應百花公主的資訊，比雲決定親自到錦陽城走一趟，拜見聖王。

比雲如今是藍鳥王朝外事部副大臣，監管黑爪部分事務。由於他是高級間諜人員出身，長期從事密探工作，掌握一定的間諜網，在平原城支點行動中發揮了巨大的作用，所以在藍鳥王朝成立後，聖王天雷也沒有埋沒人才，讓騰輝和他一起主持外事部，監管中原黑爪，繼續發揮作用。

比雲日夜兼程，趕赴錦陽城，求見聖王天雷。

堰門關第二次戰役的勝利，使聖王天雷心神大定，年初出兵中原時的種種擔心煙消雲散，目前可以全心全意解決兩河間的事情，放手施為，平定南中原。

一個月以來，聖王天雷考慮種種可能發生的情況，制定了詳細的計畫，針對南中原地區的形勢，考慮用最小的代價，取得最大的戰果。如今，凌原兵團已經恢復了銳氣，人員雖然只有十萬人，但鬥志昂揚，士氣高漲，在商秀取得河北重大勝利的鼓舞下，信心更足，而青年兵團已經是憋足了勁，時刻準備著出擊，收復京城不落城。

藍鳥騎士團雖然損失了些人手，但受傷者已經恢復了戰鬥力，整個騎士團現有人員四萬三千人，個個武功大進，無論是從武功還是從戰鬥經驗上都達到了高峰，經過酈陽城一戰，大家都成熟了許多，加上聖王的親自指點教導，收益匪淺。

比雲來到錦陽城，聖王天雷就知道有事情，比雲一般是不會離開望南城的，他和住在路定城的騰輝一樣，都有自己的事情，沒有特殊的情況是不允許出來的，因爲他們知道的事情太多，謹防發生意外。

聖王天雷對比雲還是比較尊敬的，一方面是因爲比雲是西南郡的老人，另一方面也是因爲他是里奧家族的人，是列奇的第三子，天雷對於師兄的尊重，使他對西南郡的人特別照顧，對比雲的能力也比較欣賞，所以比雲與聖王天雷的關係，外人無法理解，但比雲自己知道是怎麼回事，對於聖王，他又親切又尊敬。

「比雲，你怎麼來了，有事情？」

初一見面，聖王天雷並沒有像對待外人那麼的客氣，在誠懇中帶著親切。

比雲滿心的感激，他知道這是聖王天雷沒有把自己當成外人，這份情誼就不是一般的臣子所能獲得的，只有親近的人才能獲得此殊榮，而他就是其中之一。

「聖王好，我來是有些事情！」

「哦！」聖王天雷輕哼了聲，然後說道：「坐，吃飯了嗎？」

「還沒有，剛過來就來見聖王。」

「正好我也沒吃飯呢，一會兒我們一起吃，說吧，什麼事情？」

「平原城內的百花公主派人傳信給我，要求約見，我和額部的人研究了一下，認爲是有議和的意思，所以來向聖王請示。」

「哦，百花公主約見，看來事情是有些變化，不過，百花公主與我們有些恩情，不答應也不好。」

聖王天雷說到此處，站起身來，在室內轉了幾圈，比雲不敢打擾，坐在一旁等待著。

天雷腦海裏急轉，思考著最好的辦法，百花公主對藍鳥王朝有大恩，搞不好會影響他的聲譽，但同意百花公主的提議，又對受苦的百姓沒法交代，對南中原的父老就有一種負罪感。

「這事還真有些麻煩，同意議和固然對我們雙方都有好處，但目前我們占上風，沒辦法對百姓交代，不同意議和，又對不住百花公主，我看事情先等一等，你先休息兩天，我想藍羽雷格這兩天就會有消息了，那時情況將對我們更有利，再談這件事情不遲。」

「是，聖王！」

「但也不能讓百花公主著急，畢竟她對你有恩惠，別讓人說我們不懂禮數，這樣吧，通知平原城的人，就說你已經到了錦陽，需要休息兩天，然後再與百花公主談一談，先摸清底細，看看彝凝香怎麼說。」

「是，聖王，我這就派人通知！」

「好吧，你先下去梳洗一下，然後吃飯！」

聖王天雷說完，向門外喊道：「楠天！」

楠天推門進來：「聖王！」

「你帶比雲去梳洗一下，然後我們開飯！」

「是，聖王。爵爺請！」

比雲對聖王天雷施了一禮，然後跟楠天出去。

半個時辰後，聖王天雷、比雲、楠天、風揚、雅藍、雅雪坐在飯廳裏吃飯。如今的雅藍、雅雪姐妹身分極其特殊，既是藍鳥騎士團的團長，又是聖王天雷身邊的侍女、將領，又是女人。

聖王天雷坐陣錦陽城，表面上風平浪靜，沒有什麼事情做，可實際上卻是暗潮洶湧，藍鳥軍東方面軍、南方面軍、北方面軍把情報源源不斷地送入他的手中，每一個變化都不能漏過聖王的眼睛，各地的藍爪、黑爪探子收集的情報經過奧卡等人的分析後，再報告給聖王，分析大陸的形勢，藍鳥軍目前的態勢，尋找最有力的戰機。

目前，堰門關地區剛剛穩定，在軍師雅星坐陣下，從第三道戰壕開始，又補修了兩道戰壕，設施裝備經過補充已經基本完善，軍隊經過民團的補充已經完成編制，正在抓緊訓練，傷病員全部運回河南地區休養，民團等其餘人員陸續回轉，參加勞動生產，爲後期固守提供保障。而河北聯軍帕爾沙特按兵不動，也在積極恢復實力。

聖王天雷對聖靜河北地區很放心，有雅星坐陣指揮，憑雅星的實力及幾位老將的協助，帕爾沙特想重振旗鼓，擊敗雅星、商秀及文謹、文嘉、凱武組成的強大陣容，談何容易，他只要知道一些消息就行了，不必操心。

而在聖寧河兩岸，以溫嘉爲首的河南方面軍團已經抗擊住了彝雲龍的進攻，雖然丟失了嶺南要塞，但卻也可以進一步發揮藍鳥軍騎兵強大的優勢，溫嘉痛定思痛，積極進去，親自出馬指揮，把彝雲龍軍隊消滅近半，呈現對峙局面，聖王也是相當放心的。

在聖寧河北，大將軍維戈率領藍翎，在新月兀沙爾的協助下，對彝雲松部形成了重大的打擊，穩定了戰線，基本上也不會出現大的差錯，目前局勢穩定，默默地爲藍羽雷格創造條件。

在聖王天雷的心目中，一直最爲擔心的就是藍羽、平原兵團的雷格部，雖然他時時掌握藍羽的每一個步驟，但對藍羽孤軍深入還是有所擔心，目前已經到了最緊要的關頭。

聖王天雷之所以沒有採取行動，主要原因就是在等待藍羽的消息，藍羽為一支奇兵，關係著整個中原戰局的發展方向，藍羽做得好，兩河間的問題基本上就可以得到解決，說聖王不擔心，這是假話。

三天後，聖王天雷得到藍翎維戈轉來的飛鴿傳書，藍羽雷格已經佔領了千雲山要塞千雲寨，打開了通往東海聯盟的出口，目前藍羽騎兵先頭部隊正繼續向前挺進，平原兵團已經進入千雲寨地區，正加快步伐通過。

聖王天雷大喜之餘，走出屋外，仰望藍色的天空，飛舞的白雲，長嘯一聲，然後哈哈大笑，楠天、風揚站在聖王的身後，見他如此的高興，知道又有好的消息，臉上也是堆滿笑意，雅藍、雅雪更是這樣。

大將軍秦泰忽然聽到長嘯聲，一楞後大喜過望，在這劃破雲海的嘯聲裏，充滿著喜悅、愉快和欣喜，更有著對勝利的信心和美好未來的渴望，這長嘯聲充滿了歡愉、得意。

他趕緊走出帥府，向聖王所住的府內趕去，剛到府前，就遇見比雲也過來，兩人見面，問過好後，一起進入府內。

比雲這兩天也沒有閒著，百花公主的傳訊，對於比雲來說是憂喜參半，事情辦得好，自然會讓藍鳥王朝百姓高興，自己也有功勞，但是，事情一旦處理不好，必然會影響聖王在百姓中的形象，影響聖王的聲譽，百花公主不會用別的要脅，只要提出她私放京城不落城百姓一事，聖瑪民族是否應當投桃報李，藍鳥軍就會有所猶豫，聖王天雷是恩怨分明的人，絕對不會無動於衷，如果這件事情處理不力，比雲前階段在平原城所做的努力將化爲流水，而且還會影響整個大局。

聖王天雷正在庭院內彈琴，叮咚的冬布拉琴聲和著聖王喜悅的歌聲，洋溢著一股特別的美，秦泰和比雲不願意打斷聖王彈琴，聖王日理萬機，難得有時間、有心情抒發自己的感情，像這般的悠閒，他的喜悅帶動著藍鳥王朝千萬的子民，給予他們鼓舞和力量。

聖王天雷輕輕地結束了歌聲，抬頭見秦泰、比雲和楠天、風揚等人站在一旁，忙笑道：

「秦大哥和比雲來了，難得心情不錯，彈唱一曲，倒讓兩位見笑了。」

「聖王說那裏話，這琴彈得好！聖王的琴聲中充滿了喜悅和自信，定是有什麼好消息吧？」

「秦大哥果然是知音，不錯，是有個好消息，雷格已經通過了千雲寨，正向前方雲中城挺進，相信用不了幾天東方闊海就會有樂子看了！」

「恭喜聖王，比雲的事情這就好辦多了。」

「不錯，比雲，你和彝凝香保持聯繫，但注意一旦東海聯盟撤軍，我要求南彝投降，條件由她開，我們的原則是不虧待她，但也不能讓她得到太多的好處，物資、土地一點也不給，這是我們的底線。」

「比雲明白！」

聖王天雷站起身來，雅藍上前接過琴，然後，聖王接著說道：

「秦大哥，凌原兵團要做好準備，隨我收復平原城，當初我把平原城親手交給彝凝香，我說過我要親自拿回來的！」

「是，聖王。不過，不落城怎麼辦？聖王不準備親自收復不落城嗎？」

「不必，把不落城交給越劍好了，青年兵團足可擔此重任。」

「是！」

「風揚，傳令越劍大將軍準備，一旦發現東海聯盟撤軍，我要他全力收復京城不落城，告訴他我不過去了，一切要靠他自己！」

「是，聖王！」

「哈哈，難得今天心情不錯，秦大哥、比雲，我們出去走走！」

「是！」

聖王天雷帶著大將軍秦泰和比雲走出府內，來到街上。錦陽城內幾乎沒有多少百姓，幾次兵荒馬亂使錦陽城遭受重創，如今百姓稀少，大部分都是駐軍，特別是傷病人員都在城內。錦陽城雖然不是很大，但規模也是不小，街上的士兵見聖王出來，都過來見禮，楠天和藍衣眾攔住百姓和士兵，怕影響聖王的心情。

但不管楠天和藍衣眾怎麼阻攔，百姓和士兵聽說聖王上街，個個是歡喜不已，紛紛走上街頭，看望聖王，而且，不知道是誰說的，聖王心情大佳，彈琴高歌，定是有大好消息，連帶使得百姓和士兵也是人人臉上露出笑容。

百姓是人越集越多，不久就佔滿了街道，雖然沒有影響聖王前進，但也使他遊興漸落，心中大爲叫苦，但臉上還不能表露出來，這時候，天雷終於知道作爲一代聖王的難處，再也不能夠像從前一樣，自由自在地漫步街頭，享受百姓般的快樂。

走了個小半圈，眾人回府，雅藍、雅雪臉上帶著笑意看著聖王天雷一張苦瓜般的臉，秦泰和比雲也是臉上帶笑，但又不敢笑出聲來，他們是爲聖王高興，爲百姓和士兵愛戴聖王而高興，同時也爲聖王天雷的苦臉發笑。聖王天雷縱橫中原，威震四海，但在百姓面前，他還是像一般的人，一樣的有痛苦、煩惱，有歡樂、憂愁。

但這些並沒有影響百姓和士兵們的興致，聖王爲他們證實了藍鳥軍確實有好消息，儘管是什麼好消息他沒說，但只要是聖王說的，他們就相信，藍鳥軍如今節節勝利，多一次勝利根本就是應該的，憑聖王和手下的將士，他們是有心人，相信有這個能力、實力。

一傳十，十傳百，整個錦陽城立即就沉浸在歡樂的海洋裏，士兵們更是士氣大振，對未來充滿了信心，藍鳥軍收復京城不落城的日子爲期不遠了。

儘管聖王被百姓和士兵們打斷了遊興，但他看見百姓和士兵們有此信心和歡樂，也十分感動，傳令整個藍鳥王朝領地內士兵伙食加肉，百姓每人提供半斤肉食，慶祝聖靜河北堰門關戰役和聖寧河兩岸戰役的勝利，一切均由後勤部、民政處協助完成，軍民同樂。

在藍鳥王朝軍民歡慶勝利的時候，遠在京城不落城內的東方闊海等人卻如熱鍋上的螞蟻，坐立不安，前些日子，東海六公子被百花公主彝凝香利用，致使其回轉平原城，脫離東海聯盟掌握，使東海約東南彝的砝碼丟失，但是，東海六公子並沒有因爲這件事情感到愧疚，他們對百花公主充滿了感激和愛戀，如果用彝凝香要脅南彝，也是他們所不願意看到的事情，這次雖然被彝凝香利用，但能送其回去，也是件好事。

但是，隨後幾天，東海國內陸續傳來不好的消息，首先是東海聯盟南部地區在沿聖寧河一帶發現藍鳥軍團的跡象，藍鳥軍騎兵有沿河東進的勢頭，而就在昨天，東方闊海終於接到了千雲寨失守的消息，東海聯盟立即面臨藍鳥軍的直接打擊之下，雲中城告急。

至於藍鳥軍出兵東雲寨的確切消息，東方闊海還沒有得到證實，是那個部隊，什麼人帶軍等事情，都還沒有一個確切的定數，但是，東方闊海知道雪無痕在藍翎的掩護下，至少有一支軍隊東進了，如果猜測不錯的話，必然是藍羽騎兵兵團，如果真是的話，東海危險了。

東方闊海感到大事不好，從這個跡象中，東方闊海懂得雪無痕迫使其退軍東海，鞏固國內形勢的意思，戰略意義極其明顯，有迫使帕爾沙特回軍聖靜河北的同功之妙，但是，也正如帕爾沙特一樣，他也不敢不重視此事情，不敢拿這樣的事情和雪無痕賭，他贏了，雪無痕沒有輸什麼，一旦他賭輸了，東海就有滅亡的危險，這個代價太大了。

八年中原戰爭，東海聯盟傾國而出，六大世家把最後的血本都拿了出來，無論是從物資、裝備，還是到人員兵力，東海聯盟都是傾盡了全力，人、才、物消耗巨大，特別是在東方闊海節節勝利的今天，東海人民沒有抗擊外敵人的準備，無論是從人員的思想上，還是作戰的準備上都沒有這樣的準備，在他們的心中，如今的東海固如金湯，中原各國暫時還無力進犯東海。

在這種情況下，東海聯盟國內內部空虛，能戰的將領大部都在中原戰場，國內城市的防務都落在了城防軍的手上，並且一而再，再而三地抽調，作戰能力基本喪失，固守都成問題，要想抗擊一支大軍，實在難。

但是，就是在這樣的情況下，雪無痕就有這個能力辦成此事，藍鳥谷出身的高手有偷襲千雲要塞的力量，藍鳥軍強大的騎兵有機動能力，只要雪無痕願意，這件事就能夠辦到，東方闊海明白了藍翎停止不前的用意，掩護藍羽東進，直搗東海聯盟的老巢。

東方闊海心中還存在著僥倖的心理，至少雪無痕還沒有大規模的兵力，整個中原戰場牽制了其大部分的力量，如果雪無痕再出一支步兵，那後果簡直就是不堪設想。

東海六大世家的家主至少有五個坐在東方闊海的面前，面面相覷，雪無痕這一手實在是太陰毒，無論從什麼角度上說，都是最兇狠的一招，攻敵必救，打擊要害。

東方闊海已經連夜派人通知了錦陽城外的漁于飛雲，商議對策，目前，六大世家分成兩派，以長空世家、海島世家爲首的人希望堅持在不落城地區，部分人員回援，只派大將回轉國內即可，而以東方闊海爲首的幾個人則認爲不然，雪無痕絕對會讓東海人全回歸不可，否則，必是個魚死網破的結局。

雙方僵持不下，如熱鍋上的螞蟻，東方闊海想到了漁于飛雲，想聽一聽他的意思後才下最後的結論。東海六公子如今臉色蒼白，再也不敢隨便發言，怕影響大局，一旦事情有錯誤，滅國滅家立即就在眼前，這個後果很嚴重。

漁于飛雲遠在錦陽城外，這段時間，他雖然不明白雪無痕爲什麼在錦陽城停止不前，但他絕對不相信雪無痕什麼事情都沒有而在此休息，一定是有什麼重大的事情將要發生，但他左思右想，也沒有頭緒，也只好採取等待、觀望的措施，他本人不願意再與藍鳥軍開戰，這種思想直接影響到全軍，士兵們也是樂意看到這樣的局面。

第三章　勢壓東南

半夜時分，漁于飛雲被警衛叫醒，他披衣來到寢室外，見一個京城來的快騎等候著自己，心中就感到事情不妙，如果沒有重大的事情發生，東方闊海是絕對不會讓人在深夜打攪他，他連忙問道：

「什麼事情？」

「元帥，家主讓我把一封信交給你！」

漁于飛雲接過了信，問道：「還有什麼事情嗎？」

「元帥，沒有了！」

「好，辛苦了，你先下去休息。」

「是，元帥！」士兵下去休息，一夜趕三百里，也是非常勞累的。

漁于飛雲打開信，首先映入眼簾的幾個字就使他大驚失色：

「飛雲，千雲山要塞千雲寨發現藍鳥軍痕跡，目前可能已經失守，雲中城有可能受到藍鳥軍的攻擊。目前，敵人的番號等還沒有確切的消息。長空、海島建議固守不落城，只派將領回去支援，我個人建議立即回軍東海，一旦國內有失，情況非常嚴重，望你再拿出個意見。」

漁于飛雲臉色鐵青，都什麼時候了，他們還在互相爭論，雪無痕想偷襲東海，是幾個人回去就能解決的嗎？雪無痕說得明白，維戈、雷格與自己功力相當，與東海六公子沒有什麼恩情，要他們小心，難道這是說著玩的嗎？其意義很明顯，他早就有所安排了，維戈目前在聖寧河北抗擊彝雲松，東進東海的軍隊必是藍羽雷格無疑，如果他們全部回軍，也許會抵抗住藍羽的強大攻擊力，只回去幾個人，無疑是自己找死，把國家置於滅亡之地。

他低頭沉思，心中算計著雪無痕的軍隊，只有藍羽和平原兵團目前下落不明，對，是平原兵團。

平原兵團士兵多爲東方兵團和南方兵團組建而成，對南方及東海的情況極其瞭解，士兵熟悉地形，風土人情，懂得東海語言，大小道路，托尼爲一大將，多年抗擊南彝軍隊，爲人穩重，有他協助藍羽騎兵兵團，後果……

漁于飛雲不敢想下去，他趕緊令人傳見各位將軍，自己焦急地在大帳篷中轉來轉去。

不久，各個軍團的軍團長陸續進入大帳篷，靜靜地在等待著漁于飛雲，不敢打斷主帥的思考。

「各位，藍鳥軍已經偷襲了千雲山要塞，千雲寨恐怕已經失守，目前，我軍如不回轉國內，就必須解決眼前的雪無痕大軍，直搗嶺西郡敵人巢穴，但是我們沒有這樣的力量，別說打倒嶺西郡，就是戰勝雪無痕的藍衣眾、藍鳥騎士團和凌原兵團、青年兵團都難，所以唯一的辦法就是回軍！」

「目前情況十分危急，這個消息絕對不允許走漏，我們連夜撤軍，悄悄與雪無痕脫離，然後到不落城與盟主會合，回軍東海，大家去準備吧，兩個時辰後出發，不必要的東西可以扔下。」

「是，元帥！」眾將嚇得臉都白了，國內被藍鳥軍攻擊，那裏可是自己的家啊，有父母親、妻子兒女啊。

漁于飛雲立即又召見了中軍快騎：「你連夜趕回去，把這封信交給盟主，一刻也不許耽誤！」

「是，元帥！」

整個東海聯盟大軍在大營內悄悄準備撤離，物資、帳篷裝車，並首先開始撤退，在最周邊的士兵大帳篷，漁于飛雲沒有讓其移動，保持原狀，以迷惑藍鳥軍的斥候，兩個時辰後，先頭部隊開始行動，後軍漸漸撤退，整個行動可以用完美來形容。

東方闊海在天剛亮的時候接到了漁于飛雲的信使，打開信一看，只有幾個字：

「藍羽、平原兵團，速撤軍國內。飛雲！」

東方闊海也呆住了，如果只是藍羽騎兵兵團東進，事情還沒有想像般的那麼嚴重，如果真如漁于飛雲料想的那樣，加上整個平原兵團，東海就有面臨被滅亡的危險，因爲藍羽可以搶佔有利地形，消滅有生力量，快速推進，而平原兵團則逐步佔領，鞏固後方，逐步推進，只要他們佔領了幾個城市，就穩住了腳跟，想殺退藍鳥軍靠國內的兵力是不行的。

他立即召開緊急軍事會議，把漁于飛雲的想法一說，長空飛躍等人還不同意，認爲沒有漁于飛雲想的那麼的嚴重，最後，東方闊海大怒道：

「即使沒有想像般的嚴重，我們也要做好撤離的準備，近幾天內，一定會有消息傳來。」

眾人都不敢言語，畢竟是國內的根本大事，寧可信其有，不可信其無，一步錯誤，舉國盡亡。

近午間時分，東海的訊鷹又帶來了一份書信：

「雲中城已破，敵人騎兵確爲藍羽騎兵兵團，後方有大量的步兵，估計至少有一個兵團，望火速回國。」

東方闊海頹喪地坐在椅子上，把信摔給了長空飛躍等人，一言不發。

四位家主輪流看完書信，面面相覷，長空飛躍滿臉的慚愧道：「大哥，如今我們怎麼辦？」

「立即準備回軍國內，等飛雲到了後立即出發！」

「但是，大哥，即使我們立即回軍也不一定能趕得上，這路程太遠了，有近三千里啊！」

「叫你們準備就準備，說那麼多幹什麼？」東方闊海暴怒。

眾人見東方闊海臉上青筋都暴了起來，不敢言語，各自準備撤軍的事情去了。

晚間時，漁于飛雲首先趕回不落城內，東方闊海緊緊抓住他的手，落淚地說道：「飛雲，雪無痕這一手太毒了，如今我們怎麼辦？」

漁于飛雲也是滿腹辛酸，他拍了拍東方闊海的手，安慰地說道：「大哥，事情還沒有你想像那樣嚴重，大不了我們回歸東海就算了，中原爭霸，事情還早著呢！」

東方闊海也是一時激動，他穩了穩心神：「飛雲，大軍行動太慢，必須派人先回去看看，你想如何？」

「大哥，我正是為此事而回。大軍行動緩慢，國內急需支援，我想由我和六位孩子就差不多了，我們快騎奔馳，我想沒什麼問題！」

「好，你把騎兵都帶上，差不多有五萬人馬吧，飛雲，什麼時候出發？」

「我想一個時辰後就走，東海情況危急，越快越好！」

「飛雲，大哥知道你很累了，但是，我沒有辦法阻止你，等國內穩定後，大哥請你喝酒！」

「大哥，謝謝了。我走之後，你立即派人接應後方大軍，不得有失，這是我們的根本，即使情況不妙我們也可一戰，絕對不能有任何閃失。」

「我明白，飛雲，東海就靠你了。」

漁于飛雲不顧身體上的疲勞，率領五萬騎兵連夜出發，返回東海。

東方闊海在漁于飛雲走後，立即派司空傲雪接應大軍，穩步撤回不落城，一天後，東方闊海下令全軍開拔，五十五萬軍隊像一條長龍，浩浩蕩蕩，撤往東海。

至於在平原城內的南彝公主彝凝香，東方闊海就管不了那麼多了，但是，他還是令人通知了南彝，以拖延藍鳥軍的前進，妄想用南彝人牽制雪無痕，爲他創造有利的條件。

南彝公主彝凝香接到東方闊海派人送來的書信，知道事情的經過，當時就呆在當地。雪無痕果然不出所料，非同一般人可比，膽量大得無法想像，利用南彝懷疑藍羽拖延時間，掩護大軍東進偷襲東海，造成戰略上的主動，然後再全力解決南彝的問題。

如今東海聯盟撤軍，就是南彝知道藍羽不在聖寧河北也無所謂了，藍鳥軍已經從東海聯盟的牽制中脫身出來，藍鳥騎士團、藍衣眾可以全力對付南彝彝雲松部，沒有藍羽，但是卻多了騎士團、藍衣眾，事情還是一樣。

況且，更危險的是，如今彝雲松部背部洞開，沒有大軍為掩護，平原城彝凝香的一個軍團起不了什麼大的作用，如果雪無痕用步兵包圍平原城，用騎兵攻擊彝雲松後部，配合藍翎，彝雲松就挺不了幾天，彝凝香知道事情到了最危險的時刻了，她趕緊派人聯繫比雲，與聖王天雷溝通。

聖王天雷在錦陽城內接到漁于飛雲撤退的消息，一點也沒有感到意外，卻讓秦泰、楠天、風揚等人高興得不得了，聖王天雷沒有動，只是令人通知青年兵團的主帥越劍，嚴密注視不落城內的動靜，一旦發現東方闊海退軍，立即發起攻擊，佔領不落城，收復聖瑪人信心的象徵。

大將軍越劍與聖王天雷不同，他早就接到聖王讓他收復京城不落城的命令，這是一件名垂青史的大事情，如今聖王就坐陣錦陽城，無論如何也是輪不到他的，但是，聖王就偏偏把這件事情交給了他，這是可以和維戈、雷格收復中原東、南部相比美的功勞，更是聖王拱手相讓，他又是感激，又是興奮，每天都派出大量的人手監視不落城的動靜，時刻準備出擊。

當越劍得知漁于飛雲撤軍的消息時，就知道事情起了變化，一定是藍羽雷格發起了攻擊，東方闊海挺不住了，他率領部隊前移了一段，全軍一級戰備，等待著聖王的命令。

聖王天雷的命令來得快，他知道越劍著急，所以就如了他的意願，在東方闊海剛從不落城退軍後，越劍就率領青年軍團開始行動，向不落城防線運動，準備接收不落城。

爲了配合青年兵團行動，聖王天雷把藍鳥騎士團先派了出去，然後，全軍立即起程，趕向平原城方向，但是，儘管聖王是向平原城防線趕，但大軍還是向東進，同時，他命令藍鳥第二、三、四軍團立即包圍平原城，等待自己進一步命令。

在東海聯盟軍隊撤出京城不落城後的第四天，青年兵團趕到了不落城外，東海聯盟軍並沒有大規模破壞不落城，在當前的情況下，東方闊海等人還真怕藍鳥軍進行報復，所以仍然讓不落城保持完整。

與此同時，藍鳥軍第二、三、四軍團在衣特、格爾、卡斯的率領下，迅速包圍了平原城，百花公主彝凝香困守在城內，心急如焚地等待著比雲的到來。

藍鳥軍接受聖王天雷的命令，沒有對東海聯盟軍隊進行全力追擊，藍鳥騎士團利用一天的時間到達了京城不落城附近，開始對周圍地區進行有效的偵察，同時保持與青年兵團越劍部的聯繫，接應青年兵團對不落城的接管，而青年兵團在兵團長越劍的率領下，日夜兼程，趕往京城不落城，每一個士兵的心裏都充滿了熱望，爲能親自收復聖瑪民族人民心中的聖城而驕傲，而青年兵團的主帥越劍更是興奮不已。

越劍遠遠地望著不落城那高大的城牆，寬大的城門，熱淚盈眶，所有的士兵也是抑制不住心中的喜悅之情，淚水灑滿衣襟，他們抛頭顱，灑熱血，爲的就是民族的尊嚴，爲了這份尊嚴與榮譽，他們甘願流血犧牲，奮戰疆場，無數的英雄兒女爲了今天倒在了大平原上，但是他們的靈魂是永垂不朽的，他們是聖瑪民族的驕傲。

這座飽受戰爭創傷的不落城在淪陷了十七個月後，又重新回到了聖瑪民族英雄兒女的手中，兵團長越劍第一個推開厚厚的城門，向這座母親般的城市邁出了第一步，而這不平凡的一步，標誌著藍鳥軍翻開了歷史的新一頁，書寫出藍鳥王朝歷史的新篇章。

藍鳥軍第二、三、四軍團從東、北、西三面對平原城實施了包圍，遵照聖王的指示，他們沒有對南門地區實施封鎖，也沒有實施攻城，按照聖王天雷的說法，是給城內的南彝百花公主彝凝香留一條生路，以報答當初她放京城百姓的恩情，如果彝凝香從平原城出走，藍鳥軍不允許一兵一卒進行追擊，一路放行，但是，從此後，藍鳥王朝和南彝兩國互不相欠，聖王天雷和百花公主彝凝香之間將恩怨兩清。

但是，百花公主彝凝香卻毫無動靜，保持著在城內平靜的生活，甚至連軍隊也沒有上城牆進行防禦，而在西門地區，更是城門大開，好似在歡迎著聖王天雷的大軍進城。

聖王天雷沒有讓軍隊採取行動，他在等待，等待著百花公主的出走，而這一等就是五天。

就在昨晚，入冬以來的第一場風雪使聖王天雷失去了平靜的心情，作爲藍鳥軍隊的王，他可以不爲自己考慮，但是，他絕對不允許自己不爲士兵們考慮，絕對不允許士兵們在寒冷的冬天裏睡在城外的帳篷內，飽受風雪之苦。

聖王天雷起身推開帳篷大門，厚厚的皮氈有些沉重，站在門外向東眺望，入眼是一片銀白色，平原城孤伶伶地矗立在風雪裏，渾身裏滿銀色的衣裝，顯得格外的美麗，它是那麼的深沉、平靜。

聖王收回遠眺的目光，落在大營外站崗的士兵身上，刺骨的寒風刮著他們年輕的臉，筆挺的身軀在寒風中顯得特別的單薄，微微的顫抖，而他們雙眼中的目光卻像火一般的熱，這是一群如鋼似鐵一般的戰士，他們忠實地執行著自己的任務，沒有一絲一毫懈怠。

感覺到肩膀上多了件衣服，聖王側臉看見雪藍把藍色的斗篷披在他的肩上，他的心沒來由的一陣顫動，是啊，自己是王，有人爲自己加衣，但是，年輕的士兵們卻在風雪裏忍受著風雪之苦，而爲他們加衣的只有自己，因爲自己是他們信任的王。

想到這，他眼角裏有些濕潤，自己沒有做好一個王，讓士兵們在受苦，難道自己的聲譽還比士兵們更重要嗎？不，絕對不是這樣，平原城必須立即解決。

「來人！」

「在，聖王！」楠天及時地出現在聖王的視野了。

「傳令把厚實的斗篷送給站崗的兄弟們用！」說完，他首先解下了自己剛剛披上的風衣斗篷，交給了楠天。

「是，聖王！」楠天有一絲的感動，聲音都在顫抖。

「是我沒有把事情辦好，讓兄弟們在風雪裏受苦，楠天，告訴兄弟們，兩天之內我要解決平原城的問題。」

「是，聖王！」

「讓比雲立即來見我。」

「是！」

楠天轉身出去。不久，就見各個大帳篷中跑出許多軍官，他們邊跑邊解下身上的斗篷，親手披在士兵的身上，低聲地說著什麼。

聖王天雷的心稍微好轉一點，看著遠處忙碌的軍官士兵，深感滿意，有這樣鋼鐵一般的戰士，他還懼怕什麼敵人，他們是戰無不勝的。

輕輕的腳步聲傳入耳裏，低低的叫聲使聖王天雷知道是比雲來了。

「聖王！」

聖王天雷看了比雲一眼，低沉地說：「比雲，我要兩天內解決平原城問題，你親自進城一趟，告訴百花公主彝凝香，就說他們只要放下武器，條件隨他們開。」

「這……聖王！」

「我決不允許因爲什麼名譽的問題讓士兵們受苦，告訴百花公主，我只有兩天的時間，比雲，這事情由你全權做主。」

「是，聖王！」比雲看聖王真的因爲風雪的關係而放棄了原先的原則，心裏也是感動萬分，像這樣的王者，還有什麼人不願意爲他而死。

「你去吧，速戰速決。」

「是，聖王，那我就告辭了。」

「聖王，我們回去吧！」

比雲回到自己的帳篷後，立即吩咐人準備起程，不久，士兵們已經牽過戰馬等候在帳篷外，兩名隨從牽馬立在一旁，他點了下頭，翻身上馬，一催僵繩，三匹戰馬蹚起一溜的雪光，快速消失在平原城的西門內。

南彝百花公主愁腸百轉，靜靜地等候在平原城內。

她不敢離開平原城，她知道一旦她走出平原城，聖王天雷和她之間的恩怨就徹底的兩清了，她個人的安危事小，三十餘萬將士的生死事大，如今東海聯盟撤軍東去，聖王天雷騰出手中的兵力，全力解決南彝的問題，叔叔彝雲松被藍翎抵抗在聖寧河北原城地區，藍鳥軍隨時都可能完成包圍，進行殲滅。

彝雲松的日子也不好過，被藍翎阻擋在原城地區已經五個多月了，糧食、物資消耗幾乎殆盡，冬天的到來更是雪上加霜，硬打，相信不會有好結果，原城的防線不是輕易就能突破的，即使有突破的可能，藍鳥軍的騎兵也會在運動中將其全殲滅，彝雲松已經徹底地放棄了中原的利益，只要能把這三十餘萬士兵安全帶回南彝，他什麼都願意，如今，他倒是慶幸自己的侄女兒當初的做法，寄希望於彝凝香了。

昨夜的一場風雪，使情況發生了微妙的變化，彝凝香是明白人，知道聖王愛惜士兵，如果借助愛惜士兵的名義進城，她是沒有辦法的，天下人不但不會因此而恥笑他，反而會讚揚他的品德。

正在百花公主彝凝香獨自焦急的時候，親衛報告她說比雲先生進城了，她心頭一動，聖王天雷還是有所顧忌的，感念她的情誼，派比雲來進行最後的努力，這是一次難得的機會，也是最後的契機，同時，她也為聖王天雷的情誼所感動，決心把事情了斷為止。

「比雲先生一路辛苦，凝香感激不盡，裏面請！」

「公主客氣了，為了我們兩國的友好，比雲吃點苦算不得什麼，公主請！」

百花公主彝凝香從比雲的口氣中感到了一絲的希望，二人來到客廳內，侍女上茶，喝了兩口，百花公主問道：

「比雲先生這次進城，凝香深知其意。城外風雪很大，聖王憐惜士兵，想做最後的努力，是吧？」

「公主聰明絕頂，果然一語說中要害，我也不再繞圈子，是的，聖王派我來與公主談判，給我兩日期限，必須把平原城之事情辦好，他不能因為自己的原因而讓兄弟們受苦。」

「最後的期限嗎？」

「是的！冬天的風雪不饒人，兄弟們都希望儘快結束我們之間的事情，所以聖王下了最後通牒。」

百花公主沉吟了一下，心下明白聖王是要儘快結束與南彝之間的戰爭，不願意再拖下去，借助一場風雪的來臨，聖王天雷是不放過任何機會的。

「我明白比雲先生的意思，但是，貴方的條件仍然是要我們投降嗎？」

比雲也沉吟了一下，前次說投降，南彝是說什麼也不同意，如再提投降之事，恐怕反而不美，不如換一個詞也許會好一些。

「這個……，臨來的時候，聖王說如果公主能放下手中的武器，條件可以讓公主先提一下，我們再考慮。」

百花公主心下一轉，明白了比雲的意思，投降沒有變，但是，條件可以由她提，這就是最大的轉機，但放下武器與投降畢竟不同，南彝人還是可以接受，看來這個比雲還真是聰明。

「比雲先生既然如此說，就是聖王授予的了，凝香就不客氣了。我們可以放下武器，但是，我有三個條件藍鳥軍必須答應。」

「公主請說！」

「第一，南彝士兵放下武器，藍鳥軍必須保證他們的人身安全，並保證他們安全地回歸國內。」

「可以，我可以答應公主。」

「比雲先生果然地位非同一般，聖王對你是信任有加。」

「公主客氣了，承蒙聖王恩典，比雲可以在這件事情上略微做主就是！」

百花公主聽比雲如此說，心下大喜道：「既然比雲先生有自主權，那麼我就直言了。」

「公主請！」

「第二，我們南彝和藍鳥王朝締結友好條約，平等聯盟，永世修好，詳細條款以後再談，如何？」

比雲想了一想，這是對南彝和藍鳥王朝都有利的事情，締結友好條約，對於目前藍鳥王朝的形勢是最有利的，多了個盟友，少了個敵人，對王朝的發展壯大都百利無害。

「好，我同意了。」

百花公主彝凝香這時候臉色一紅，頭微有些低垂，聲音有些小：「為了保證前兩個條件的順利完成，我的第三個條件就是南彝與藍鳥王朝聯姻。」

「聯姻，公主，這是什麼意思？」

「就是要天雷大哥娶我！」

「什麼?公主！」

彝凝香白了比雲一眼，說道：「我讓天雷大哥娶我！」

比雲這次是真的大吃一驚道：「公主，比雲萬萬不敢答應這個條件，這件事情我做不了主！」

彝凝香臉紅紅地道：「我知道比雲先生做不了主，但是，你可以把我的意思告訴給聖王天雷哥哥，並徵求其他人的意思就可以了。」

比雲呆了好久，才大笑道：「公主果然非常人，不過，這件事情比雲真的做不了主，我盡力就是。」

「謝謝比雲先生。」

「公主客氣了。」

之後，比雲和百花公主彝凝香又談了一些事情，最後在午後才告辭，回轉藍鳥軍大營。

聖王天雷從比雲走後不久就感到心慌，心頭煩悶，總想發脾氣，坐立不安，但是，他左思右想也沒有找出個理由，在室內直轉圈子，這是從沒有過的現象，雅藍、雅雪知道他心情不好，吩咐楠天等人沒事情不要打攪他，兩人在室內靜靜地陪著他。

天雷忽然看到姐妹二人關切的目光，心頭一楞，心漸漸地平靜下來，是啊，儘管他不願意過像現在這般的生活，但是，命運的齒輪既然把自己安排在歷史的車輪上，自己就要勇敢地走下去，這是自己當初下山時的願望，師父多年的培養不正是要自己走今天的路嗎？

平定天下，還黎民百姓一個清平的世界，沒有戰爭，只有和平，各族人民和平相處，都過上興奮安康的生活，自己如今不正是爲了這個理想而奮鬥嗎？

看看王朝內的百姓，想一想跟隨自己多年的士兵、兄弟們，天雷忽然感到自己好像很偉大，他們把生命交給自己，對自己信任，爲自己作戰，而自己好像並沒有做什麼，比起一個普通的士兵都不如，自己還有什麼可以抱怨的。

雅藍姐妹看著聖王天雷又陷入沉思中，更加地不敢打攪他，跟隨天雷多年的姐妹倆知道聖王是在思考什麼問題，而這些就關係著許多人的生死，關係著藍鳥軍的存亡。

聖王天雷從沉思中醒了過來，忽然想起了凱文來，問道：「凱文老師在那兒？」

「凱文爵爺好像在自己的帳內！」

「過去看看！」

天雷起身向外走去，姐妹倆趕緊找了件斗篷跟出來，雅雪緊步爲他披上。

第四章　南彝聯姻

像凱文這樣不求名利的人很少，另外，侄兒雅星的鋒芒蓋過了凱文的風采，他也不會嫉妒自己的侄兒，反落得個清閒，這幾天更是在自己的大帳篷裏看看書，下下棋，消磨時間。聖王進來的時候，他正自己與自己下棋。

「王師真是清閒，好興致！」聖王笑道。

凱文早就習慣了聖王天雷的這種作風，也不奇怪，忙施禮後讓座，並笑道：「難得聖王有時間，我們來一盤如何？」

其實他知道聖王天雷有事情，不然絕對不會來找自己。

「好吧！」

兩個人不再言語，默默地下棋，棋子落盤的聲音特別的響亮，回蕩在整個帳篷內，雅藍、雅雪站在一旁，不時地爲兩個人添些茶水。

「聖王心中有惑，心情煩躁，棋局不穩？」

「不錯，如今冬天已至，風雪交加，士兵勞苦，而我卻爲百花公主之事停止不前，平原城近在咫尺，卻不能前進一步，怎麼能不心煩。」

凱文笑道：「做爲一個王者，行帝王之道，首重仁德，講求恩怨分明，彝凝香於聖瑪百姓有大恩，聖王一時間難以下定決心也是自然的事，不過，這場風雪也未必不是件好事！」

「請教？」

「彝凝香於聖王有恩情，沒有還恩情而冒然進軍平原城，勢必會被天下人恥笑，是爲不仁；即使進入平原城，又如何對待她，把她囚禁起來，不行，放其走，不行，放在手中燙手，殺了更不可能，這爲不義，這不仁不義的事是萬萬不能做的。」

聖王點頭。

「然而，不進軍平原城，大軍就必然被阻擋在城外，使將士受苦，況且，東海聯盟已撤軍十餘天，形勢緊急，再不採取行動，東方面軍就更加的難過了，所以，必須儘快解決這件事情。」

「正是。」

「要想一個兩全其美的辦法。」

「什麼辦法？」

凱文笑著看聖王天雷，並不言語。

「說嗎？」聖王天雷急著問。

「說了等於沒說，還不如不說好！」

「說來聽聽，萬一可行呢？」

「這個辦法與聖王你自己有關，既可還彝凝香的恩情，又可平定南彝，穩定南方戰局，兩方皆大歡喜。」

「快說！」

「那……你一定要答應我才說。」

「好，好，既然有這麼好的辦法，我答應就是！」

「真的？」

「那還有假！」

「那我可說了。」

「說！」

「不如你娶那彝凝香爲妃，成爲南彝未來的郡王，兩國豈不合而爲一，皆大歡喜。」

「什麼?什麼破主意，不行，不行！」

凱文正色說道：「聖王，大丈夫行事，求的是恩怨分明，心安理得，爲的是天下百姓蒼生，救民於水火，個人的得失事小，天下事大。」

「這我知道，可是我已經有了雅靈，如今她就要生產了，我怎麼能在這個時候再娶，不行，絕對不行。」

「聖王此言錯了，只要聖王心中有王妃，爲了天下，就是再娶又如何？古往今來，那個帝王不是有許多王妃，就是現在，聖王不是也如此嗎？再多一個彝凝香不多，況且能爲王朝的千秋萬代打基礎，如何不行？」

聖王天雷聽凱文如此說法，滿面火紅，低下頭去，雅藍、雅雪在一旁更是這樣，頭低得快要貼在前胸上了。

凱文見幾個人的樣子，笑著說：「聖王不要如此，這件事情早晚要解決，倒不如由老夫來挑破的好，她們姐妹跟隨你多年，這沒什麼，就是王妃那裏，我也可以做主，只要聖王答應了眼前之事，一切由我來擔當。」

雅藍、雅雪姐妹聽凱文如此說，忙跪倒在地：「雅藍、雅雪謝謝爵爺大恩！」

「妳們起來吧，這是應該給妳們的，不要這樣。」

「謝謝爵爺。」

「聖王，你怎麼說？」

「我，我再想想。」

「好吧，但要快！」

比雲從平原城回到城外的駐軍大營，略微休息了一會兒，然後來見聖王天雷。

聖王剛剛從凱文的大帳篷內回來不久，心情還沒有平靜下來。凱文的話，沒有責備他的意思，但是天雷自己卻感到慚愧，雅靈王妃對他的情誼他深知，而雅藍、雅雪姐妹從小就跟他在一起，侍奉他起居生活，一點回避的意思都沒有，多年來默默無聞，爲他所做的一切也是報答不完。如今，聖拉瑪大陸連年征戰，男少女多，娶兩、三個妻子也不算什麼，更何況他是聖王的身分，但他就是心裏想不開，感覺上對不起雅靈，而明月、雅藍雅雪姐妹的事情還沒有解決完，如今又多出個彝凝香，他很難接受。

但是，凱文的話也不是沒有道理，如果和南彝連姻，兩國就可以結束對立的局面，使士兵少受傷亡，可以儘快解決東海聯盟的事情，如果不答應，他不僅要擔負起忘恩負義的罵名，而且要使藍鳥軍的將士們多犧牲許多人。

聖王天雷正在煩惱的時候，比雲告進，聖王忙讓進來。比雲落座後，聖王詢問比雲出使平原城的事情。

「比雲，百花公主怎麼說？」

「聖王，我到了平原城內，見到了百花公主，並且把聖王的意思與她交代了一番，百花公主也接受了我們的提議，但是，她卻提出了三個條件，我當時沒有敢做主，所以就回來見聖王了。」

「哦，什麼條件，說來聽聽。」

「首先是南彝士兵放下武器，但是，聖王要保證他們的人身安全，並確保他們回國，不得以任何藉口留難。」

「哦，這個條件還可以，你可以答應她，爲什麼還用回來問我？」

「聖王明見，百花公主共提出了三個條件，這只是頭一個。」

「接著說！」

「其次是，南彝與我們藍鳥王朝達成永久和平條約，具體條款以後再定。」

「這條也可以，我們可以答應。」

「第三個條件，是爲了保證頭兩個條件的順利完成，南彝要與王朝聯姻！」

「聯姻？誰和誰？」

「這個……當然是聖王和百花公主她自己了！」

「什麼？比雲，你有沒有搞錯，彝凝香她要嫁給我？」

「正是，聖王！」

「搞什麼嘛！不行，不行。」

聖王正在對凱文提出這樣的問題煩惱，不想彝凝香她自己也提出了這樣的條件，他在大帳篷內轉了幾圈，然後揮手讓比雲出去。

比雲走出聖王的大帳篷後，想了一想，對於這件事情，無論從什麼角度說，都是對藍鳥王朝有利的事情，但是聖王不同意，他也沒有辦法，目前能對這件事情有影響的，在大軍中，只有大將軍秦泰和王師凱文，聖王對兩個人還是尊敬的，更何況凱文是王妃的叔叔，從小撫養，說話有分量，所以比雲決定找兩個人談一談。

比雲決非等閒之輩，多年的間諜工作使他有著極高的智慧和敏銳的觀察力，聖王雖然嘴上說不同意，但是絕對不是絕決的那種，憑他對聖王的瞭解，事情是有緩和的餘地的，所以他想了一下，決定先找王師凱文談談。

凱文見比雲進來，忙讓坐。

對於比雲，凱文清楚得很，大雪山藍鳥谷的勢力可以說是藍鳥王朝的中堅力量，而西南郡是藍鳥谷的創始人之一，聖王對西南郡的感情不是用語言來形容的，從人事的安排上就可以看出，無論是在軍事上，還是在民政上等，都逐步滲透藍鳥谷和西南郡的勢力，雅星可以說是藍鳥王朝的元老，實力派的人物，但是，至今雅星也沒有掌握軍權，雖為軍師之名，但兵權卻控制在各個將領的手中，他在有事情的時候可以轄制軍隊，但絕對不是完全掌握部隊。而像騰輝、比雲等人，雖然權力不大，但卻是掌管一個獨立的部門，是左右聖王決策的人物之一。

凱文知道比雲這次來錦陽城有事情，而且是關於南彝的大事情，比雲出使平遠城，全權代表聖王談判，凱文對此一清二楚，如今比雲來找自己，一定是有事情商量。

「比雲兄弟，坐！」

「凱文大哥也太客氣了，今天我到你這來，可是有事情要向您請教的！」

「請教不敢，大家商量一下，替聖王分憂倒是實情，比雲兄弟，我們也不用客氣，請說吧！」

「好，那我就不客氣了。前次我到平原城，與百花公主談判，南彝同意放下武器，但是，百花公主彝凝香卻提出了三個條件，前兩個倒好說，就是保證南彝軍隊平安回歸國內，與藍鳥王朝簽訂結盟條約，但是第三個條件卻很麻煩，聖王暫不同意，所以來找你商量。」

「第三個條件是什麼？」

「呵呵，彝凝香想做藍鳥王朝的王妃，讓聖王娶他，但聖王不同意，你看如何？」

凱文點了點頭說道：「我想也是如此，剛才我與聖王談起這件事情，聖王沒有表態，但是，這是關係到藍鳥軍將士生死的大事情，關係到藍鳥王朝千秋大業的事情，關係到平定中原的大事情，與我們每一個人都有關係，它不僅僅是聖王個人的事情，也是大家的事情，所以我想這是件好事，應當勸聖王同意。」

「我想也是如此，但聖王心有顧忌，我們最好能施加一下壓力！」

「呵呵，這麼說來，比雲兄弟也是同意的了，不過，我們做臣子的爲聖王施加壓力恐怕不妥當，比雲兄弟如果有意，可以另外想些辦法。」

「什麼辦法，請教凱文兄！」

「比雲兄弟可以把這件事直接飛鴿傳書給雅靈王妃、雅星軍師，然後再到平原城一趟，拜見百花公主，就說如此這般……」

兩個人嘀咕了一陣，然後又找來秦泰商量，秦泰雖然比較穩重，但在兩個人的鼓動下，也就同意了，隨後，比雲飛鴿傳書給望南城內的王妃雅靈，河北堰關城的雅星，然後又進入平原城一趟，與百花公主商議，並開始儘量拖延時間。

第二天，比雲和凱文、秦泰三人躲得遠遠的，不與聖王天雷商議任何問題，在晚間的時候才回到大帳篷，聖王天雷多次派人找三人商議事情，都被三人以沒有找到爲藉口推拖過去，晚間的時候，聖王又找尋三人，又被三人以天色已晚，身體不適爲藉口躲過。

聖王天雷其實心知肚明，知道三人在拖延自己，但他已經說過，兩天後進入平原城，不再給百花公主機會，所以在第三天一早晨，聖王就開始讓大軍準備，開始做進軍平原城的事宜。

藍衣眾和藍鳥騎士團、第二、三、四軍團這時候就顯示出了聖王的權威性，在太陽剛出來的時候就準備已畢，聖王天雷一聲令下，全軍作出攻擊的姿態，向平原城開始推進。

平原城的西門早就大開，聖王率領大軍在到達城門前五百米的時候，從城內開始傳出鼓聲、音樂聲，聖王天雷擺手讓大軍停止前進，注目觀看。

百花公主彝凝香一身盛裝，在百名女兵的簇擁下走出西門，後面是南彝的歡迎隊伍，五萬名士兵空著兩手，人人臉上帶著笑容。她緩步走出隊伍，來到聖王天雷的馬前，飄飄施禮道：

「凝香拜見天雷哥哥，大哥一向可好？」

聖王天雷立在馬上，見百花公主擺出一副迎接的架勢，立即臉上大紅，如今見百花公主拜倒在自己的馬前，他是無論如何也坐不住的，忙下馬還禮道：

「公主快快請起，天雷不敢當公主如此大禮。」

百花公主再拜而起，笑著說道：「天雷大哥客氣了，小妹多時沒有見到天雷哥哥，想念得很，今日見到大哥，心裏正高興呢。」

聖王天雷臉色一紅，然後強擠笑容道：「公主一向可好啊，天雷也是時常惦記著公主，不過如今我們兩國交戰，天雷多有不便，不敢前往拜見公主。」

「天雷哥哥客氣了。」說完，百花公主緩步上前，伸手拉住聖王的手，甜甜一笑，然後說道：「小妹早就等候著天雷哥哥呢，只是大哥不願進城，小妹雖多次邀請，但大哥遲遲不來，卻是爲何？」

「這個……，公主，如今我們兩國交戰，我們是敵對雙方，天雷不好輕易進城。」

「天雷哥哥此話說得不對，凝香可是從沒有把大哥當成敵人，以前，南彝進犯中原，那時候是大陸混戰，中原爭雄，聖日帝國與南彝各自爭取中原利益，但如今情況不同，藍鳥王朝初立，大局不穩定，凝香渴求與大哥修好，建立兩國友好關係，況且……」

「公主請接著說，況且什麼？」

「那凝香就直說了。天雷哥哥，南彝與藍鳥王朝關係一直不錯，凝香不敢居功，但確實曾經多次爲藍鳥王朝出力，第一次平原城會戰時，河北四國聯軍南進，攻擊平原城，大哥率領東方兵團西撤，困難重重，那時，凝香完全可以和叔叔向北進軍，爲藍鳥軍施加壓力，與帕爾沙特形成南北夾擊之勢，但天雷哥哥派比雲出使南彝，以示修好，凝香和叔叔考慮了天雷哥哥的困難，沒有出兵，只是按照大哥的吩咐緩步進軍，逐步接收朔陽城等地，並按照大哥的吩咐，善待百姓，使大哥和東方兵團安全西撤。第二次是南北聯軍進軍嶺西郡，凝香多次與大哥通消息，把南彝的大軍帶到固原城一帶，按兵不動，使大哥從容擊潰騰格爾部，保證了嶺西的休養生息。第三次是六國聯軍攻打不落城，大哥派比雲到凝香那裏，要求凝香善待中原百姓，給他們一條生路，凝香不敢違背大哥的意思，放百萬百姓從南門離京城，得以活命，說不定在這些兄弟中，就有人是那次凝香放出去的，大哥難道認爲凝香是與大哥爲敵嗎？凝香做得還不夠嗎？」

「這個……」

聖王天雷聽百花公主歷數她爲中原百姓和藍鳥軍所做的貢獻，真是無話可以回答，彝凝香所說都是事實，就憑藉這些，他天雷還真是反駁不了她。

「大哥！」百花公主彝凝香接著說：「如今中原爭霸已經告一段落，河北聯軍退回河北，東海聯盟退軍東海，南彝想撤回南方有什麼不對，凝香不願意與大哥交戰，想與藍鳥軍和平相處，南彝軍可以放下武器，但大哥爲什麼不同意，非要我們殺得血肉橫飛不可？這對我們誰都沒有好處，如果我們聯盟，大哥不就不用士兵流血犧牲了嗎？」

聖王天雷慚愧地低下頭去。

「大哥，凝香作爲南彝唯一的公主可以向你保證：南彝和藍鳥王朝今後永不相犯，和平相處，凝香願意幫助大哥平定中原，還中原百姓一個安樂的家園。」

彝凝香頓了一頓，然後回頭吩咐道：「傳我命令，告訴叔叔就說我已經和聖王修好，大軍放下武器，聽候維戈大將軍吩咐，同時，請轉告父親，讓他退軍嶺南要塞，等待我的消息。」

一名親衛躬身道：「是，公主！」

然後，有人把三隻飛鴿放上藍天。

百花公主彝凝香嫣然一笑，拉著聖王天雷的手說道：「天雷哥哥，為了保證我們兩國的和平友好，你要娶我。」

聖王天雷當即就傻楞在當地，他無論如何也沒有想到，百花公主會當著全軍將士的面提出此事。

「哈哈，好，好，好一位賢明的公主，好一位賢慧的王妃！」

凱文、秦泰、比雲微笑著從大軍中央走出，凱文一邊向前走一邊說話，然後，他又向全軍的將士們說道：

「將士們，百花公主為聖瑪百姓所做的一切，你們已經聽清楚了，如今她為了南彝與我王朝百世修好，而願意嫁給我們的王，平息兩國的戰爭，你們願意嗎？」

「願意，我們願意！」

百花公主緊緊地拉著聖王天雷的手，臉上露出笑容，眼角掛著淚花，她雙眼凝視著聖王天雷，用萬般的柔情、千般的情意看著天雷。

聖王天雷是什麼也想不起來了，歡呼的場面，混亂的平原城外整個被歡呼聲和勝利、和平的聲音所淹沒，他楞楞地看著百花公主，從她那溫柔的目光裏，感到了無限的情意。

「恭喜聖王，恭喜王妃！」

「恭喜聖王，恭喜王妃！」

秦泰和比雲來到聖王天雷的身前，躬身道喜，凱文立在一旁含笑地看著聖王。

天雷這時回過神來，狠狠地瞪了秦泰和比雲一眼，百花公主見狀，忙搖著他的手叫道：「天雷哥哥！」

聖王知道是他們幾個聯合起來騙自己，但這畢竟不是壞事，如今事已至此，想反悔也不可能，這件事是關係著兩國間的大事情，並不是他一個人的事情，是關係著上百萬、千萬人的生死問題，關係著王朝穩定的大事情。於是，他略微想了一下，對百花公主說道：「公主。」

「天雷哥哥，請不要叫我公主，就叫我凝香吧。」

聖王天雷點了下頭，然後說道：「凝香，這件事情就這麼定了，不過，妳還要委屈一些，和雅靈王妃把事情交代清楚，我不想妳們為了這事情不愉快！」

「天雷哥哥放心，凝香明白的！」

「聖王放心，剛剛接到王妃和軍師的傳書，他們都贊成此事，要求我們盡全力玉成此事呢。」

凱文笑呵呵地說。

聖王看了他一眼，知道事情與凱文脫不了關係，當初就是他第一個與自己提出這樣的建議，如今又說王妃雅靈、軍師雅星同意並支持此事情，定是他搞的鬼，但是，凱文畢竟是雅靈和雅星的叔叔，有資格說話，他也不好責備凱文，況且凱文可是他的老師，他也不好不給老師面子。

熱鬧了一會兒，百花公主彝凝香要求聖王天雷和眾將士入城。

在城內的中央廣場上，堆積著南彝軍隊的武器，並有人看守。百花公主對聖王天雷說道：「天雷哥哥，請你派人接收這些武器，以後我們可沒有什麼了。」

聖王天雷想了一想，接著說道：「凝香，這樣吧，這些武器還是還給你們的士兵吧，反正我們已經是一家人了，沒有必要搞得那麼的生分。」

百花公主聽天雷此言，抿嘴微笑。

凱文在旁接過話道：「聖王，這麼快就成爲一家人了！」

秦泰、比雲等人忍不住哈哈大笑，聖王天雷這才明白自己說話被人取笑了。

來到彝凝香的住處，眾人分別落座，彝凝香見雅藍、雅雪站在天雷的身後，明白她們是天雷的貼身侍女，同時她也知道雅藍、雅雪姐妹倆人，當初在東平城的時候，她們就見過，如今她初到聖王身邊，不懂的事情很多，以後還真的要與她們好好相處，所以忙命人拿過椅子，請兩人坐。

但雅藍、雅雪怎麼敢坐，在百花公主的一再要求下，聖王天雷終於忍不住讓兩人坐下，在天雷的介紹下，百花公主彝凝香這才知道雅藍、雅雪姐妹是藍鳥騎士團的團長，心中頓時把她們姐妹的地位提高了起來。

四天後，大將軍維戈飛鴿傳書，告訴聖王天雷南彝彝雲松部已經全部放下武器，接受藍翎的監督，並請求聖王天雷對以後事情的處理意見。

聖王天雷經過考慮，認爲在聖寧河南的騎兵第六、七軍團及短人族戰斧團已經沒有留下的必要，必須馬上北上，而且，遠在東海的藍羽部急需要支援，於是，傳令維戈、兀沙爾，命令兀沙爾新月兵團必須立即起程，從千雲寨支援東海的藍羽，而維戈率領藍翎所有的騎兵軍團立即北上，從後面攻擊東海大軍。

留溫嘉主持南平原地區大局，同時從西南郡抽調大批人手進入南平原地區，穩定局勢，恢復秩序和生產，並要求百姓在明年開春後移民中原，重返故鄉。

十天後，大將軍維戈傳來消息，騎兵部隊已經陸續集結在原城地區，藍鳥第六、七騎兵軍團和短人族戰斧團已經越過聖寧河，正準備北上，但是，有另一個消息耽誤了點時間，就是少公子夢雷已經越過聖寧河，正向原城方向趕來。

聖王天雷接到維戈傳書說少公子夢雷趕來，才想起了藍鳥谷中的明月，他在心痛之餘，也深感對不起明月公主，整整八年了，明月公主默默地在藍鳥谷中等待著自己，撫養兒子和義子，從沒有對他要求過任何事情，而這份情意，是他無法報答的，如今兒子千里尋父，他的心又是心痛，又是興奮，他還從沒有見過兒子夢雷呢。

心痛之下，忙向人打聽兒子的消息。

美麗的聖拉瑪大雪上聳立在攸攸的白雲裏，半山以上的部位在雲中時隱時現，白雲環繞著雪山在轉，藍色的天空映照著白雪，使聖拉瑪雪山的上空顯得分外的迷人。

在聖雪山下的藍鳥谷中，翠綠的松柏佈滿山谷，幽靜平坦的小路幽靜、曲折，周圍的樹木環抱著木屋，平坦的練武場平整、熱鬧，偶爾傳出陣陣的廝殺聲渲染著藍鳥谷的活躍。

多年來，藍鳥谷的聲譽、威望如大草原人心中的神，無處可比，藍鳥谷就是大草原的聖地，而藍鳥谷中的人就如在神身邊的人一樣，受到大草原人們的愛戴、擁護和崇拜，即使是來自於草原的孩子，也無不被視為草原的英雄，受到草原人特別的關愛和崇拜、羨慕，所以草原上的孩子，無不以身入藍鳥谷為最高的榮耀。

藍鳥谷的聲望不僅僅是在大草原響徹雲霄，即使是在勒馬城、奴奴城以及整個中原，乃至整個大陸都是震耳欲聾，沒有一個地方比如今的藍鳥谷聲名更加的響亮。聖瑪民族、短人族、雪奴族也都視其為聖地，人人嚮往。

藍鳥谷的崇高聲譽，使明月公主的地位一時間在大草原上達到了頂點，人人都知道聖王妃明月和聖子夢雷，反倒是真正的王妃雅靈知道的人很少，但是，對於這一切，明月並不知道，她只知道大草原的人對她尊敬有加，都視她為神人一般，所以明月很少出谷，只是在藍鳥谷中教育著兒子，撫養著義子盛翔。

萊恩和列奇九十出頭，身體健康，一點也看不出是上了年紀的人。兩個人如今在藍鳥谷中養老，事情幾乎不用他們操心，騰越和比奧派了許多人奉養父親，聖王更是命人特意照顧他們，而明月公主就更加的尊敬兩位老師兄了。而他們兩個老怪物也非常喜歡明月，更視夢雷如同寶貝，珍惜、喜歡得不得了，甚至於整天混在一起。

隨著夢雷的一天天的長大，明月公主的麻煩是越來越多。倒不是別人為明月增加麻煩，反而是自己的兒子小夢雷。

夢雷小公子從兩歲起開始讀書，三歲開始習武，明月公主把自己所學傾囊相授，並把天雷留下的武功書籍等都教給兒子，從五歲起開始傳授秋水劍法、幻月劍法，如今是小有成就。平時，萊恩與列奇教給他騎馬射箭，練習霸王槍技和天罡刀絕技，使他小小年紀，武功、見識等都非同小可。

藍鳥谷中不缺少少年人才，雖然個個都比夢雷大，但是畢竟也還是孩子，所以時間一長就玩在了一起，夢雷也非常願意和他們一起讀書練武，幾年下來，大家都成爲很好的朋友，無論是夢雷，還是其他的孩子，都得益匪淺。

但是，夢雷長過六歲以後，隨著年紀的增加和見聞的增多，開始提出了問題，首先便是自己的父親是誰的問題。

這一點當然難不住明月，告訴他，父親叫天雷•雪，他自己叫夢雷•雪，是想念父親的意思，隨後，夢雷就開始詢問父親在那，明月公主就告訴他，父親在中原一個叫嶺西郡的地方，率領藍鳥軍隊和敵人作戰，在父親的身邊，還有維戈、雷格、雅星、越劍、溫嘉、商秀等許許多多的叔叔，還有另一個母親雅靈等等。

第五章　天雷少主

六、七歲時，夢雷就整天纏著母親明月，希望她帶著自己到中原尋父，但明月是說什麼也不同意，搬出種種理由，實在沒有辦法，她就帶著兒子到聖雪山上走一趟，講解著天雷住過的地方，練武的場所，生活、打獵的趣事，倒是能頂一段時間。

聖王天雷從十三歲開始下聖雪山，爲奴奴族人購買千里牧場，召開草原結盟大會，整合各部落，封草原金鷹勇士，教授各族少年武功，爲草原各部落恩賜福，爲各部買糧食等等的事蹟在大草原傳唱了多年，反覆不斷，無論是問那一個草原的人都能唱上幾段，夢雷聽到關於父親的種種傳說，一時間就呆住了。父親，這是個什麼樣的人，他讓所有大草原的人愛戴，讓整個雪山、草原在歌唱，他的魅力深深地印在了孩子般的夢雷心中，他渴望見到父親。

從去年開始，藍鳥王朝建立，聖王天雷出兵中原，勝利的消息一個接著一個傳到了藍鳥谷，小夢雷自然也知道了父親的消息，每一件事情都能使他興奮好幾天時間，但是尋找父親的願望就更加的強烈了。既然母親不領自己去尋找父親，那麼，他就想到了自己去。

小夢雷簡單地收拾了自己的衣物，偷偷摸摸地跑出了藍鳥谷，一路向東，尋找父親天雷。

走了有半天的時間，藍鳥谷內的明月和萊恩、列奇就發現夢雷不見了，到處打聽尋找也沒有找到，三個人慌了，忙派出人員尋找，多方打聽後，知道夢雷是一路向東而去，明月心中大驚，這個孩子莫不是自己向中原尋父了。

如今中原大亂，戰火四起，尋找天雷不是爲自己找來殺身之禍？藍鳥谷的人快馬向東，一路尋找，同時，萊恩飛鴿傳書給勒馬城、奴奴城，要求城門官兵嚴格注意，一旦發現少公子立即扣下。

夢雷晚間的時候在牧民的帳篷裏休息，牧民們多認識他，即使不認識的人一聽說他是聖王天雷的兒子，自然也是小心侍奉，倒是沒有發生意外。

第二天，他繼續趕路，不久就被一路追趕上來的明月抓住。

明月一天沒有兒子的消息，守在藍鳥谷中心急如焚，哪能待下去，連夜動身，一路打聽，牧民們倒是盡心盡力地幫助尋找，一傳十，十傳百，不久就得到了夢雷的消息，明月這才稍微放心，待確定他在何處後，心痛他小小年紀一路勞累，沒有打攪他，待第二天上路時才抓住他。

明月公主抱住兒子痛哭一場，也沒有說什麼，畢竟這孩子也沒有什麼大錯，從此，明月和藍鳥谷中人嚴格監視夢雷的一切行動，時刻有人暗中監督，一舉一動明月無不掌握，夢雷四次逃跑均被及時發現，當場抓回。

今年上半年，中原大戰正酣，夢雷得知父親在酈陽城的消息後，半夜私逃，乘小快馬直奔奴奴城，被明月發現後飛鴿傳書，在奴奴城門前被扣下，明月親自前去接應，但是，夢雷是又哭又鬧，說什麼也不回去，明月傷心之餘，大哭一場，夢雷這才害怕，跟隨母親回到藍鳥谷，但情緒不振，一天到晚悶悶不樂，明月痛在心裏，也沒有什麼辦法。

萊恩與列奇畢竟心痛明月，在他們的心中，明月的地位比雅靈高許多，夢雷就是天雷的兒子，對待他如天雷小時候一樣，看到母子二人心中不快，兩人也是心疼不已，在一起一商量，最後決定讓夢雷前往中原尋父，畢竟夢雷從小到大還沒有見到天雷，也許有夢雷的關係，天雷還說不定接明月過去呢。

二人把自己的想法與明月一說，明月公主聽後沉思半天，最後才對兩人說：

「兩位師兄，明月懂得你們的好意，但我並不希望天雷接我出去，只是這孩子畢竟是天雷的，如今都八歲了，還沒有見過他父親，讓他出去也好，如今，有盛翔陪著我，也不寂寞。」

「弟妹，妳同意了？」

「是，只是不知道這孩子怎麼去，我不放心！」

萊恩笑道：「弟妹放心，如今藍鳥谷中十七歲以上的人多達萬人，最大的也二十歲了，也應該爲天雷做點事情了，有他們保護，夢雷絕對沒有問題。」

列奇也笑道：「弟妹，不久前剛得到消息，天雷已經到達錦陽城，不久將收復京城不落城，聖寧河兩岸南有溫嘉，北有維戈，大軍節節勝利，安全沒有問題，過河後，讓維戈派人護送夢雷，保證安全。」

「那好吧，既然兩位師兄都安排好了，我還有什麼不放心的，只是，這孩子少見世面，不要爲我們母子丟臉才好。」

萊恩接過話道：「孩子還小，沒有人會挑剔什麼的，否則我絕對不答應，另外，有維戈和雷格在，相信他們會照顧夢雷的。天雷雖然沒有見過孩子，但他只有這麼一個兒子，相信喜歡還來不及呢，也不會要求過高。」

列奇道：「可不是，夢雷這孩子也很懂事，又有維戈和雷格照顧，絕對不會讓他受委屈，你放心，我就給維戈和雷格兩個臭小子寫信，如果讓夢雷寶貝受委屈，看我不剝了他們的皮才怪。」

明月公主聽後心情大好，笑道：「那我就謝謝兩位老師兄了，我看再休息幾天，讓大家準備一下，然後就放他們出去！」

「好，就這麼辦！」萊恩笑著回答

「這回寶貝小子可高興了吧，我這就去告訴他。」

列奇說完，當先走了出去，尋找到夢雷後，把事情一說，高興得夢雷立即就往母親的室內跑去。

萊恩出來後，立即通知藍鳥谷中人員準備，挑選出谷的人員等等事情，另外，萊恩和列奇畢竟答應了明月，還真怕夢雷受委屈，在聖王天雷的身邊，有王妃雅靈、雅藍、雅雪姐妹等人，最近又聽說還有什麼百花公主，所以兩個人也是心中無底，只好給維戈寫信，千叮嚀萬囑咐等等。

明月公主見兒子夢雷進來，想到他小小的年紀千里尋父，辛酸得眼淚就流了下來。

夢雷畢竟是孝順的孩子，見母親落淚，忙說道：「母親，妳不要傷心了，要不我就不去了啊。」

明月看兒子如此的懂事理，也是高興，說道：

「母親不是傷心，而是看到兒子你長大了高興啊。夢雷，這一去，不知道什麼時候母親能再見到你，以後你可要聽父親的話，不要讓父親生氣，要學會自己照顧自己。」

「我知道，母親！」

「夢雷，雖然你還小，但有些事情母親還是必須跟你說，你要記住，要尊敬你雅靈母親和雅藍、雅雪阿姨，要好好地尊敬你維戈、雷格叔叔，他們會照顧你，只要有兩位叔叔的幫助，相信就沒有人敢讓你受委屈。」

「是，母親！」

明月公主畢竟是一代帥才，思想深遠，看事情比一般的人高許多，如今藍鳥王朝雖然戰將如雲，雄兵百餘萬，但真正得到聖王信任和掌權的，也只有藍鳥谷出身的將領和西南郡的雷格、維戈，只要兒子和這些人搞好關係，地位就會鞏固，即使是聖王天雷也不敢怎麼樣，另外，自己還有萊恩、列奇兩位後盾，天雷縱然對自己有什麼想法，但有兩位老師兄在，她就是藍鳥谷的主母，沒有什麼人敢不承認。另外，明月還有一點點私心，這時候必須對兒子交代好，否則，這許多年的辛苦就白費了。

「夢雷，你要記住母親的話，凡是藍鳥谷出身的叔叔，你都要好好對待，就向對母親一樣，這對你有許多好處，但絕對不能和外人講，知道嗎？」

「我知道，母親！」

「還有件事情你要記住，等到將來你父親如果和映月交戰，你一定不要讓你父親和叔叔們傷了你外公和舅舅們，也不要讓他們傷害到你父親、叔叔們，到時候你可要保護他們，要記住啊，千萬別忘記了。」

「母親放心，孩兒記住了，我一定不讓父親傷害外公和舅舅，就是叔叔們想傷害他們也不行，要是外公和舅舅想傷害父親，我也不答應！」

「好孩子，你記住就行，但不要和別人說，到時候你就知道怎麼做了。」

「是，母親！」

「好吧，你也要準備了。對了夢雷，這次跟你出去的人都是和你一起長大的，將來許多人都會成爲將領，你千萬要好好對待他們，他們是你的手臂、依靠，也許以後你就要靠他們呢。」

「知道，母親，他們都是好哥哥，我會和他們好好相處的，妳放心吧。」

明月看兒子懂事的樣子，欣慰地說：「夢雷長大了，母親放心了，去吧！」

「是，母親！」

夢雷公子轉身走出母親的屋內，來到外面，這時候，整個藍鳥谷中都知道將要有人跟隨少主前往中原，叩見聖王，以後將跟隨聖王和少主征戰天下，一時間歡聲雷動，人人臉上都露出笑容，積極準備，等待著谷中管事的挑選。

經過三天的教場演練武藝，萊恩和列奇挑選出一萬名優秀的子弟，分成五個大隊，其中一個大隊兩千人組成少主親衛隊，挑選出三百武藝高強、辦事能力強的人爲各隊的將官，跟隨少主夢雷前往中原，拜見聖王天雷，隨軍作戰。

另外，他爲每一個人準備了全套的短人族裝備，大草原奴奴族特選的戰馬，又組成了三百輛戰車隊，整個隊伍清一色的年輕人，有朝氣、活力，個個武技高強，全是好手，所差的只是經驗，但是，這些不算什麼，西南郡的騰越親自給夢雷挑選出二十名有經驗的人員隨軍，作爲少主的參軍人員，正在通平城等待著少主夢雷呢。

明月公主聽到萊恩和列奇爲兒子所做的一切，深感放心。七天後，少主夢雷從藍鳥谷出發，向通平城前進，越過聖寧河，進入中原拜見父親聖王天雷。

大將軍維戈五天前接到爺爺的書信，內容無非是囑咐他和雷格照顧好夢雷。維戈見兩位老爺子親自出馬，一點也不敢怠慢，萊恩和列奇在藍鳥谷的地位是至高無上的，在他的心中不下於聖王天雷，況且，維戈也明白兩位爺爺的意思，照顧好少主夢雷，就等於爲西南郡的諸家多了一層保障，多了些資本，在以後的藍鳥王朝裏，西南郡的地位將更加鞏固，而且，凡是藍鳥谷出身的將領，只要是藍鳥谷出身的少主，他們就將自動歸入旗下，將更加的團結，足可以與王妃雅靈、軍師雅星的勢力抗衡，就是以後雅靈生了王子，但有夢雷在，聖王天雷也得考慮考慮。

有這樣的想法，維戈更加地注重夢雷的中原之行，這是目前聖王唯一的兒子，又從藍鳥谷出來，對於像維戈等藍鳥谷出身的人來說十分有利，所以，維戈除傳信給聖王報消息外，還派出藍爪引導夢雷的前進路線，在原城等待著夢雷與之會合。

目前，在原城地區南彝彝雲松部放下了武器，大將軍維戈並沒有爲難他們，除收繳武器外，讓他們仍然駐守在大營內，維戈知道百花公主彝凝香和聖王天雷聯姻的事情，對待彝雲松特別的優待，像尊敬長輩一樣，和彝雲松一起住在原城內。

聽說小公子夢雷出藍鳥谷，前往平原城拜見父親聖王，彝雲松也是高度重視，彝凝香和聖王聯姻已經成爲事實，這是百花公主自己的選擇，不存在什麼別的因素，即使爲了南彝將士的原因，但彝凝香自己願意卻占了絕大部分，所以爲了她的將來，彝雲松也是有所考慮的，這時候能爲彝凝香拉好關係，是穩固地位的最有利的保證。

既然維戈大軍暫時停留在原城地區，沒有什麼事情做，彝雲松就考慮回軍國內的問題，他和維戈一商量，維戈在這件事情上倒是能夠做主，同意讓南彝軍隊回歸國內，彝雲松就開始忙軍隊的事情，安排軍隊回撤等事，維戈給予全力配合，支援糧食等，並把武器裝備運往河南，等到在嶺南要塞時轉交給南彝。

彝雲松自己並不走，他不放心自己的侄女，一定要到平原城去看望一下，然後才放心，維戈也同意彝雲松的提議，兩個人在原城地區等待著夢雷，同時，南彝軍隊開始陸續撤離，維戈派出軍隊分批護送過河，由聖寧河南的溫嘉再接手，護送出嶺南要塞。

南彝國主彝雲龍撤軍到嶺南要塞，與溫嘉取得了協議，並派出人員與彝雲松聯繫，由其主持南彝和藍鳥王朝簽定和平條約的事宜，並吩咐彝雲松照顧好女兒等等。

溫嘉如今可是大忙人一個，河南河北的穩定大局都放在他手中，維戈抽身出來，率領軍隊東征，他事情正多，好在騰越派出了許多官員，減少了他的壓力，同時，不懂得的事情也有人接手，逐漸走上正軌，他在中間起協調作用，事情一請示他，只要點頭就有人辦理，雖然忙，但也算可以。

對於少主夢雷出藍鳥谷中原尋父，溫嘉當然也得到了消息，他自己脫不開身，但不等於他就不管不問，溫嘉也是有心人，聖王天雷對他恩重如山，對少主他也是盡全力的，他知道聖王就這麼一個兒子，又是出身藍鳥谷，而如維戈等西南出身的將領都對此事高度重視，他就更加的重視起來，也派出人前往慰問，引導少主前往的路線，保證少主安全等等。

在維戈和溫嘉的全力保護下，少公子夢雷一路上可以說是穩如泰山，沒有任何風吹草動，一萬名大軍順利渡過聖寧河，前往原城，拜見大將軍維戈。

十二月十八日，少公子夢雷大軍抵達原城外，先頭引路的藍爪多達百餘人，全部是精銳部隊，快馬早就把消息傳入城內，大將軍維戈和南彝王爺彝雲松率領藍鳥軍團的騎兵列陣在原城的西門外，等待著少主夢雷的到來。

天色近午，火紅的太陽高高地掛在天空，彩霞分飛，溫暖的陽光讓人渾身舒服，維戈立身在原城外，注目向西眺望。

遠處捲起漫天的塵灰，轟響的馬蹄聲響徹雲霄，越來越近，首先映入眼簾的是三百輛戰車，高大的戰馬個個雄壯有力，全新的戰甲在陽光中泛著光芒，車上的士兵手提著長槍、弓箭，全身的盔甲，手臂上掛著小巧的盾牌，精神抖擻。

戰車手驅動著戰馬，在距離維戈身前五百米處左右一分，兩邊各兩個戰車陣，兩百四十輛戰車擺出了防禦陣型，中間六十輛戰車形成微微的弧線形戰陣，中間有條通往前方的小路，士兵弓上弦，雙眼目視前方，保持警惕。

在戰車陣後方，兩千名騎槍手組成一個大隊，在戰旗的指引下首先向左移動，在戰車陣的後方停住戰馬，保持安靜狀態，士兵個個盔甲明亮，裝備精良。

一桿黃色的大旗出現在維戈的視野裏，隨風飄揚的旗幟上繡著一隻高傲的藍色藍鳥，圖案稍微小一些，顯示出藍鳥的雛形，在藍鳥的下方，斗大的一個「雪」字占滿大部，好似要擊起奮飛的藍鳥，在「雪」字的下方，三個字繡得更加的美麗：「藍鳥谷」

黃旗之下，左右護衛著三百名親衛，全部是黑色的戰甲，騎槍罡刀明亮，個個雙眼中流露出精光，表情嚴肅。在親衛的中間，是一匹白色的戰馬，馬稍微小一些，但絕對是良馬，馬上端坐著一員小將，全身銀白色戰盔，鞍上懸掛著長槍，腰間掛著一口短劍「秋水」。

在銀色的盔甲包裹中，一張粉紅色的小臉襯托著一雙明亮的大眼睛，濃黑的眉，高挺的鼻樑，一張小口，臉上掛著驚喜的笑意。

這時候，在五個戰車陣後各排列上兩千精騎，拱衛著中央的少主。大將軍維戈見藍鳥谷的少主夢雷出場果然非同一般，顯示出藍鳥谷少主的特色和高傲身分、地位，護衛的將士個個年輕有爲，從精湛的騎術上可以看出武藝的嫺熟，非常的滿意。

維戈看罷緩步前行，這時候，夢雷已經翻身下馬，看見從前方走出一員大將，黑色的戰甲下是一張久經沙場的臉，從明亮的雙眼中，可以感到其武功已經達到成罡之境，夢雷雖然年紀小，但也知道必是維戈無疑。旁邊有西南郡的參軍這時候小聲地告訴少主，這就是大將軍維戈。

夢雷一見維戈就感到親切，從氣勢上就感到非同一般，他喜歡這氣勢，在他的心裏，曾經無數次地幻想過父親和叔叔是個什麼樣子，儘管模樣不同，但氣勢絕對如心中想像的一樣。

他搶步而出，在維戈身前十米處跪倒在地，孩童的聲音迴響在維戈的耳中：

「侄兒夢雷，拜見維戈叔叔！」

維戈稍微一愣，然後仰天長笑：「哈哈，好，好，好孩子，真是好孩子，叔叔生受了，起來吧！」說完上前雙手扶起夢雷，仔細打量。

「叔叔！」夢雷拉著維戈的手，親切地叫著。

維戈心頭忽然掠過一股暖流，平靜的心一時翻起巨浪，這是藍鳥谷的第一個孩子，天雷和雷格、自己的第一個孩子，三人從小生活在一起，征戰沙場近十年，不想下一代都這麼大了，夢雷雖然是天雷的孩子，但又何嘗不是他自己的孩子，也難怪爺爺喜歡、心痛，像這樣的孩子，他那裏會不疼愛。

維戈愣了一下神後，把夢雷抱在了手中，雖然孩子渾身的盔甲，但維戈只當沒有穿一樣，抱在手中的孩子，真的是無比的親切。夢雷一張粉紅的小臉上，大眼睛靜靜地看著他。

維戈邁大步走回自己的軍前，這時候，轟然的叫聲把夢雷嚇了一跳：「拜見公子！」

夢雷轉頭一看，約十五萬的將士齊身下拜，戰甲叮噹聲響，而整齊的叫聲更是威武有力，維戈臉上掛著笑意，把夢雷放在地上，靜靜地看著他。

「大家辛苦了，都起來吧！」

夢雷清脆的童聲響起，然後微微躬身還禮。

維戈在旁非常滿意，然後大聲說道：「公子讓大家起來了，都起來吧。」

「謝公子！」

然後，維戈拉起夢雷的手，來到彝雲松的面前，指著他對夢雷說道：「來，來，夢雷，見見南彝二王爺，王爺可不是外人，他是你另一個王妃母親的叔叔，要叫王爺爺呢！」

夢雷跪倒施禮，口裏叫道：「夢雷拜見王爺爺！」

「好孩子，快起來吧，起來，起來！」

以彝雲松的身分，本是不用出原城外迎接小公子夢雷的，但是彝雲松畢竟是有遠見之人，知道聖王天雷只有這麼一個兒子，況且出身藍鳥谷，在藍鳥軍中有著無可爭議的崇高地位，無論彝凝香多麼受到聖王的恩寵，但是和夢雷比起來，還是有一定的差距，如果和這個孩子搞好關係，就等於與藍鳥谷搞好關係，和藍鳥軍的西南將領拉近了關係，所以他也坐不住了，跟隨維戈來到城外，當他看到夢雷竟然以大禮參見維戈，而且維戈只一愣後竟然坦然接受，彝雲松就知道大將軍維戈在藍鳥王朝的地位，和聖王的關係有多麼的親近，即使是聖王他自己的兒子，也不敢在維戈面前擺身分。

第二天，維戈傳令藍鳥軍藍翎部騎兵開拔起程，由於東海聯盟已經從中原地區撤軍有近月時間，東海戰區情況很急，維戈藍翎已經耽誤了許多時間，所以只好和夢雷抓緊時間趕路。

這次藍翎動身，南彝王爺彝雲松也隨軍前往，由於彝雲松要爲百花公主造些聲勢，徵得大將軍維戈同意，彝雲松率領近五萬名本部族精銳部隊前往平原城，並且，南彝的一千五百隻戰象隊也全部隨行。

彝雲松這次前往平原城有兩個重大的任務，第一是要為彝凝香主婚，第二是與藍鳥王朝簽定友好條約。既然南彝連唯一的公主都嫁給了藍鳥王朝的聖王，所以彝雲松也沒有什麼話不能說，他明確地告訴維戈，要留下十萬精銳軍隊歸入百花公主旗幟下，為聖王夫妻效力，與藍鳥王朝聯盟，協助聖王夫妻逐鹿中原，平定天下。維戈也是高明的戰略家，知道這件事情可為，聖王天雷也會答應，從此後南彝與藍鳥王朝就真正地成為了一家人，雙方聯盟，共同抗擊河北的四國聯盟，爭霸天下，所以彝雲松一說，他當即同意，兩個人的關係好像越處越近，配合越加默契。

藍翎騎兵和南彝戰象軍團前往平原城，一路上，騎兵第六、七軍團和短人族戰斧團先行，在少主夢雷、大將軍維戈、南彝王爺彝雲松、短人族少族長卡萊的率領下走在最前面，而南彝的戰象隊行動比較慢，所以在後面慢行。另外，藍翎步兵軍團第五、第十軍團在後跟進，整個中原南部地區出現了兩路大軍分別向南、北開進的現象。

南彝軍隊從聖寧河北撤軍，由溫嘉主持聖寧河兩岸的地區事情，由於和平解決了南彝問題，而南彝百花公主、王爺彝雲松都在平原城，也不可能再發生什麼戰事，所以溫嘉把預備隊補充到藍翎第五、八、九、十軍團中，第八、九軍團留守河南，五、十軍團北上，其餘人等組成民團巡邏隊，維持當地治安，恢復當地生產建設，組織百姓移民等事情。

溫嘉把南彝軍隊交給嶺南要塞外九回谷中的彝雲龍，把武器裝備也分批交還，彝雲龍得知溫嘉果然按約定對南彝軍隊秋毫無犯，也是很高興，如今自己的女兒嫁給了聖王，他在藍鳥軍中的地位一下子升高了許多，從敵人到國丈，一步登天，溫嘉對他十分客氣，很尊敬，彝雲龍非常喜歡溫嘉，雖然多次遭受溫嘉擊敗，但並不影響他對溫嘉的喜愛，大有愛屋及屋的架勢，所以也不難爲他。

一時間，在南中原地區和南彝國出現了近十年來的難得的和平局面。

平原城內的聖王天雷得知兒子夢雷跟隨維戈前來的消息，大喜異常，笑容整天掛在臉上，彝凝香每天都待在聖王的身邊，對聖王天雷好得不得了，聖王天雷是她自己選擇的夫婿，她當然滿意。

藍鳥王朝二年一月四日，飛鴿和快馬分別從望南城向平原城傳訊，一股喜悅的風從西向東吹來，很快就使京城不落城以西及整個南平原洋溢在歡慶的海洋裏，王妃雅靈爲聖王天雷生得一子，母子平安。

平原城內的聖王天雷接到喜訊，更是歡喜得說不出話來，文武百官、將領紛紛向聖王道喜，是藍鳥王朝從去年末以來的第三件大喜事。

第六章　潛流暗湧

聖王盼望著兒子夢雷，不想夢雷沒到，王妃雅靈得子的消息到先到達平原城內。聖王天雷在高興之餘，爲兒子取名中原・雪，因爲他是剛剛收復平原城，而且是在平原城內得到的喜訊，同時平原城又稱中原城，所以就取名叫中原，也是意味著雪平中原的意義，爲藍鳥軍將士鼓舞士氣。

無論是什麼人，都說這個名字取得好，雪平中原，以雪聖瑪民族之恥辱，一時間，少主中原・雪的名字傳遍藍鳥王朝的每一個角落，與長公子夢雷・雪的名字一樣，被藍鳥王朝爭相傳頌。

距離平原城不遠的大將軍維戈也接到了這個喜訊，當然也替聖王高興。雅靈王妃畢竟與維戈有很深厚的友誼，加上軍師雅星的關係，對於維戈來說交情匪淺，雅靈的地位是聖王在藍鳥王朝初立的時候就封好的，無論是明月公主還是百花公主，都壓不過雅靈的地位，如今得子，可以說是名正言順的王子，比身邊的夢雷可是有很大的優勢，畢竟

對於夢雷來說，如今雖然聖王承認其子，但明月公主可是沒有任何名份，況且與映月國目前還在敵對的位置上。

但是，這些都不影響維戈維護夢雷的決心，維戈相信藍鳥谷出身的將領都不會虧待夢雷的，只要夢雷一說出是藍鳥谷出身的身分，藍鳥軍的藍鳥谷將領就會自動歸入旗下，有自己和雷格在夢雷的身邊，即使是聖王大哥也要給點面子。而夢雷還有一個最大的優勢，就是年紀比較大了，八歲的孩子已經進入中原，開始了追隨父王征戰天下的大業，只要夢雷立下軍功，得到將領們的認可，聖王天雷也是無可奈何。

爲了給少主夢雷製造聲勢，爭取到其應得的地位，不負爺爺所託，維戈煞費苦心，把夢雷的戰旗放在了自己和彝雲松的前面，在行進的隊伍正前方仍然是三百輛戰車開道，左面騎兵第六軍團，右側爲短人族戰斧騎兵軍團，騎兵第七軍團在後部保護，整個藍翎衛拱衛中軍。

彝雲松看出維戈的苦心，一笑沒有說什麼，但是，在他內心的深處，更加堅定了爲侄女彝凝香做後盾的決心，雖然彝凝香在藍鳥軍中沒有什麼威望、地位、勢力，但是彝雲松相信，有整個南彝帝國爲後盾，絕對不會讓王妃雅靈、夫人明月比下去。

少公子夢雷倒不懂得這些，只要是叔叔維戈的安排，他就同意。畢竟他年紀還小，對於長遠的利益沒有大人看得深遠，對於藍鳥王朝內勢力的暗中爭鬥，他那能知道得這麼多，只要是叔叔安排就好，看到威風凜凜的騎兵拱衛在自己的周圍，夢雷再一次感到了父親的威武，他爲父親驕傲，爲藍鳥軍驕傲，而渴望在父親身邊的欲望就更加的強烈了。

維戈見夢雷高興的樣子，心裏也是高興，畢竟在如今的藍鳥軍內，他的地位絕對不在任何人之下，對於偏愛侄兒夢雷，他是一點也不擔心，就是聖王天雷知道了他也不怕，只要說出受爺爺所託，照顧夢雷，聖王天雷就沒話說，他還能違背爺爺的話嗎？

維戈也許不知道，由於他偏愛夢雷的原因，引起了藍鳥王朝內的暗中波瀾，以雅星爲首的豪溫家族派系爲了維護王妃雅靈和少主中原的利益，積極培養自己的勢力，以抗衡藍鳥谷出身的長公子夢雷，而別的勢力爲了取得平衡，紛紛歸入這兩個陣營之下。彝雲松的出現，再次加深了這種爭鬥，爲百花公主彝凝香培養的勢力，又成爲一個強大的陣營，以至於後來的東海六公子全部歸入彝凝香旗下，三方勢力的鬥爭，推動著藍鳥王朝向前發展，他們互相比戰功，比貢獻，比勢力，使藍鳥王朝戰無不勝，橫掃整個世界，而夾在中間的聖王天雷卻苦不堪言，哭笑不得，爲了維持平衡，他煞費苦心，採取種種措施，削平各個勢力，維持著王朝的向前運轉。

三大勢力的爭鬥，最得益的當屬於雅藍、雅雪姐妹，在聖王的暗示下，她們緊緊地抓住藍鳥騎士團和藍衣眾，地位逐漸得到鞏固，而藍鳥谷出身的孤兒也漸漸地認識到，只有他們這些沒有背景勢力的人團結一致，才能與西南郡、豪溫家族、南彝帝國及東海世家的勢力相抗衡，而這些中下級的將領，無不是藍鳥軍中的中流砥柱，左右著整個藍鳥軍的大方向，而藍鳥騎士團、藍衣眾當然是藍鳥軍的核心力量，正是由於他們的存在，聖王天雷的地位才穩如磐石，得以逐漸削平各個勢力。

如今的維戈那能想得如此的深遠，他眼望著漸漸近了的平原城，躊躇滿志，盼望著早一些見到聖王大哥呢。

聖王天雷得到大將軍維戈、南彝王爺彝雲松和兒子夢雷率領大軍到達平原城外的消息，忙迎了出來。倒不是他想早一點見到兒子，當然說不是也不對，主要原因是維戈勞苦功高，多時不見，他十分想念，另外，南彝王爺彝雲松畢竟是彝凝香的叔叔，也是自己的長輩，如今親自來到平原城，一方面代表著南彝國，而另一方面也代表南彝王室，為彝凝香的婚姻大事操心，也可以說為他聖王操心，出迎也是應該的。

跟隨聖王出迎的有百花公主彝凝香，大將軍秦泰以及在平原城內的各部將領。

聖王等人出平原城南門外，注目向南方眺望，就見十餘萬騎兵在三面戰旗幟的引導下快速向前湧來，當先一桿大旗，上書著斗大的「雪」字，在旗幟的前方，三百輛戰車開道，後部左右是藍翎主帥維戈的戰旗和南彝王爺彝雲松的戰旗，隨後是各部軍團的戰旗。

聖王天雷見當先的戰旗上書寫著「雪」字，知道是自己的兒子夢雷的旗幟，當下眉頭輕輕一皺，臉就沉了下來，旁邊的楠天和風揚看得真切，知道小夢雷惹得聖王不高興了，心中暗中算計，楠天向旁邊的雅藍、雅雪呶了下嘴，雅藍看得真切，故意提醒說道：

「聖王，維戈大將軍和南彝彝王爺到了。」

聖王輕輕地哼了一聲，臉色稍微好轉，這時候，前方大軍在千米外停住腳步，維戈帶領夢雷快馬衝了出來。

小夢雷第一次見到父親，興奮得小臉粉紅，舉目光向前看，就見從高大的南門外出現了隊伍，當先一桿黃色旗幟，藍鳥飛翔，振翅高飛，在旗幟上書寫著兩個大字「聖王」，旗角下一人身穿黃色錦袍，雙肩錦繡著藍鳥圖案，腰紮藍色錦帶，年紀在二十開外，臉白淨，厲劍眉飛揚，雙眼精光閃閃，左右文官武將個個精神抖擻，列立在旁。

百十米外，維戈滾鞍下馬，同時夢雷也跳下戰馬，維戈拉著夢雷的手，興奮地向聖王身前走來，他臉上掛笑，宏亮的聲音發自口中：

「勞駕聖王遠迎，維戈罪過了，參見聖王！」

維戈屈身，同時拉著夢雷的手，兩人跪下。夢雷滿臉的興奮，雙手托著秋水短劍，高舉過頂，這是信物，明月公主早就交代過。

聖王快步上前，拉住維戈的手，嘴裏笑道：「好兄弟，辛苦了！」然後拉起維戈，兩個人擁抱在一起，有近十個月沒見，雙方都很想念。

禮畢，維戈拉著聖王說道：「來，大哥，你看這是誰啊，哈哈，夢雷，快見過你父王！」

「孩兒夢雷，拜見父王！」

「哼！」聖王天雷鼻子裏哼了一聲喝道：「楠天！」

「在，聖王！」

「把那面旗幟給我拿過來！」

「是，聖王！」

維戈等人見聖王臉色不對，在初次見兒子面時就生氣，心道不好。維戈畢竟是經過大風浪的人，也感到發生了什麼事情，但事情是自己定下的，與小夢雷無關，在旁忙解釋道：

「大哥，這不關孩子的事，是我讓這麼做的！」

聖王臉一沉道：「是你做的也不行，你不要說話！」

「大哥！」

這時，楠天已經把夢雷的旗幟拿到了聖王等人的面前，聖王伸左接過，右手抽出秋水短劍，一道寒光一閃，粗大的旗桿被削去了一段，然後，聖王天雷把大旗插在夢雷的身邊，左手接過夢雷手中的劍鞘，還劍入鞘。

事情發生的很快，等聖王辦完了事情，百花公主和雅藍雅雪等人已經來到了眼前，百花公主畢竟是新人，伸手拉住聖王的手，嘴裏笑道：

「天雷哥哥，你這是幹什麼，第一次見孩子的面，那能這樣。」

然後，她飛眼看了聖王天雷一眼。

雅藍、雅雪在百花公主說話的時候，來到夢雷的身前，兩人伸手拉起夢雷，嘴裏說道：「孩子，不要怕，沒事情的，好孩子！」

這時候的小夢雷臉色蒼白，淚水在眼眶裏打轉，不敢說話，但他小小的年紀心裏委屈，不知道發生了什麼事情，只是低著頭。

「夢雷，把頭抬起來！」聖王喝道。

「是，父王！」

「知道我爲什麼生氣嗎？」

「孩兒不知，父王！」

「你也許不知道，但是今天我要告訴你，以後一定要記住了！」

「孩兒聽父王教誨！」

「戰旗是什麼？戰旗是權力的象徵，榮譽的象徵，戰功的象徵，是所有將士用鮮血和生命樹立起來的，只要戰旗在飄揚，藍鳥軍就永遠不倒。你有什麼權利把戰旗高過藍翎的旗幟，難道你的功勞大過每一個將士的功勞嗎？」

「沒有，父王！」

「知道就好！藍鳥軍的旗幟不是什麼人都可以樹立起來的，並不能因爲你是我雪無痕的兒子就比誰高一等，你如今只是一個戰士，藍鳥軍最小的戰士，等到你立下了軍功，你的旗幟自然就會高起來了，但是如今你還不行，兒子，你要記住：藍鳥軍沒有不勞而獲的人。」

夢雷年紀雖小，但在明月公主和萊恩、列奇的教育下也知道軍中的事情，聽了父親的教誨，明白了自己錯在了那裏，是啊，這就是自己的父親，藍鳥軍整個的王，他不是不願意認自己這個兒子，而是因爲自己做錯了事情，作爲父親，他在教育自己，是愛護自己，讓自己明白道理。

他挺了挺胸，大聲說道：「父王，孩兒明白了，藍鳥軍沒有不勞而獲的人，並不能因爲我是聖王的兒子而改變什麼，我自己要立軍功才能有更高的旗幟，我還小，一定會向叔叔阿姨們學習，立戰功！」

「哈哈，好，這才是我雪無痕的兒子！你維戈叔叔的這面藍翎戰旗，是無數藍翎將士用熱血支撐起來的，它是將士們的驕傲，是藍翎軍功的標誌，你想讓戰旗高過藍翎的旗幟，就要多立戰功，用自己證明自己！」

「我會的，父王！」

「哈哈……好孩子！」聖王天雷伸手抱起夢雷，摟在胸前，並在他耳邊說道：「你母親可好？」

「母親很好，父王！」這時候的小夢雷才真正的像一個孩子，一個躺在父親懷裏的孩子。

無數的將士聽了聖王教訓兒子的話，熱血沸騰，特別是藍翎軍的將士們，他們被聖王的話語所感動，維戈首先跪下，大聲說道：

「藍翎感謝聖王的愛護，誓死爲聖王效力！」

藍翎將士們個個轟然跪倒：

「感謝聖王的愛護，藍翎誓死爲聖王效力！」

「感謝聖王愛護，我們誓死爲聖王效力！」

士兵們在將領的帶領下，成片跪下，向聖王發誓效忠，喊聲驚天動地，響徹雲霄，而他們的臉上儘是欣喜、安慰和興奮。

「好，兄弟們辛苦了，都起來吧！」

聖王天雷左手抱著兒子，右手高高舉起，向將士們還禮。

「謝聖王！」

藍鳥軍所有的將士都起身站了起來。這時候就聽見：「哈哈，聖王果然是聖王，難怪藍鳥軍在聖王的帶領下戰無不勝，攻無不克！」然後，更加宏亮的聲音迴響在眾人的耳邊：「南彝帝國軍隊統帥彝雲松拜見藍鳥王朝聖王陛下，祝聖王萬安！」

聖王天雷抬頭見彝雲松笑呵呵地站在身前的不遠處，看著自己，忙放下手中的夢雷，他搶前兩步，笑道：「南王爺客氣了，快快請起，請起！」

彝雲松見聖王天雷上前，順勢下拜，正好被攔住，他聽見聖王天雷的話後答道：「謝聖王！」

這時候，百花公主彝凝香已站在聖王身旁，飄飄下拜：「侄女凝香，見過叔叔！」

聖王天雷也在一旁施禮：「見過叔叔！」

「哈哈，起來，起來！」彝雲松忙拉住彝凝香。

這時候，大將軍秦泰等人也過來與彝雲松見禮，秦泰笑道：「南王爺遠來辛苦，秦泰有禮了！」

「秦將軍客氣，客氣了！」然後拉住秦泰的手，兩個人年紀相仿，久互相聞名，如今倒是第一次見面。

短人族少族長卡萊向聖王施禮道：「卡萊拜見聖王！」

「好，好，卡萊，多時不見，族長和長老們都好麼？」

「謝謝聖王惦記，父親和長老們都很好，這次讓卡萊代他們向聖王問安呢！」

「謝謝了！」

第二天上午，聖王天雷在自己的小客廳內召開了臨時軍事會議，參加會議的人不多，只有聖王、維戈、秦泰、彝雲松、卡萊和風揚、奧卡，楠天帶著衛士在門外守衛。

聖王天雷首先對彝雲松說道：「南王叔，南彝和藍鳥王朝交戰告一段落，以後兩國聯盟，我們就是一家人了，不知國主有什麼想法？」

「聖王，南彝與藍鳥王朝聯姻，就表明了南彝與王朝合作的真摯情意，在雲松臨來前國主吩咐，由我全權代表南彝與藍鳥王朝簽定永久和平條約，只要條件平等，我們沒有什麼其他的要求，另外，國主對於你們的婚事極感滿意，願聖王善待凝香。」

「謝謝國主和王爺的大量，請放心，天雷會善待凝香的。」

「謝謝了！」

「既然南彝願意與我們簽定永久性和平條約，建立聯盟，我們今後就是一家人了，今天我請王爺參加這次會議，也沒有把王爺看成外人，關於聯盟條約一事，暫時先放一放，等過段時間軍師回來後，我們雙方再簽定，目前我們主要的任務是解決東海聯盟的問題，王叔覺得如何？」

「好，一切聽聖王安排。不過我要強調一點，凝香畢竟是南彝唯一的公主，未來的國主，如今與聖王成親，南彝國就要為公主盡些力量，有什麼事南彝能幫上忙的，聖王儘管吩咐，雲松代表南彝保證全力以赴。」

「這個……感謝王叔厚愛，這樣吧，既然王叔如此說天雷就不客氣，把南彝留在平原城的人加上王叔帶來的人組成兩個軍團，稱南彝兵團，由王叔親自率領，到時候幫助我平定中原，如何？」

「好，太好了，哈哈，就這麼說定了，雲松保證全力配合藍鳥軍作戰，協助聖王夫妻平定中原，鼎定四海！」

聖王看了大家一眼，然後說道：「南彝的事情就此告一段落，以後的事情由王叔負責整編，風揚你配合一下，按照藍鳥軍的標準給配備二百輛戰車和一萬支弩弓，其餘武器保持不變。」

「是，聖王！」

「最近，銀月洲鷲雲部有所舉動，奧卡，你來說一下！」

「是，聖王！」奧卡恭敬地回答後站起身，他簡捷地說道：「聖王，各位將軍，銀月洲驚雲總督從王朝成立後一直沒有回中原，在王朝成立典禮時，驚雲總督也借病沒有出席，軍師以探病爲由，把在嶺西郡內的特南家族人員分批派往銀月洲，如今已經沒有什麼人在了，可以說從根本上把驚雲家族的勢力從嶺西郡連根拔起。」

他看了聖王一眼，接著說道：「遵照聖王的指示，我已經派出了黑爪對銀月洲進行了徹底的調查，驚雲總督對王朝的成立多有不滿，採取了敵視的態度，在驚雲兵團三位軍團長的慫恿下，驚雲總督有獨立的意思，但一直在猶豫。由於聖王派列科元帥在嶺西關訓練了十萬民團預備隊，更使驚雲總督深感不安，但是，由於藍鳥軍一直致力於中原作戰，沒有時間和精力兼顧銀月洲，所以事情才拖到現在。」

他頓了頓，接著說道：「如今我藍鳥王朝與南彝帝國和平解決戰爭問題，加上東海聯盟退軍東海，南中原一時間盡歸王朝所有，藍鳥王朝勢力大增，基礎已漸穩固，驚雲總督深感不安，已經有所悔意，但不管出於什麼目的，銀月洲如今有出兵映月的跡象，現已經完成攻擊前的準備。」

「驚雲與映月相比，實力如何？」

「回聖王，映月經過王朝多次打擊，實力大不如前，但是，經過這兩年多的準備，軍事實力已經有所恢復，驚雲總督想憑藉銀月洲的實力戰勝映月，恐怕很難。」

「驚雲手中有多少軍隊？」

「回聖王，有四個整編步兵軍團，一個騎兵軍團，約六個預備隊軍團，共計五十五萬人左右，預備隊裝備接近正規軍團。」

「不錯嘛，驚雲很努力，積澱了一定的實力，大可與映月一戰了，哼，也好，就讓驚雲與映月活動活動，消耗雙方的實力。風揚，傳令給列科元帥，加強戒備，嚴密監視銀月洲動靜。」

「是，聖王！」

「奧卡，銀月洲民眾情況如何？」

「回聖王，驚雲總督暗懷不軌，民眾和軍隊士兵並不一定知道，如今銀月洲百姓和士兵聽說聖王大軍收復不落城，歡欣鼓舞，部分百姓大有回歸中原的意思。」

「好，很好，我們就來個釜底抽薪，加強對百姓的宣傳，凡是有意回歸中原的百姓一律優先考慮，條件從厚，這件事情，奧卡你派人去辦。如今銀月洲畢竟還是王朝的國土，驚雲名義上還要受到王朝的節制，在各個城市門前直接張貼告示，接收百姓遷移，但要注意人員的結構，凡是特南家族的人一律拒絕進關。」

「是，聖王，奧卡明白。」

「驚雲的事情先放下，維戈，你估計一下東海聯盟的軍隊如今能到達什麼位置？」

「大哥，東海聯盟距離不落城兩千餘里，根據我的判斷，其騎兵前頭部隊五萬人有可能快要靠近雲中關谷了，而其步兵一個月最多也只能走一半的路程，如今達到東原城左右。」

「哦，風揚，維戈說得對嗎？」

「聖王，根據藍爪傳回的可靠消息，正如大將軍所說，東方闊海剛到達東原城以東地區，距離有一千一百里左右。」

「維戈，你率領騎兵多長時間可以趕到雲中關谷？」

「這個……一個月多幾天吧！」

「也就是說，在東方闊海步兵到達雲中關谷的時候，我們的騎兵軍團也剛好趕到？」

「時間上大至差不多！」

聖王點頭道：「很好，維戈，你辛苦一下，明天就起程，我把藍翎第五、第七騎兵軍團和短人族戰斧團、藍鳥騎士團交給你，和雷格保持聯繫，兩面夾擊東方闊海，迫使東海聯盟投降。」

維戈和卡萊立即站起身來，口中道：「是！」

「你們倆去準備吧！」

「是，大哥保重！」

「是，聖王保重！」

「楠天，讓格爾、衣特、里斯來見我！」

「是，聖王！」

不久，格爾、衣特、里斯三人進入客廳。其實他們早上就等候在外，知道聖王在開會，怕有事情吩咐，不敢離開。

聖王天雷見三人進來，說道：「格爾、衣特、里斯，你們三人出去準備，明天起程趕往河北雅星軍師處，全面接管凱武將軍的臨河防護城，接受凱武將軍指揮，告訴軍師抽調兩個預備軍團給列科元帥，裝備攻城裝備，加緊訓練，把列科元帥的十萬民團及家屬遷移往京城地區。」

「是！」

「去吧！」

「是，聖王！」

「風揚，傳令給雅星軍師，告訴他這裏的一切，同時在格爾他們到達後，讓軍師立即起程回平原城。免去商秀第一軍團副團長的職務，任命威爾爲第一軍團副團長，接管第一軍團；由商秀指揮河北方面軍，並兼任堰關城指揮；由文謹元帥接替堰門關文嘉元帥，命令文嘉元帥立即起程回平原城！」

「是，聖王！」

「告訴商秀，全力防守，等待平定東海聯盟後，我會增援他部，相信有第一、二、三、四軍團在，頂住帕爾沙特應該不是問題！」

「明白，聖王。」

「秦泰大哥！」

「在，聖王！」

「坐，坐！秦大哥，藍翎第五、十步兵軍團到達後，由你全面接管，暫併入淩原軍團，加強訓練。」

「明白！」

「好吧，奧卡，銀月洲發生的事情要隨時報告給我。」

「是，聖王！」

平原城會議，聖王天雷對藍鳥軍做了進一步的調整，從其整個兵力部署上，可以看出對東海聯盟用兵的決心和今後對河北地區的鞏固。同時，聖王第一次極其巧妙地打亂了藍翎軍團的建制，爲今後部隊的交叉調動提供了嘗試，並盡可能地避免驚雲事故的再次發生。

第二天一早，藍翎主帥維戈、短人族少族長卡萊整軍出發，藍鳥騎士團的主將雅藍雅雪姐妹隨軍出征，二十萬騎兵覆蓋了整個平原城南部地區。

聖王天雷、南彝王爺彝雲松等出南門相送，眾人和聖王一一告別後上馬，大將軍維戈全身的盔甲，騎在高大的戰馬上，一聲令下，二十萬騎兵緩緩地離開平原城，向東馳去。整個騎兵兵團綿延三十里，浩浩蕩蕩。

南彝彝雲松看到藍鳥軍騎兵強大的陣容，倒吸了口冷氣，回想起自己在原城地區與藍鳥軍的決戰，如果聖王天雷派出如此的騎兵陣容，恐怕南彝軍隊早就被殲滅了，幸虧自己聽信了侄女彝凝香的話，沒有展開決戰，保存了南彝三十萬將士的生命，否則後果不堪設想。

少公子夢雷第一次見到如此規模的大軍出征，被其宏大的氣勢所征服、陶醉，無論是父王還是維戈等叔叔都是如此的英武，他少年的心已經為軍隊恢宏的氣勢所奪，在他幼小的心裏，軍隊的影子已深深地紮下了根。

藍鳥王朝和南彝帝國聯姻的消息像一聲驚雷般震顫著整個大陸，對於藍鳥王朝的百姓來說，聖王天雷又一次以英明的決策贏得了戰爭的勝利。

南彝和藍鳥王朝融合的意義是重大的，幾千年來，南彝人生活在茂密的叢林中，過著荒野人一般的生活，如今他們融入到中原的大舞臺中，使他們的生活發生了根本上的轉變。中原富足的糧食、物資，美麗的布匹等等傳入南荒地區，使南彝人民的生活發生翻天覆地的變化，他們開始接受新思想、新文化、新東西，為大陸的發展拉開了新的序幕。

但是，相對於東海聯盟的人民來說，藍鳥王朝和南彝帝國聯姻的消息是災難性的，對於東海六公子更是晴天霹靂。

在東方闊海的心中，南彝與藍鳥軍對抗再不濟也能堅持一段時間，至少能堅持到他回軍東海，平定國內藍羽軍隊，但是他萬萬沒有想到南彝軍隊是如此不堪一擊，彝雲龍、彝雲松兄弟竟然採取了聯姻的措施，放棄了中原的利益，拱手讓給了藍鳥聖王雪無痕。也不禁為彝雲龍兄弟的膽識和氣魄所折服，南彝表面上是放棄了中原的利益，但是從另一方面來說，何嘗不是得到了中原的利益，他們和聖王成為了一家人，南彝與藍鳥王朝合而為一，這是多麼深遠的思想。

好在東方闊海大軍後撤，藍鳥軍隊忙於解決南彝的問題，沒有隨後追擊，為東海軍隊減輕了壓力，士兵們不必一面作戰一面後撤，只一心趕路即可。但東方闊海明白，如今南彝軍與藍鳥軍聯盟，他沒有多少時間了，雪無痕很快就會派出軍隊對他進行追擊，藍鳥軍不缺少騎兵部隊，騎兵的速度是步兵的三倍，趕上他是必然的，如今他只希望藍鳥騎兵來得慢些，自己再走得快些，儘快趕到雲中關谷。

東方闊海惦記著藍鳥軍，而藍鳥聖王又何嘗不惦記著他們。平原城看似平靜，但卻波瀾洶湧，四面八方的消息一個接一個地傳入，好壞都有，而最使聖王天雷擔心、惦記的，卻是遠在嶺西關外的銀月洲、曾經和他同甘共苦的驚雲。

第七章　急轉直下

冬天的銀月洲特別的寒冷，風雪比平原大許多，由於靠近聖拉瑪大雪山，又在北麓，天氣變幻無常，風雪多而大，百姓們基本上不出門做什麼活計，在家裏過冬。

驚雲站在聖靜河的南岸，遠望結凍的河面，眉頭緊緊地皺起，很長時間沒有解開。聖靜河面雖然結凍，但由於靠近雪山，水流大而急，河面寬而廣，落差大，極不利於大軍渡河作戰，他又怕冰面承受不住大隊人馬的壓力，顧忌重重，心火不斷上湧。

藍鳥王朝成立時，驚雲假借抱病，沒有出席開國典禮，參加慶典的官員回來後，把聖王對他的封賞彙報他，並把大印交在他手中，驚雲的心就掠過一絲的愧疚，但是事情既然走到這種地步，想後悔也不可能了。

隨後，代表聖王和軍師及將領們的慰問使，一個接一個地來到了銀月洲看望他，並且全部是全家前來探望，驚雲的心就開始驚慌。

他仔細打量前來的慰問的官員，無不是前嶺西郡父親的手下及特南家族的成員，並且沒有一個人接到可以回去的消息，人是越來越多，驚雲知道自己已經被藍鳥王朝所擔心了，嶺西郡已經開始清除特南家族的勢力了，但這時候的驚雲並沒有意識到事情的嚴重性，隨後，以列科元帥爲主將的嶺西關預備隊的成立，使驚雲明白他已經被藍鳥軍徹底拋棄了。

這時候的藍鳥軍還沒有出嶺西郡，進軍中原，驚雲考慮了一下，自己手中的軍隊雖然沒有王朝的軍隊多，但王朝也不可能與自己開戰，他還有時間擴充實力，所以他隨即命令銀月洲擴軍，成立預備軍團，開始裝備部隊。

銀月洲不缺少礦產，鐵礦多得是，開採後冶煉打造兵器、戰車等，另外，藍鳥王朝並沒有把在銀月洲的短人族工匠撤回，只是減少了糧食、物資等輸入，這不影響軍隊的建設，實力一天天壯大起來。

伴隨著藍鳥軍出兵中原的腳步，好消息一個接一個的傳了進來，聖王率領軍隊擊潰了帕爾沙特百萬大軍的西征，出兵河北，搶佔堰門關，建立三角防護圈，商秀出兵北平原，橫掃北部，隨後，藍翎出兵聖寧河兩岸，東海聯盟莫名其妙的退軍，藍鳥軍收復京城不落城，聖王進軍平原城，與南彝聯姻聯盟，整個南平原盡歸入聖王旗下等等消息，使驚雲的心越來越震驚，他知道自己已經被藍鳥谷年輕的將領們甩在了後面。

隨著藍鳥軍的步步勝利，軍師雅星加緊了對銀月洲的施壓，民政處開始派人到銀月洲動員移民，張貼的告示貼滿了城鄉各處，從中原而來的士兵、百姓思念中原，開始出現移民的傾向，而民政處的優惠政策徹底打碎了驚雲最後的一絲幻想。

這時候的驚雲及將領可以用驚慌失措來形容，他們沒有任何藉口阻攔百姓移民，反而會加深百姓的疑惑，暴露自己的反叛想法，不阻攔，一旦百姓真正開始移民，銀月洲將逐漸形成人員越來越少的局面，而且，在預備隊的士兵中，也開始有人出現放棄入伍訓練的思潮，開始不穩。

與藍鳥王朝徹底決裂，這時驚雲想都不敢想，且不說百姓們會反對，出現動亂，就是手下的軍隊也會動搖，在聖瑪民族抗擊外敵的時刻，發動叛亂是不會被百姓和軍隊所接受的，更何況，如今藍鳥軍節節勝利，收復南中原，形勢空前的有利，實力大增，想與藍鳥軍爲敵，幾乎是沒有幾個士兵願意作戰。

軍師雅星組織釜底抽薪的這一手，徹底擊中了驚雲的要害，整個特南家族集團出現了恐慌、不安，驚雲這時候才真正認識到與聖王天雷和軍師雅星爲敵，是多麼愚蠢的想法，更不要提幻想自立爲王了。

好在驚雲從沒有做過危害藍鳥王朝的事情，並在王朝成立前期還是功臣，如今應然算藍鳥王朝的臣子，他如今唯一想做的事情，就是如何保全特南家族幾千人的性命，至於他自己和幾個將領，驚雲已經放棄了生存的希望了。

但是要想保全性命談何容易，聖瑪民族在最困難的時期，他鷩雲在王朝背後插了一刀，使藍鳥軍顧忌重重，不敢放開手腳，在不得已的情況下抽調十萬人組織預備隊，駐守嶺西關，防備背部受敵，其危害是巨大的，任何人也不可以原諒這樣的事情，藍鳥軍的每一個將士都願意把鷩雲撕成碎片。

既然自己生路已絕，但是千百個家屬仍然要活下去，無論是聖王還是軍師，都不會對他們怎麼樣，可他們也要給藍鳥軍將士們一個交代，一個理由，而這個活下去的理由只有靠他們自己來開創，自己去爭取，如果他們不做出一定的貢獻，就沒有人會原諒他們，唯一的結果是全部埋葬在銀月洲。

鷩雲把目光放在了聖靜河對面的映月人身上，靠著手中的五十餘萬將士，如果佔領映月帝國，就會在敵人的背後插上一刀，減輕中原的壓力，為河北藍鳥軍提供後翼支援，而這份功勞，足以抵幾千人的性命。

出兵映月帝國還有另外一個好處，就是可以暫緩移民，提高士兵士氣，穩定軍心。在銀月洲大戰時期，保證銀月洲的穩定是必要的，藍鳥王朝也沒有理由阻止他的做法，士兵們也會自動地歸入旗下，百姓會為軍隊提供保障。

鷩雲把想法立刻付諸於行動，整個銀月洲積極行動了起來，果然士兵們的情緒穩定了下來，百姓沒有誰再提移民的事情，各個部門全力以赴，為即將開始的大戰做準備。

在百姓們的心裏，出兵映月是順理成章的事，驚雲的命令就是聖王的命令，爲聖王作戰就是爲聖瑪民族求存作戰，而驚雲等將領就是一把把尖刀，一個個民族英雄。

渡河作戰計畫在驚雲的手中有十幾份，但是沒有一份是冬季開戰的計畫，但時間已經不允許驚雲再有所猶豫，他親自修改了作戰計畫，親自查看渡口的地形，協調軍隊各部，集中手中一切可以調動的力量。

這已經是驚雲第三次到聖靜河邊查看情況了，整個大軍已經是弦上的箭，待發在即。驚雲遠望著河對面的景色，滿眼的淒迷。他回頭看了眼身邊的幾個將領，眼神中的意思好似他們都是死人一般，是啊，當初就是自己一時心動，聽了他們幾個人的話，把自己帶入絕境，如今出兵映月，不論勝敗，自己與他們都是死人一個，而如今的奮鬥，只不過是爲了親人尋找出一條活路而已。

驚雲眉頭緊皺，臉色陰沉似水，很長時間沒有笑容了，他眼中的神色已是一片的死灰色，沒有任何生氣，剩下的只是冷酷、陰森。

將領們的神色也好不到那裏去，他們雖然沒有驚雲那麼的陰森恐怖，但心裏也是一片黑暗，當初他們建議驚雲找機會獨立，脫離藍鳥王朝，圖一時之快，沒有考慮銀月洲的戰略位置十分的不利，他們當初把嶺西郡納入自己的勢力範圍，卻沒有考慮民心所向，沒有認識到聖王天雷和軍師雅星的手段，使銀月洲走向死地，在這狹小的空間裏，等待著死亡。

銀月洲背靠聖拉瑪大雪山，北面向聖靜河，與映月帝國隔河相望，互相對峙；向東爲嶺西關，藍鳥軍死死地勒住出入中原的要道，就像勒住他們的脖子，如今藍鳥軍收繩緊縮，使銀月洲成爲死地，如聖王不仁慈，他們的結果只有一個：埋葬在銀月洲。

在銀月洲驚雲積極準備的同時，映月帝國也迅速作出了反應。

映月帝國畢竟在銀月洲經營幾百年，加上藍鳥王朝佔領時間短，映月國內派出了大量的間諜人員，秘密收集情報，監視軍事動向，組織人員策反等等，雖然多次損失人手，但關乎帝國存亡的大事，還是有許多死士潛入銀月洲，這次驚雲作出軍事準備，潛伏人員立即把情況傳回帝國。

聖皇月影一代天驕，文治武安，謀略過人，多年來雖出兵中原多次失利，損失不少軍隊，元氣大傷，但是，並沒有影響他的大氣，因爲他知道，在如今聖拉瑪大陸動盪時期，沒有實力的國家就會被滅亡，民族就會被凌辱，所以他積極穩定國內形勢，調動一切可以調動的力量，擴充軍隊，調整部署，埋頭發展軍事力量。

在如今映月帝國內，年老的重臣幾乎全部退居二線，聖皇月影起用了一大批中青年臣子，立志改革，剔除年老昏庸的人，使朝內煥然一新，同時，他接受以前失敗的教訓，在軍隊中起用年輕的將領，在年老的將帥的教導下，提高很快，三年的時間內，映月已經湧現出許多傑出人物，他們有朝氣，有活力，有才華，敢作敢爲，把帝國軍隊帶向了一個嶄新的階段。

聖拉瑪大陸七國混戰，中原狼煙遍地，映月雖早退出了中原爭霸，但因禍得福，得以休養生息，雖時間只有短短的三年，但是，西星、北海、北蠻與東海聯盟、南彝五國在和藍鳥王朝作戰時期實力大耗，也不復如前，西星雖爲北方聯盟之最，帕爾沙特統領聯盟，氣勢也小了許多，特別是在藍鳥軍出兵佔領堰門關後，全線撤退河北，在堰門一戰中損失重大，也傷了元氣，正在做短暫的休整。

不久前，藍鳥王朝和南彝聯姻，震動四海，東海聯盟撤軍東海，藍鳥軍一時間氣勢強盛到了極點，如今，整個聖拉瑪大陸南部地區幾乎全部落入藍鳥王朝之手，東海聯盟失敗只是早晚的事情，聖皇月影明白，藍鳥軍對北平原的攻擊時間不遠了，最多還有兩年時間。

但是，聖皇月影沒有想到的是銀月洲的驚雲行動會這麼快，他雖然知道驚雲與藍鳥聖王之間有一點矛盾，這一點從驚雲沒有出席藍鳥王朝的成立典禮上可以看出，但月影堅信驚雲絕對不會作出傷害藍鳥軍的事情，特別是在藍鳥軍逐步強大的今天，驚雲更不敢，那麼，驚雲唯一的選擇就是出兵映月。

如今映月夾在藍鳥王朝和西星之間，北面的西星正在與雪無痕的河北軍團作戰，堰門關戰役的失敗，註定西星在短時間內不會對映月動手，北線壓力不大，而全力對付聖靜河南銀月洲的驚雲則是當前最大的事情，他既可擊潰驚雲的進攻，又可達到練兵的效果。而北面的西星當然願意看到映月與藍鳥軍交戰。

在得到密探的消息後，映月龐大的戰爭機器再一次啓動了。十個整編軍團秘密開赴聖靜河北岸，各種物質裝備南移，映月帝國舉國投入到了對銀月洲藍鳥軍的作戰準備中。

映月帝國軍部在得到準確消息後，人人興奮起來，他們夜以繼日地工作，制定了嚴密的作戰計畫，其計畫共分爲兩個部分，第一部分是伏擊藍鳥軍驚雲兵團的渡河部隊，誘敵深入，圍而殲之，達到消滅敵人，鍛煉部隊的目的；第二部分是越河作戰，收復雪月洲，直逼近嶺西關下，然後全軍轉入戰略防禦，休整部隊。

這份作戰計畫是映月帝國軍部老、中、青年集體智慧的產物，是三代軍人第一次最高級別的合作，其中由穩重、平穩、激進等部分組成，各部配合絲絲入扣，在穩重中，有年輕將領率軍激戰，在圍殲中，有平穩求實，不求激進的戰術，利用地形、裝備等優勢，集中優勢兵力圍點打援，重步兵重點突破等等，反覆推敲，由聖皇月影最後拍板敲定。

聖皇月影對這份計畫非常滿意，躊躇滿志，他任命三十四歲的族弟月旺爲整個戰役的總指揮，由軍部的幾個老將軍協助，協同作戰，力求把驚雲部全殲在河北，同時激勵軍部展開監督工作，後勤部門全力配合，凡是有貽誤戰機者可立即斬首示眾，軍法比以前嚴厲了許多。映月各個家族世家傾力配合，約束子弟，呈現出空前團結。

藍鳥元年十二月三十日，一年的最後一天，夜。

在呼嚎的寒風中，藍鳥軍銀月洲總督驚雲率領驚雲兵團的三十五萬人馬，拉開了首次攻擊映月帝國的序幕。

這次越河攻擊是從聖日帝國以來，聖瑪族第一次出兵映月帝國聖靜河北本土，戰爭意義非常的深遠，它大漲了聖瑪民族的士氣，驕傲的情緒，沉重打擊了映月民族的氣焰，使他們知道戰爭已經深入到了他們的家門前，恐慌的意識在滋長。聖皇月影雖然最後贏得了這場戰爭的勝利，但在百姓的心中威望大滑，整個軍部再一次受到了民眾的質疑，是所有帝國君臣沒有想到的事。

驚雲兵團分爲左右兩翼，左翼步兵第三十二、三十四軍團爲先鋒，後部第一預備軍團跟進，由第三十二軍團長門提斯爲主將，從雪月城上游冰月渡口渡河，向前攻擊前進，威脅河北三十里外的重鎮白月城；右翼由驚雲親自率領，第三十三、三十五軍團爲前鋒，預備第二軍團隨後跟進，從雪月城下游渡口照月渡口渡河，直取三十里外的重鎮披月城，兩軍相隔四十里，在攻取白月城和披月城後稍微休息，然後合圍攬月洲的首府城市攬月城，完成第一階段的戰役。

驚雲疾風騎兵軍團居中策應，爲左右兩翼提供支援。

冰月渡口地勢比較平坦，河面比較窄，只有一百一十米寬，河冰面離河岸有兩米高，全封凍，適合步兵渡河作戰，河北岸地勢也比較開闊，視野面廣，遠處村鎮也比較小，哨樓只有千百人，沒有大規模駐軍。

照月渡口地勢比冰月渡口還要好一些，河寬近二百米，河面冰全封凍，冰面距離河岸只有一米左右，在春秋季節，此處比較繁華，大量的居民靠河邊捕魚撒網，村姑曬洗衣裳，和平時期是一處重要的渡口。河北不遠處有一村鎮，有映月一個軍團的駐軍。

驚雲和門提斯分別率領兩個軍團悄悄出發，先頭部隊一個萬人肩上抗著草袋，裝滿灰土，沿河冰面爲大軍鋪路，盾牌手在兩側保護，向前延伸，半個時辰後，兩軍登陸。

北岸的冰河渡口和照月渡口幾乎是同時發出敵襲警報，映月守軍頓時慌亂起來，畢竟今夜是新年夜，士兵們戒備心稍微鬆懈一些，但守軍也是映月的精銳部隊，立即作出了反應。冰月渡口的守軍哨樓立即升起訊號火把，同時，一名通訊兵立即出發傳遞敵情消息，而一千名哨兵利用弓箭反擊，並作出抵抗準備。

哨樓距離河渡口近三百米，地勢稍微高些，周圍用柵欄圍住，防護的尖木樁組成片，面積雖小一些，但絕對是防守的陣型，更有草袋堆積的防護牆為掩護，便於弓箭手作戰，在發現敵人的第一時間內，千名守軍幾乎立即就到達防守位置，展開反擊。

門提斯率領第三十二軍團首先登上北岸，見敵人的哨樓作出了反應，立即命令第一大隊消滅哨樓，然後立即趕上，其餘軍隊繼續前進。

第一大隊在統領門楚的帶領下，利用一千重步兵為先導，其餘兩千步兵跟進，迅速接近了哨樓，在密如雨點般的箭雨中，重步兵手提盾牌戰刀，突破了守軍的防線，隨後展開廝殺，門楚立即帶人衝了進去，在優勢兵力下，第一大隊很短時間就佔領了哨樓。門楚不敢停留，立即帶人跟上。

經過一次小規模的戰鬥後，門提斯沒有遇到什麼像樣的抵抗，部隊迅速推進二十里，然後稍微休息一下，整頓隊形，清點人數，準備攻擊前方的白月鎮，後續的部隊這時候也已經渡過聖靜河，正在向門提斯的方向趕來。

天空已經放亮，白月鎮已經清晰地出現在眼前，門提斯環顧左右，見第三十二軍團的官兵抖擻精神，個個躍躍欲試，戰意高漲，非常滿意，他輕輕點頭，下令開始攻擊。

白月鎮不大，但卻是鎮守聖靜河防線的重鎮，前線的第一個重要居點，屯兵有一個軍團，整個防禦體系還算完整，雖沒有特別高大的城牆，但各種設施比較齊全，有一定的戰鬥力，黑爪早把白月鎮的情況彙報過，所以門提斯有拿下白月鎮的信心。

藍鳥第三十二、三十四軍團十萬人馬從西、南、東三個方向對白月鎮發起了衝擊，雖然沒有重型攻城裝備，但白月鎮也沒有高大的城牆。在重步兵的衝擊下，第三十二軍團很快就在南部地區撕開了個口子，門提斯立即把預備隊投入了戰鬥，部隊慢慢地向前推進。

激戰有一個時辰，門提斯已經掌握了主動權，這時候，第一大隊已經趕了上來，門楚來到主將面前，大聲說道：「督統，第一大隊已完成了任務，等待您的命令！」

門提斯很滿意，重重點頭後說道：「很好，門楚，你立即帶領你的人上去，從東側翼加強攻擊，把敵人的防線給我擊潰！」

「是，督統！」門楚敬禮後，轉身帶著第一大隊衝了出去。

門楚第一大隊是第三十二軍團的精銳，重步兵就有一千人，消滅哨樓固然是計畫中的任務，但第一大隊卻是作爲預備隊使用的部分，如今在白月鎮衝擊的關鍵時刻，門提斯把第一大隊派出去，立即就動搖了映月守軍的整個防線。

戰鬥至午間結束，藍鳥軍第三十二、三十四軍團在損失一萬五千人後，佔領了白月鎮，隨後，門提斯轉入了防禦休整，等待後續的攻城裝備部隊，並與主帥驚雲聯繫，等待攻擊攬月城。

驚雲率領第三十三、三十五軍團渡過聖靜河後，在騎兵疾風軍團的配合下，經過一個時辰的激戰，擊潰守軍一個軍團，然後迅速向前推進，在天黑前到達河北披月鎮，與守軍展開了激戰，夜幕降臨的時候拿下了披月鎮，完成了作戰前期的準備，等待著後續的攻城部隊。

驚雲兵團乘夜出擊，佔領了兩個重要據點，在聖靜河北有了兩處立足之處，後續的兩個預備軍團和攻城部隊連夜渡河，星夜兼程，一天後達到指定位置，驚雲這時候才放下心來，準備展開攻擊攬月城。

第三天一早，驚雲和門提斯各率領兩個軍團從白月鎮和披月鎮出發，左右合圍三十里外的攬月城。

從白月鎮至攬月城三十餘里，地勢起伏疊蕩，幾十米高的山連綿不斷，路很不好走。門提斯久居嶺西郡，對丘陵地區多有認識，但如這樣一般的地形還是深感到不安，他督促部隊加快速度，同時派出藍爪斥候，搜索情況，以防埋伏。

但是，一路上門提斯並沒有發生任何情況，傍晚時，攬月城高大的城牆已經遙遙在望，他這才放下心來，派人打聽驚雲部的消息。

不久後，一個斥候慌忙跑了進來，報告說在驚雲部預定的位置沒有發現大軍，派出的斥候損失了十幾人，目前情況不妙。

門提斯一陣猶豫，驚雲部沒有按照預定的時間到達，這說明了驚雲部遇到了敵人的抵抗，這也是在戰前有所預料的事情，自己之所以先到達攬月城是因為一路順利，也明顯的說明了敵人兵力不足，等待驚雲部的到達已經定局。門提斯下令全軍在攬月城外二里處紮營休息，派出藍爪斥候繼續偵察，打探消息。

驚雲率領第三十三、三十五軍團向攬月城進軍，所部兩個軍團長分別是曲碩斯和興古爾，出披月鎮向北，行軍十餘里，前軍第三十三軍團就遭遇敵人的抵抗，但規模不大，曲碩斯督促軍隊擊潰阻截的敵軍，繼續前進。

驚雲見敵人出兵抵抗，雖力量不是很強大，但也不能不防備，所以他一邊行軍，一邊觀察地形。只見一路上丘嶺不斷，山巒起伏，雖不高，但這樣的地形極其不利於大軍行動，曲折的路在山嶺之間延伸，兩旁的山丘就好像埋伏下百萬雄兵，令人生畏。

他不敢怠慢，急忙督促軍隊加快速度，前軍遭遇的抵抗越來越強烈，三、五千一隊的敵軍不斷湧現，阻擋一陣就走，不遠處山丘上又閃出現一隊，打打停停，從不間斷。

驚雲左右思考了一陣，也沒有弄明白敵人這樣做是什麼企圖，但要說有埋伏，又何必派出軍隊騷擾，暴露目標，他計算了一下，從第一次與敵軍遭遇到現在共十餘批，計有一個軍團的敵人，從阻擊的強度上看都是些新兵，但裝備絕對是正規軍團所有的，敵人這樣做的目的，也許只有一個：爭取時間。

驚雲認爲映月人沒有預料到他冬季展開攻擊，準備不足，攬月城想要做好準備，至少還需要二三天的時間，而這路敵人的目的，就是贏得這段時間，好使增援攬月城的軍隊按時到達。想到此處，驚雲一陣興奮，忙命令加快速度。

大軍又前進了七八里，地形一下子變得狹窄起來，說它狹窄，是因爲兩面的山丘比較高些，中間的寬窄只有一里左右，十餘米高的小土坡十幾個，給人狹窄的感覺，驚雲感覺到不好，還沒有等他傳令注意，前方已經響起了鼓聲，咚咚的聲音絕對不是一般的阻截部隊。

驚雲催馬向前跑去，這時候從正前方閃現出一個重步兵軍團，前部近三百輛戰車把一里寬的地面迅速堵住，士兵開始有序地排列隊形。

曲碩斯久經沙場，迅速作出反應，一百輛戰車在口令聲中向前集結，一百輛弩車立即安下位置，開始做準備，五千名中弩手在前部保護，各個大隊開始排列隊形。

驚雲快馬跑到前方的時候，曲碩斯的反應讓他稍微安心些，但是，這時兩側山丘上連續響起的鼓聲敲碎了驚雲最後的一絲幻想。

左方連綿的山丘山一桿大旗顯示出這是一支什麼部隊：「月照第三軍團」，而右側丘嶺間的旗幟告訴驚雲他已經身陷重圍，「月照第四軍團」的旗幟顯示出映月人主力盡出，而前方重步兵的旗幟也是「月照第一軍團」的軍旗，驚雲知道月照兵團四個軍團絕對不會少一個，那麼，第二軍團就一定是在自己的身後，看來映月人真的很關心自己，主力盡出，想一下子殲滅自己。

二十萬對十萬，四面受敵，在如此狹小的空間內，驚雲就是有天大的能耐，也不會有什麼好結果，他知道自己被映月人算計了，不僅僅是自己，看來門提斯也好不到那裏去，自己死是小事，但銀月洲二百餘萬百姓卻因爲自己的一時貪念而備受蹂躪，自己百死不足補其罪。驚雲呆呆的看著前方，心頭一片空白。

第八章　堅壁苦戰

曲碩斯看驚雲如此，一時間，眼淚也在眼圈裏打轉，他強忍住淚水，低聲說道：

「大將軍！」

「曲碩斯，我錯了，更該死！」

「大將軍，曲碩斯明白，但錯了又如何，大不了把命交給映月人罷了，我和興古爾掩護你殺出重圍，回轉銀月洲整頓人馬，不久還可以一戰！」

「曲碩斯，驚雲早就該死了，回去也是早晚的事，但是，銀月洲兩百餘萬百姓跟隨我受苦，於心何忍，驚雲對不起聖王，對不起雅星兄弟，還有何面目回去！」

驚雲說到此處，眼裏精光暴漲，他恨恨地說道：「要保證銀月洲的萬全，只有消滅敵人才是最好的辦法，驚雲不才就與敵死戰一場，讓映月人看看藍鳥軍實力如何。」然後，他大聲叫道：「興古爾！」

這時候，第三十五軍團也已經左右排開，準備抵抗兩翼的敵人，興古爾也是久經戰場的驍將，反應之快絕對不下於曲碩斯，他聽見驚雲的叫聲，立即過來。

「大將軍！」

「興古爾，驚雲對你如何？」

「大將軍何出此言，興古爾十餘年前跟隨老將軍，如今跟隨在少將軍身邊也已經十餘年了，大將軍一家對我恩重如山，就是把命交給大將軍也在所不辭！」

「好，果然是忠義之人。興古爾，一年前藍鳥王朝成立，聖王令我回路定城朝賀，驚雲一時貪心，假病不去，妄想稱王，以至於有今日的結果。當時只有你力勸於我，驚雲悔不聽你之言，如今我不求聖王原諒，願把命交給聖王，你立即帶領第三十五軍團突圍，回到披月鎮後，立即命令白月鎮的人馬撤回河南，組織預備軍團做好防禦準備，用投石車轟塌河面，阻止敵人渡河，然後立即通知聖王，就告訴他說，我驚雲對不起他，已經用命償還了他的恩情，望聖王念當年之義，善待各家，快去吧！」

「大將軍，興古爾願意拚死保護將軍突圍，還是你走吧，大將軍！」興古爾立即跪下，苦苦哀求。

「你說什麼，你敢違抗我的命令嗎？興古爾，立即動身，我向西攻擊掩護你，快走！」

「大將軍！」

「哎！」驚雲長歎一聲說道：「興古爾，你知道我已犯下不赦之罪，就是回去也是死，驚雲還有何面目回去見聖王，只有你當時沒有參與此事，我讓你回去是讓你擔當重擔，保全各家，否則，特南一族將面臨滅頂之災，你明白嗎？只有我以死謝罪，才能保全大家啊，還不快走！」

「興古爾明白，大將軍放心，我一定保護大家安全，想聖王仁義四海聞名，大將軍一去，聖王絕對不會為難大家的，興古爾給大將軍磕頭拜別了！」

「興古爾，你保重，一會兒向西突圍，然後再向南走，我掩護你！」

「是！」

興古爾連磕三個響頭，起身向後而去。這時候，月照第一軍團已經開始了進攻，曲碩斯組織部隊拼死抵抗，雙方戰車在狹小的區域內亂戰成一團，藍鳥軍弩車在厲哨聲中轟倒了近百輛戰車，後續的重步兵也被射倒了不少。

「曲碩斯，注意消滅敵人兵力，就是死也要使敵人實力減弱，同時注意向西移動。」

「明白，大將軍！」

這時，左右兩處敵人已經開始了衝擊，興古爾把一百輛戰車和弩車、中弩分為兩部，注意保護，全力防守，在強大的箭雨下，映月士兵死傷無數，但仍然拼死衝擊。

月照第一軍團在戰車和盾牌的掩護下，快速撲了上來，幾輛戰車衝毀了幾部弩車，前進了一段後，倒在了地上。後部，重步兵立即跟進衝擊，第三十三軍中弩手交叉發射，把敵人的重步兵殺傷了無數，重步兵冒著箭雨，不計犧牲地衝進了大隊中，展開了廝殺。

而兩翼的交戰也已經撞在了一起，混成一團。

驚雲兵團雖然比敵人少一倍的兵力，但是，驚雲兵團的士兵畢竟是久經戰場，其中有七萬人爲前嶺西第一兵團的老兵，其餘大部也是經過銀月洲之戰的士兵，比映月的新兵在作戰經驗上豐富許多，再加上武器裝備上的優勢，堪堪抵住，在老兵的帶領下，反衝擊一次接一次，把月照三個軍團殺得血肉橫飛。

但是，月照兵團也是映月的精銳主力部隊，雖然補充訓練不久，大部分都是年輕人，但年輕的戰士有一個最大的好處，就是衝勁足，不怕死，生死不放在心上，加上臨戰前他們都知道兵力比敵人多一倍，又是包圍敵人，所以士氣高漲，拼勁大。

驚雲站在戰場的中央觀看全局，見前面及左右的戰車、弩車被衝毀得差不多了，雙方已經混戰在一起，知道時間到了，他轉身帶領親衛隊一萬人向西發起了衝擊。

驚雲已把生死置之度外，帶隊衝鋒，衛隊也是兵團的主力精銳，所以一上去，就把敵人的衝擊波擊潰，他手提長槍，拼死向前衝殺，衛隊緊緊跟在後面，呈半月形把他圍在中間，悶頭向西狠殺。

興古爾見驚雲行動了，心頭一酸，但在戰場沒有時間考慮許多，他把第一大隊及自己的衛隊聚集在周圍，約五千人，他環顧一眼，下令向西衝擊，配合驚雲先殺開一條血路。

月照第三軍團從西攻擊，軍團長博塔爾也是個年輕人，是激進派的將領，這次圍殺驚雲部他是主力之一，全軍團五萬人整裝備戰，在第一軍團發起攻擊後隨後展開，全部壓上。

經過半個時辰的拼殺衝擊，前面和左右已經擊毀驚雲部的弩車陣，兩軍展開混戰，這是對映月極其有利的形式，博塔爾見情況大好，立即揮全軍施加壓力。

驚雲的作戰經驗要比博塔爾豐富了不知道多少倍，在亂軍中，他時刻注意著西部第三軍團的動靜，見博塔爾全軍壓上來，立即展開了突圍衝擊，尖鋒直指博塔爾中軍本部。

博塔爾見藍鳥軍帥旗正向西面移動，帶動了整個大軍的陣型，立即西面的壓力就增加了許多，當先的一員大將銀盔銀甲，手提長槍，身邊的一個萬人隊殺氣騰騰地呈半月陣殺了上來，立即就把先頭五千餘人捲了進去，不久，已經不剩幾個人。

驚雲眼見博塔爾軍隊停住了腳步，立即加緊了攻勢，在得到興古爾的加強後，從左翼殺開了一條血路，衝了出去。驚雲見興古爾率軍衝出來後，立即從衛隊中分出一半兵力給他，讓興古爾全力突圍，驚雲自己則帶領軍隊又從月照第三軍團的後面捲了回來。

這時候，敵我雙方軍隊都絞在了一起，幾乎找不到完整的建制，幸虧驚雲的帥旗高，士兵還能看得見，如今見主帥又從西面殺了回來，頓時士氣大振，手上又狠了許多。

士兵們打仗，一是士氣，二才是技巧，加上主將的組織，才能有效地給予敵人殺傷，如今驚雲向裏移動，士兵從各個方向靠近，三下一擠壓，突入的敵人立即被消滅乾淨，曲碩斯靠近驚雲後說道：「大將軍，如今我們怎麼辦？」

「召集所有的兄弟，全部向西方殺，兩側防護，出去十里後向南突圍，能走多少是多少！」

「是，大將軍！」

曲碩斯答應一聲，揮手喝道：「兄弟們，向西殺，注意兩翼保護，走！」

他帶人先向西殺去，驚雲的戰旗沒有移動，他又堅持了一會，這才緩緩地向西轉移。

從中午殺到了傍晚，天漸漸地黑了下來，驚雲從親衛的中間向外望去，兩翼和後方被敵人緊緊咬住，仍然殺作一團，如今自己的身邊還剩餘三萬餘人，而敵人仍一倍有餘，他知道士兵們的力氣也已經到了最後的階段，如果不迅速脫離，全軍覆沒是早晚的事情，他穩了穩心神，想再堅持一下，天黑後再衝擊一次，趁著黑夜也許會逃出一些，自己也就盡了最後的力了。

如今整個戰場向西移動了十餘里，呈現出古怪的場面，最西部有近萬人馬邊抵抗邊撤退，而驚雲的人馬邊向前殺，邊做出兩翼保護的態勢，最後面是敵人從兩翼追殺，整個大軍一起移動，驚雲部攻擊越猛烈，西部撤退的步伐就快些，而後方及兩翼追殺的也就快些，西部一慢下來，全軍就混戰一團，誰也沒有時間休息。

又向西移動了一段距離後，來到了一座較小的山坡上，驚雲環顧四周圍一眼，見這是一處防禦的好地方，他不想再走了，如今弟兄們廝殺了一天，沒有休息吃飯，如再走，士兵們就沒有力氣了，不如讓大家在此防禦一陣，略微作一下休息，輪班吃些食物，恢復些體力，再準備突圍。

驚雲傳令在此防禦，曲碩斯安排士兵排好陣型，用一半的兵力防守，其餘人立即休息吃飯，各個大隊長立即執行命令，組織人挖掘簡單的戰壕，儘快地做好防禦的準備。

映月士兵也是人，年輕人的衝勁一過去，體力消耗的更多，如今見敵人在前面紮下防禦陣型，立即就感到體力不足了。本來也是作戰一天時間了，加上他們沒有多少經驗，體力消耗的更多些，所以也是動彈不得，將領們也理解士兵，馬上安排人休息，後勤的人員立即上來安排吃飯，同時派出部隊防禦，加強戒備等等。

天完全黑下來後，雙方偃旗息鼓，全部休息。

驚雲本打算讓士兵們休息一會兒後再趁黑突圍，但是，士兵們實在太累了，所以也就放棄了原先的打算，自己找了個地方坐下，吃了口親衛送上的乾糧，閉眼休息一陣兒。

整個軍隊在黑夜中夜宿荒嶺，刺骨的寒風刮得人臉上生痛，但是沒有一個人喊冷，因爲他們實在沒有了力氣，冰涼的土地就成爲了天床，躺在地上就入睡了。

興古爾帶領約一萬人突圍出包圍圈，向西走出十里左右再往南全力奔走，大約有一個時辰時間，前面閃出了堵截部隊，興古爾一看番號，果然是月照第二軍團，但是人數並不多，他不敢戀戰，廝殺了一陣，全力突圍而去，映月部分軍隊緊緊追趕，但仍然讓他走了出去。

原來月照第二軍團負責截斷驚雲部的後路，但是由於害怕被驚雲部發現，所以距離就稍微遠一些，等待驚雲部和月照三個軍團打了起來，第二軍團這才到達指定的位置上，隨後攻擊，但是驚雲全力向西突圍，大大地打了敵人一個措手不及，致使攔截落空，但月照第二軍團也反應了過來，立即派人向後堵截，爲時已晚，只有一個大隊三千人與興古爾相遇，被其走脫。

但月照第二軍團卻也知道驚雲沒有突圍出去，所以也就沒派出大軍追擊，只有一個萬人隊被派了出去，第二軍團隨即向西移動，在驚雲的南部築起了一道防線，牢牢地盯住了驚雲的本部。

興古爾率領部隊直奔披月鎮，好在距離僅僅有二十餘里，用半天時間就達到了，第一預備軍團和攻城隊還沒有出發，由於預備隊是作爲二線部隊投入作戰的部分，加上爲了鞏固後方，驚軍並沒有立即就叫他們隨自己出發，而攻城大隊更是緩慢的部隊，所以拖延了半天時間，剛想出發，興古爾率領殘兵敗將已經到了。

「命名白月鎮的第二預備隊人馬立即撤回河南，在南岸構築防線，馬上去！」

「通知河南的四個預備軍團做好防禦準備，接應白月鎮和披月鎮的人馬，不許一人過河！」

「馬上向嶺西郡的軍師報告：驚雲兵團渡河作戰，被敵人引誘重圍，目前在攬月城前十餘里處，情況不妙，四個預備軍團已經做好了防禦準備，懇求軍師儘快派人支援，同時向聖王請罪！」

興古爾一連發出三道命令，傳令兵立即快馬向白月鎮奔去，爲了防範風險，他把自己的近衛派出了十人隨行，同時，中軍官首先撤往河南，而向軍師求救的信鴿立即就飛上了藍天。

隨後，他又派出了精幹的藍爪斥候偵察周圍的情況，打探大將軍驚雲的消息，尋找疾風騎兵軍團，讓準備起程的攻城大隊立即出發，退往河南，讓第一預備軍團隨行保護，一分鐘時間也沒敢耽誤。

興古爾是驚雲兵團四大軍團長之一，五十多歲，征戰沙場近三十年，經驗豐富，處事果斷，在軍隊中有著極高的地位，士兵們多認識他，而預備軍團的將領也多是從各個軍團中抽調出來的中下級將領，有多人以前在他手下待過，所以，執行命令一點也沒有馬虎，立即就展開了。

士兵們儘管不知道發生了什麼事情，但是剛渡過聖靜河又撤退回去，也知道不是什麼好事，所以行動自然就快了許多，在軍官的催促下，速度倒是相當的迅捷。

白月鎮和披月鎮的藍鳥軍迅速撤離，消息很快就傳回了映月軍隊指揮部，月旺大將軍一接到消息，眉頭就皺了起來，他迅速地把各部軍隊位置流覽了一遍，表情很是不滿。

目前，已經是晚上的時間，天已經漸漸地黑了下來，月照兵團四個軍團合圍驚雲兩個軍團的戰鬥還沒有結束，戰場已經向西移動了有十五里，雙方戰鬥仍然在進行。

在西線，門提斯的兩個軍團已經在攬月城下落入月魂兵團的重圍，戰鬥雖沒有展開，但是在四個軍團的重圍中，相信門提斯也是走不了。

而在中央地區的疾風騎兵軍團已經與鐵月重騎兵軍團相遇，兩軍進行著纏鬥，疾風騎兵軍團不敢輕易撤退，以防被重騎兵跟進，然後，向兩翼的部隊發起突然的襲擊，只好邊打邊撤，四下騷擾，利用輕騎兵快速的優勢來牽制敵人，但是，鐵月並不急於向兩翼運動，只要牢牢地掌握住與敵人騎兵的主動權就算完成了任務，明顯的帶有戰術性質。

映月斥候把戰場上的消息源源不斷地報告給主帥月旺元帥，雖然在整個作戰的過程中，基本上按照戰前的計畫進行，十分的順利，但是，也存在著一定的意外情況，首先，驚雲的反應就不是他們料想的那樣，自己率部突圍，反而是留了下來，和部隊一起堅持狠殺，像不要命了一樣，而且還向西移動了十餘里，然後固守；其次是藍鳥軍的戰鬥力確實是非常的強大，對於映月這些沒有什麼經驗的新兵來說，幾乎就是致命的，驚雲十萬人拼命，在地形非常不利的情況下，不但沒有吃虧，反而把月照第三軍團幾乎打殘，兩軍損失接近相等，一天的時間就損失了六萬人，雙方有十餘萬人倒在了二十里寬的路上；第三，月旺元帥和軍部人員絕對沒有料到驚雲後軍會在如此不利的情況下壯士斷腕，拋棄主帥迅速後撤，這在映月帝國軍人身上決不會發生的事情，如今像夢一樣就發生在他們眼前，讓他們一時無法適應，致使十萬人的藍鳥預備軍團撤離白月鎮和披月鎮，得以保全，為此，整個軍部和各部將領羞憤交加。

這次驚雲率軍進攻河北，映月帝國在事前得到消息的情況下設伏誘敵，出動總兵力六十萬人，其中十個帝國正規軍團，其餘爲配合部隊，月照、月魂兩個名牌兵團一起出動，對付驚雲的三十萬人。年輕的主帥月旺也是聖皇月影特意培養的軍隊新一代統帥，幾位老帥從旁協助，計畫相當的完美，力求在河北把驚雲殲滅。

月旺元帥計畫出動月魂兵團在攬月城前設伏，把門提斯的兩個軍團從兩翼包圍，然後逐步殲滅；出動月照兵團在半路設伏，首先殲滅驚雲部，然後切斷門提斯的退路，從而達到各個擊破的目的，而在中央策應的就是鐵月重騎兵軍團，其目的是消滅疾風騎兵軍團，割斷兩翼間聯繫，其餘部隊則負責監視和策應，主要目的也深含著練兵的成分。

映月整個作戰計畫是把驚雲兵團作爲殲滅的重點，至於預備軍團則是次要的打擊目標，首先必須保證殲滅驚雲部。在整個的計畫中，後續的兩個預備軍團是一定會接應重圍中的驚雲和門提斯，然後就會自己進入包圍圈，周邊的幾個協助軍團從更大的範圍緊縮包圍圈，最後把驚雲全部吃掉。

爲了完成這份「誘敵深入、圍而殲之、收復雪月」的作戰計畫，映月不惜損失六十里內的村莊，兩個重鎮及河北一部的代價，在第一階段順利實施後，展開了第二階段，但效果沒有達到預期的目的，驚雲兵團固然落入重圍，但是，兩個預備軍團反應卻出奇的快，迅速脫離了包圍圈，向河南撤退，使整個作戰計畫一下子脫節，而周邊準備包圍的軍團還有一段距離，補救措施已不能及時到位。

月旺元帥雖然不滿意，但是，戰爭打到這個份上，也只能按照原計劃進行，畢竟驚雲兵團已經落入了包圍圈，對於多年來屢戰屢敗在藍鳥軍手下的映月軍來說，殲滅驚雲兵團也是一件鼓舞人心的事情，如果能順利殲滅藍鳥軍驚雲兵團，可以提高整個帝國軍隊的士氣，打破藍鳥軍不敗的神話，使映月軍隊從失敗的陰影中走出。

想到此處，月旺元帥立即下令兩翼周邊部隊快速向中央合圍，重新奪回白月鎮和披月鎮，截斷驚雲的退路，對於撤退的藍鳥軍預備軍團暫時不管，只要追殺到聖靜河邊即可。

聖雪山下的夜晚特別的寒冷，對於經過一夜休整的鬥提斯部來說，天亮並不是什麼好事情。昨天下午，鬥提斯已經接到了驚雲部被阻截的消息，整個阻擊過程他雖然不十分瞭解，但是四十里的距離畢竟不是很遠，驚天動地的大戰他還是有所感覺的，但是，驚雲部被阻擊原就在意料之中，他堅信驚雲會攻擊到攬月城下的，所以命令部隊安心休息，準備與驚雲會合後攻擊攬月城，但天亮後，攬月城周圍出現的情況卻使得他目瞪口呆，感到了世界末日的到來。

攬月城高大的城牆上站滿了全副武裝的士兵，人數至少有一個軍團，同時，在大營的左右兩翼，十里外的山丘上分別出現了敵人軍隊的旗號，「月魂兵團」高聳的戰旗使他認識到了自己已經陷入了映月軍隊的包圍中，一夜的時間形勢大變，從攻擊方轉入了被圍捕方，這時候他才認識到驚雲被阻擊的目的是什麼，敵人是想要全殲自己的部隊。

這時候的門提斯還沒有認識到驚雲所面臨的命運和他自己有著驚人的相似，甚至比他還要淒慘，在他的心中，既然映月人要消滅自己，至少要比殲滅驚雲部強得多，他在慶幸大將軍沒有到達攬月城的同時，也下決心給予敵人以重創。

門提斯沒有急著突圍，反而是在原地構築防禦工事，固守待援，即使驚雲不能擊潰敵人，但至少有自己在，映月人就不敢傾全力對付驚雲大將軍，他知道要想殲滅自己，敵人必須有兩倍以上的兵力，從旗號上來看，映月月魂兵團已傾巢出動，緊緊地圍住了己部，他可以發揮牽制作用，大將軍的命運如何就看他的作戰實力了。

藍鳥軍的武器裝備在防禦上，可以說是大陸第一流裝備，弩車、中弩都是防禦最好的武器，戰車作爲反突擊的部分隱藏在大營內部，發揮關鍵的作用。整個大營重新進行加固，把裝運糧食的麻袋全部倒出，裝上泥土，堆積在大營的四周圍，弓箭手、中弩手、弩車手被分配成幾塊，把攬月城的南城門方向作爲了防禦的重點，兩翼也進行重點防禦，士兵利用僅有的一點時間挖掘戰壕，爭取在最短的時間內盡可能地完善防禦體系。

月魂第十一軍團和第十二軍團從左右兩翼進行了幾個試探性攻擊，幾個萬人隊輪番出動，攻擊一陣後退回，然後換第二個萬人隊，如此反覆，折騰了一天，雖損失了有千八百人，但是，映月人並沒有全線攻擊的意思，彷彿是在引誘門提斯出擊。

門提斯雖心中疑惑，但是自己既然決定了以防禦爲主，固守待援，就沒有必要出擊，棄長就短，一天的時間裏，門提斯讓參謀仔細觀察了敵人萬人隊的人數，絕對不少於二十個，也就是說不少於二十萬人，整個月魂兵團齊裝滿員，絕對不少，敵人不主動進攻是在等待著自己彈盡糧絕吧。

但門提斯怎麼也沒有料到，映月人還有另外一層意思，那就是練兵，利用藍鳥軍來練兵，磨練映月新兵的膽量、意志、殺氣和信心。

與門提斯的想法恰恰相似的，是遠在二十里外的驚雲，經過一夜的思考，驚雲忽然想到了一個重要的東西：時間。

興古爾突出重圍，回轉河南，組織預備軍團防禦，同時向聖王、軍師求援，無論是從預備軍團的整編佈防，還是從嶺西郡支援而來的援軍，都需要時間，映月人想不動自己轉而攻擊銀月洲，目前恐怕還沒有這個實力，另外，門提斯十萬部隊也不是擺設，任何人也不敢把十萬藍鳥軍不當一回事，更何況映月人久受藍鳥軍打擊，更不會小視十幾萬藍鳥軍的存在，只要自己再堅持十餘天時間，就能爲興古爾贏得時間，銀月洲的安全就能得到保障，多堅持一天，銀月洲就多一點安全，自己的親人就能得到保全，所以，驚雲決定不走了，他本來就存下死志，把生死已經置於度外，不放在心上。

驚雲找來了曲碩斯，把自己的想法一說，曲碩斯深以爲然，他也是鼓動驚雲獨立的重要人物之一，面對如今的局面，他個人的生死已不算什麼，他和驚雲的想法一樣，在後悔的同時，更多的是贖罪，而銀月洲的安全就是他贖罪的最好體現，兩個人商量了一下，立即組織軍官開會，把想法與大家一說，軍官們的想法就簡單得多，既然主帥都可以在此堅守，固守待援，自己還怕什麼，更何況是牽制敵人，保護銀月洲的家園，一旦聖王的大軍到來，他們的安全就不是問題，人人倒是多了分信心。眾人下去，與士兵們一說，士兵們更感到在四周都是敵人包圍的情況下，固守待援總比和幾倍的敵人廝殺強，全部同意堅守。

但是固守待援談何容易，首先是要解決糧食的問題，其次是解決固守的陣地。糧食，每一個士兵身上多少都帶一點，但是絕對用不了三天，在如今這冰冷的冬天裏，沒有糧食，沒有帳篷怎麼堅守，所以當士兵們提出這些問題的時候，驚雲也感到很難。

驚雲站起身，打量了一下四周圍的地形，在自己的正西方向，不遠處有一座小山，山不高，僅有六、七十米高，但山上的樹木還是很多，面向東南方是一處斜坡，山頂彷彿還比較寬闊，他回頭看了曲碩斯一眼，見他也剛打量完此山，兩個人目光碰在一起，一齊點了下頭，算是定下了紮營的去處。

冬天的敵人是寒冷，而寒冷的敵人是烈火，有了烈火就不怕寒冷，小山有的是樹木，可以生火取暖，這就解決了帳篷等取暖的問題，而小山就是最好的防禦陣地，有利地形的優勢可以暫時緩解兵力不足的劣勢。

西方面也是目前敵人最薄弱的一個環節，月照第三軍團經過昨天的打擊，損失巨大，幾乎沒有什麼戰鬥力，而攻擊第三軍團的目的，即可打擊敵人，又可以解決糧食問題，而小山的方向，又恰恰是在西方面。

驚雲有志於固守，全面牽制敵人，爭取時間，是用自己和將士的生命爲代價，但這個代價已經不單單是他自己贖罪那麼簡單了，還有爲保護銀月洲安全的一種奉獻精神。

三萬人在驚雲的號令下悄悄地整裝待發，軍官們已經完成了臨時的整編工作，等待著主帥的命令，驚雲把向西的目的和大家一說，士兵們明白在殺敵人的同時，還要尋找糧食，爲自己的生存而戰鬥，並且還要到達固守的西山，所以士氣倒是旺盛，因爲他們知道在映月的本土上，除了生，就是死，沒有第二個結果。

「出發！」驚雲低低地命令。

士兵們在軍官的帶領下向西奔去，距離五百米處，有一處山丘，是月照第三軍團的臨時住處，如今第三軍團還剩餘二萬餘人，經過一夜的休整，恢復了體力，等待著援軍，他們已經不敢主動攻擊驚雲部了，驚雲強大的實力已經證明藍鳥軍的強悍，能夠圍住驚雲第三軍團就是一大功，所以一見驚雲軍團仍然向西攻擊，仍然以他們爲首要的打擊對象，士兵們心裏就恐懼，但抵抗還是必要的，在弓箭手的反擊下，驚雲付出了兩千餘人的代價，擊退了第三軍團，佔領了山丘。

月照第三軍團仍然採取昨天的戰術，邊打邊撤，但絕對不是潰退，也反映出月照第三軍團的頑強。

驚雲攻取山丘的目的有兩個，一是奪取糧食，二是迂迴上山。月照第三軍團圍攻驚雲兵團，後勤補給距離此處不是很遠，所以昨天第三軍團一停下，後勤部就把足夠的糧食運上山丘，保證士兵吃飯，同時餘部立即向後撤退。

山丘上第三軍團的糧食雖然不多，但也不少，足夠驚雲部兩萬餘人吃個幾天。月照第三軍團絕對沒有想到驚雲攻擊他的目的是奪取糧食，否則，知道了還說不定怎麼後悔呢。

隨後，驚雲見左右敵人已經移動，立即向不遠處的小山前進，半個時辰後，兩萬七千餘人的驚雲部駐紮在小山上，劈樹木紮營，樹幹作爲防禦的滾木，樹枝作爲士兵升火取暖用，大營前後用大石堆壘，森嚴堅固。

第九章　飲恨魂消

十萬映月軍隊在小山下略一猶豫，然後，分成四路向小山進攻，在驚雲頑強的阻擊之下，丟下三千餘屍體，退下山去。

一個時辰後，映月軍統帥部傳來消息，不必強攻，困守幾天，消耗驚雲的銳氣與體力，然後再戰。

驚雲的帥旗飄揚在小山上，十三日不倒。藍鳥王朝二年一月十五日，銀月總督、大將軍驚雲和所部將士全體犧牲披月鎮以北二十一里的小山上。

藍鳥王朝統一大陸後，聖皇帝天雷・雪為了紀念驚雲大將軍，親自為這座小山起名為驚雲山，立碑述傳，流芳百世。

門提斯所部的兩個軍團在一月十八日接到驚雲大將軍犧牲的消息。為了打擊藍鳥軍第三十二、第三十四軍團的士氣，月旺元帥把驚雲的屍體懸掛在攬月城門樓之上，門提斯和眾將士見到驚雲的屍體，終於爆發了驚天動地的大廝殺，士兵們不計犧牲地向攬月城南門發起了攻擊，在損失兩萬五千餘人的情況下，搶回驚雲的屍體，然後向南突圍，於左右兩個月魂軍團的夾擊下殺出重圍，又擊破了攔擊的三路人馬，三天時間來到聖靜河岸邊，只剩餘四千一百二十七人。

興古爾在南岸見到士兵們抬著驚雲的屍體，慌忙帶領衛隊過河接應，回到南岸後，立即命令攻城大隊摧毀河冰，阻止敵人渡河攻擊，在巨石的轟擊下，聖靜河冰冷的河冰面被摧毀成無數段，這才止住了映月軍隊前進的步伐。

隨後，興古爾立即向遠在嶺西郡的軍師雅星和在平原城內的聖王發去不幸的消息，帶領銀月洲六個預備軍團和組織起來的民團堅守河岸，苦苦地等待著援軍的到來。

史稱「攬月城之役」的戰爭落下了帷幕，藍鳥軍驚雲兵團以徹底的失敗而告終，兵團長驚雲戰死，四個軍團長中有三人殉國，二十五萬人的驚雲兵團回到河南的只一萬八千餘人，疾風騎兵軍團只剩餘六千四百人，值得慶幸的是兩個預備軍團和攻城大隊十二萬人安全撤回銀月洲，在兵團長興古爾的領導下，苦撐二十一天，直到列科元帥帶人增援才結束。

銀月洲總督、大將軍驚雲因爲特殊的原因，發動了對映月帝國的本土作戰，由於時間倉促、準備不足等等原因導致失敗，損兵折將，從而走完了他驕傲的一生，驚雲的死，給予銀月洲沉重的打擊，是藍鳥軍重大的損失。

映月帝國臥薪嚐膽，時刻準備著雪洗恥辱，對驚雲一戰，映月帝國準備充分，計畫周詳，佈局嚴密，以誘敵深入爲作戰手段，以殲滅藍鳥軍驚雲兵團爲目的，繼而收復雪月洲，舉國共計出動兵力六十四萬人，月照、月魂兩大主力兵團全部出動，配合鐵月重騎兵軍團，一舉殲滅了驚雲兵團。

但是，由於戰爭本身就是瞬息萬變，沒有完整的計畫，驚雲征戰沙場十餘年，臨敵經驗豐富，要不是一時鑄成大錯，也不會發動攬月城戰役，他心存死志，一路向西拼殺，決不突圍，同時令興古爾帶領預備軍團斷然撤退，把自己置於死地，兩個截然相反的念頭豈是別人可以猜測到的，致使映月帝國的目的僅達到了一半。

但是，僅僅這一半的目的也不是好拿到手的，瘋狂的藍鳥軍以死拼殺，決不投降，展現出了強大的戰鬥力，致使映月帝國軍隊傷亡總數達二十一萬人，幾乎與驚雲兵團相等，剛剛恢復一點的元氣又遭受了重大損失，以至於一時間無力發動河南戰役，使興古爾得以有喘息時間。

聖皇月影在接到勝利的消息同時，也接到了傷亡的報告，心頭大痛，整個軍部經過詳細的計畫，最終還是損失如此的慘重，他在心痛之餘，也再一次認識到了藍鳥軍強大的作戰力，也難怪中原爭霸屢戰屢敗。

但是，不管怎麼說，殲滅藍鳥軍一個整編兵團的戰果還是值得驕傲的，聖皇月影立即發詔全國，慶祝三日，然後對有功人員進行褒獎，對戰死人員進行撫恤，大肆宣傳重整後軍隊的強大，一時間軍部榮耀無比，百姓歡欣鼓舞，把藍鳥軍對本土侵略的陰影驅趕出去。

西星、北海、北蠻接到映月殲滅驚雲兵團的消息，紛紛派出使者慰問，表示慶祝，以示意友好，而帕爾沙特王子殿下的心中對映月的實力作出了重新的評估，想辦法把映月拉回到中原爭霸的戰車上來。

堰關城內的軍師雅星前幾天接到聖王天雷傳來的命令，對河北方面軍進行了調整，商秀繼續擔任方面軍總指揮，同時接替堰關城文謹元帥，威爾出掌藍鳥第一軍團副團長，暫代團長職務，文謹元帥接替文嘉元帥，鎮守堰門關，而文嘉元帥立即回歸平原城。

同時，藍鳥軍第二、三、四軍團已經從平原城出發，向河北而來，加強北方面軍的力量，要求河北調出十萬人馬接替列科元帥手中的民團，組成攻城部隊，加緊訓練。要求軍師雅星在藍鳥第二、三、四軍團達到後立即回平原城。

軍師雅星接到了這樣一份命令，嘴角微微一笑，心中大定，聖王果然是一代明主，事情考慮總是先別人一步。藍鳥軍第二、三、四軍團北上，這無疑說明了南中原爭霸已經結束，東海戰局已經在控制之中，今後的重點將放在北平原上，而抽調文嘉元帥，無疑是想讓他出使東海，穩定局面，爲管理東海做準備；抽調十萬人組成攻城部隊，這是爲收復北平原做準備，聖王的想法極其深遠，事事都走在了自己的前面。

聖王要求自己回歸平原城，恐怕不是那麼回事，而是要自己出掌京師，爲一個強大、繁榮的藍鳥王朝做先期的工作，同時主持與南彝、東海聯盟、短人族等各部的盟約，制定新的法令，創辦聖殿，而這些偉大的事業，已經拉開了歷史的新篇章。

而聖王自己，就有時間來指揮波瀾壯闊的戰爭。

想到此處，軍師雅星眼前彷彿出現了一個統一的強大帝國，他再次微微一笑，傳令各處按照聖王的命令辦事，然後處理自己的事務，逐漸把權力移交給裔秀，準備回歸平原城。

幾天後，軍師雅星接到了銀月洲驚雲出兵河北的消息，心中大驚，但他略一沉吟，明白了驚雲的難處，如今驚雲顯然已有悔意，出兵映月也是不得已而爲之，勝爲一功，可將功贖罪，反之若敗了，驚雲兵團將從藍鳥軍的行列中消失，聖王畢竟會念及當年的恩情，不再追究其家人，保全特南家族不至於從此覆滅。

但是，映月帝國好對付嗎？聖皇月影臥薪嚐膽幾年，埋頭發展軍事、經濟，培養人才，整軍備戰，憑一個小小的銀月洲的實力，那能撼動映月的根本，驚雲這一去，是有去無回，必將橫死異鄉。

但驚雲自己做錯了事情，他就必須由自己來承擔，由特南家族來承擔，聖王儘管會念及其情意，但如果驚雲不做出點事情來也不好說話，更何況還有藍鳥王朝的法律。

雅星相信在黑爪的手裏，不利於驚雲的證據至少會有一大堆，一旦南中原以至南大陸盡落藍鳥王朝之手，聖王必會騰出時間來解決銀月洲這個背後的隱患，到那個時候，驚雲想說什麼也沒有用了，沒人會原諒一個在民族危亡的時候還在背後捅刀子的人。

對付驚雲而在銀月洲採取的種種措施，都是由軍師雅星領導黑爪來實施完成，雅星比別人更加明白聖王對驚雲的不滿，在藍鳥王朝最困難的時刻，驚雲的背叛使藍鳥軍擔上了巨大的風險，面臨著民族的滅頂之災，如今王朝緩過了氣，度過了危險期，聖王一定會回頭解決背後的危險，驚雲顯然意識到了這一點。

儘管軍師雅星對驚雲出兵映月心裏一萬個不同意，但他也沒有辦法解決驚雲自身的問題，驚雲兵團如今就好像一個棄子，能用這個棄子消耗映月恢復的軍事力量，也是對聖王一個最好的交代，所以他只好爲銀月洲的安全盡些心力。

軍師雅星督軍嶺西郡一帶軍務，有權調動一切軍事力量，他趕緊令人通知在嶺西關的列科元帥暫時不動抽調的十萬人馬，並立即裝備訓練，等待聖王的命令。同時，把驚雲出兵的消息彙報給平原城的聖王天雷。

聖王天雷坐鎮平原城，黑爪統領奧卡把銀月洲的一舉一動隨時通知他，在接到軍師雅星的彙報後，略微考慮，肯定了軍師的做法，同時命令軍師雅星嚴密注視銀月洲的動靜，一旦發現驚雲部潰退，列科軍團立即出關，穩定銀月洲的局面。

十天後，聖王天雷接到了軍師雅星轉來的第一份戰報：驚雲在攬月城陷入映月軍隊重圍，與古爾突出重圍，帶領預備軍團退軍河南。目前情況危急，已經令列科元帥率領十萬軍隊出關，接替驚雲的職務，穩定銀月洲的局勢。

藍鳥王朝二年一月二十六日，聖王天雷接到了大將軍驚雲戰死的確切消息，心中一陣難過，落下淚來。

大將軍秦泰也在一旁陪伴落淚，想驚雲一代英才，只因為一時貪念，得到如今這般下場，甚感可惜，然後，他力勸聖王保重身體，不要再為驚雲的事情傷心了，要以銀月洲的安定局勢為重，穩定後方線。

聖王天雷的心中雖然難過，但也只是為驚雲可惜而已，如果驚雲和雅星全力合作，協助自己，平定天下指日可待，但人嘛，都有貪念，為了一時的歡欲，什麼都不顧了，按理說，驚雲雖有獨立的想法，但沒有付諸於行動，沒有對藍鳥軍造成什麼實際上的危害，但其最不可原諒的罪行就是時機選擇得不對，使藍鳥軍腹背受敵，行動如履薄冰，他得到了如此的一個下場，實在可歎可惜，可惜了驚雲這樣的一個人才。

聖王天雷難過一陣後，想了一想，銀月洲畢竟是中原的西門戶，重要的後方基地，人口眾多，穩定銀月洲是必要的，必須派出一位大將穩定銀月洲的局勢，鎮懾映月人，保證中原戰場的安全，他看了眼秦泰，感到一陣不捨，但最後還是說道：

「秦大哥？」

「聖王請吩咐！」

聖王天雷點了下頭，然後說道：「秦大哥，銀月洲的重要性想必你也知道，必須派一人過去，我想只好麻煩大哥走一趟了。」

秦泰略微沉吟一下，然後點頭道：「聖王放心，秦泰明白！」

「秦大哥的穩重天雷十分放心，大哥到達銀月洲後，穩固防守，決不許出擊，我只要一個穩定的後方，不需要銀月洲成為前線。目前，我們還不能對映月帝國有什麼想法，大哥只要記住我的話就行了。」

「秦泰明白，聖王放心就是，不過，不知道對驚雲的後事如何料理？」

「追封驚雲為落雪侯，長子加封為子爵位，好生安排嫂夫人，不要讓她受到委屈。另外，對所有將官一律封賞，不要再追究其他事情了。」

「多謝聖王大恩，秦泰一定會把事情處理好的！」

「好吧，秦大哥，你到銀月洲後，出掌所有的兵權，把地方上的事情交給列科元帥，由他出任總督。」

「是，聖王！」

「秦大哥，你帶本部十萬人過去，列科已經帶過去了十萬人馬，足夠你用的，另外要做好民團工作，保證沿河的戒備，同時加緊清除間諜，不讓消息傳給河北。」

「我明白，聖王！」

「好吧，秦大哥，明天一早你就動身吧，我就不送你了，哎，驚雲的事情，我很後悔，代我向嫂夫人問安！」

「秦泰會把事情辦好的，一定把聖王的意思向嫂夫人稟明，好生安頓。」

「有勞大哥了！」

「聖王客氣了，秦泰就告辭！」

「秦大哥保重！」

「聖王保重，秦泰拜別聖王了！」

「去吧！」

第二天，大將軍秦泰率領凌原兵團起身趕赴銀月洲，接替驚雲的職務，穩定銀月洲的局勢等等。

為了洗刷藍鳥軍的恥辱，聖王通令全軍，取消驚雲兵團的番號，藍鳥軍第三十二、三十三、三十四、三十五軍團和疾風騎兵軍團從序列中消失，永不得恢復。

對於藍鳥軍驚雲兵團戰敗的士兵，由額部調查後進行了褒獎，所有的將領一律免於治罪，有功則獎，有過則罰，獎罰分明。

隨後，以軍團長興古爾為首，驚雲夫人為副的銀月洲代表團向平原城進發，向聖王謝恩，驚雲的長子也已經十四歲了，這次被聖王封為了子爵，也要向聖王謝恩賜，其餘人等也都是各家將領的家屬。只有興古爾和驚雲夫人知道這次進京生死難料，名義上雖是謝恩，實則上是請罪，以驚雲大逆不道的罪行，聖王能否原諒他們也是未知數。但他們不敢不向平原城一行，以求聖王的諒解。

聖王天雷最終也沒有提驚雲背叛一事，給予嫂夫人以大禮的待遇，留其全家在平原城暫住，以後定居京城，享受侯爵的俸祿，而其餘家屬則給予一定的獎勵，令其返回銀月洲；與古爾留在額部等待新的任命。

藍鳥王朝在銀月洲問題上進行了重新洗牌，在軍隊上，處罰之嚴厲是從沒有過的，在家屬問題上也給予了極高的待遇，各部高級將領心中大動，以驚雲的地位得到如此的結局，足以說明了一個問題，王朝在穩定上面絕對不會手軟的，無論是誰如果有不臣之心，結果只有和驚雲一樣的下場，甚至遠遠不如驚雲，畢竟驚雲是藍鳥軍的締造人之一，聖王沒有再追究，也是不幸中的大幸，而特南家族從藍鳥軍的勢力中已然消失。

而這一切體會最深刻的當數軍師雅星，當初藍鳥軍在嶺西郡建立，以聖王天雷、軍師雅星、大將軍維戈、雷格、秦泰、越劍六人爲核心，逐步發展壯大，每一件事情都裝在雅星的心裏面，驚雲如果不是犯下如此的重罪，也不會有這樣一個結果，聖王天雷雖然心痛，但也絕對不會原諒驚雲的作爲，驚雲幡然悔悟，以死謝罪，求得聖王的諒解，爲整個家族留下生存的機會，其下決心的時候，心中不知是如何的痛苦和悲傷。

聖王不動聲色，用一個又一個勝利慢慢擊碎了驚雲的信心，用逐步的強大向驚雲展示了他的英明和偉大，世無二主，驚雲的結局只有一個，而這個代價是沉重的，他不僅僅是讓驚雲一個人承擔，而且是讓整個特南家族來承擔。

雅星深知聖王天雷的高瞻遠矚，事事都走在別人的前面，如今少公子夢雷出藍鳥谷進入平原城，以大將軍維格爲首的西南郡派將領已經在少主的面前示眼色，甚至於藍鳥谷的將領都在向少主示好，而聖王的作法是第一次就向他們提出了警告，斬旗立威，藍鳥軍的地位不是少主能給的，是整個藍鳥軍自己的，是聖王給的，一切想從中得到好處的人儘快打住，其中就包括維戈在內。

藍鳥軍的將領雖收斂一時，但這並不影響聖王對他們的重用，不影響聖王對少主的喜歡，更不影響他們對少主的示好。雅星知道，如果要想和藍鳥谷的將領勢力一爭長短，就必須全力培養少主中原的勢力，利用王妃和自己的影響力籠絡一切可以拉攏的對象，爲少主雪中原的將來鋪平道路。

目前，少主夢雷最大的優勢就是可以隨父征戰中原，平定四海，一旦戰爭時間過長，少主夢雷取得戰功，被將領們所接受，那麼，就是自己再努力也是白費力氣，他可以自己在軍隊和百姓中樹立威信和功勞，贏得天下人的景仰，這是誰也阻擋不了的，所以要儘快回到平原城，這其中就包括王妃雅靈和少主中原。

藍鳥王朝內外的勢力雅星知道得清楚，除去藍鳥谷諸將扶持少主夢雷外，還有最近與南彝聯姻的香妃彝凝香，表面上來看，彝凝香沒有什麼勢力，但是，有南彝帝國在背後支持，誰敢說彝凝香勢弱，更何況最近又成立了南彝兵團，十萬南彝軍隊獨立於藍鳥軍隊之外，只接受聖王和彝雲松指揮，不受額部節制，這就意味著在藍鳥軍之外，王朝內一股新的力量已經產生了。

除南彝兵團之外，還有兩支部隊獨立於藍鳥軍額部之外，那就是藍衣衆和藍鳥騎士團。

藍衣衆是各部族的精銳部隊，是爲了保護聖王而存在的部分，任何人也調動不了藍衣衆，其責任的重要性確定了藍衣衆的本質，而其中的將領楠天，時刻在聖王左右，爲聖王服務，他和參軍風揚等年輕的將領成爲一個特殊的獨立體，活躍於聖王的身邊；而藍鳥騎士團是聖王專門成立的近衛部隊，其職責無疑也是爲保護聖王而服務的，不受任何人指揮，牢牢地控制在雅藍、雅雪姐妹的手中，是聖王爲她們倆特意安排的部分，但是，近水樓臺先得月，藍鳥騎士團和藍衣眾的關係密切，足以說明雅藍、雅雪姐妹有能力和各個勢力抗衡，並毫不遜色。

想要在眾多勢力中獨佔鰲頭，只有與秦泰、越劍聯合，但想聯合成功談何容易，但這事情也急不得，不是一朝一夕的事情，另外，自己也要尋找出一支獨立的力量支持，爲將來做打算。

想完事情後，雅星叫人通知遠在望南城內的妹妹雅靈，準備回平原城去，由於父親埋葬在望南城外，母親是不會離開的，所以也只有自己兄妹離開了。

目前，藍鳥軍第二、三、四軍團已經到達河北堰關城，全面接管臨河城防線，接受凱武指揮，另外的軍隊除駐守堰門關和堰關城外，全部都留在三角區域內訓練，藍鳥第十五、十七騎兵軍團受損失極大，目前還在恢復中，有藍鳥軍第二、三、四軍團的加入，河北地區已經成爲藍鳥軍對外的最強大的部分，以防禦爲主是足夠用了。

藍鳥王朝二年二月十三日，軍師雅星在穩定了銀月洲和河北堰關城一帶的局勢後，離開河北前往望南城，與妹妹雅靈和外甥少主中原會合，前往平原城。

隨軍師雅星、王妃雅靈出發的有女字營的官兵五百餘人，另外，雅星還把幼字營抽調出十萬人隨行前往中原盛京城，叩見聖王陛下，從嶺西郡動員的第一批移民兩千戶隨行在後，前往京城不落城。

徵得聖王同意，軍師雅星把額部轉移往平原城，嶺西郡的事務交給總督比奧接管，其餘像移民等事情交給民政處等單位，放下手中的包袱，雅星才感到一陣的輕鬆，在望南城拜別母親，與王妃雅靈一起上路。

軍師雅星的這次平原城之行，是帶有戰略意義的重大行動，以此爲契機，南中原開始恢復了和平安定的生活，四周圍人民陸續回到闊別十年的家鄉，開展從新建設工作，使中原逐漸恢復了往日的繁榮。

一路上浩浩蕩蕩，連綿數百里，從嶺西郡到平原城，隊伍幾乎沒有間斷過，沿途的百姓出門相送的場面比比皆是，使整個中原西部都活了起來，百姓們知道聖王已經收復了京城不落城，如今軍師帶隊回京師，大漲了人民的士氣，可以說是聖瑪民族一件驕傲的大事情。

在軍師雅星從嶺西郡向東行駛的時候，遠在中原南部聖寧河兩岸的情況也出現了喜人的景象，大批的移民從西南郡出發，向南方的各個城市挺進，在民政處的統一管理下，很快就安定了住所，分配土地等等，整個聖寧河兩岸出現了十年來最少有的熱鬧。

而在京城不落城內，大將軍越劍命令十萬士兵經過近三個月的清理，把不落城清理一新，殘缺的房屋、宮殿等全部拆出，城牆從新修復，把倖存的百姓組織起來，生產自救，爲京城不落城的恢復日夜不停地工作。

青年兵團的將領們多是帝國軍事學院出身的學生，都在京城不落城生活過，看到如今的京城被糟蹋成這副樣子，心中大怒，對河北聯軍的殘暴仇恨日增，在清理工作中不時地出現百姓的屍體，使士兵們憤怒交加，對敵人的仇恨日重，以至於在後來的戰爭中，越劍兵團出手極其狠毒，不下於藍羽騎兵兵團，差一點使西星人和北蠻人滅絕。

不說越劍青年兵團在不落城內重新修建京城，單表雅星一行經過一個多月的長途跋涉，於藍鳥王朝二年三月四日到達平原城外，聖王天雷接到消息，率領在平原城內的官員出西門迎接軍師和王妃，在二十一響的禮炮聲中，聖王和香妃彝凝香走出西城門外，抬頭向西眺望，遠遠地就見兩千藍鳥軍騎兵開道，後面兩輛軍車在藍衣眾護衛的保護下緩緩向東而來，黃色的飛鳳旗迎風飄揚，藍色的飛鳥車篷覆蓋整個車廂，八匹拉車的馬一樣高低，一樣的俊秀，清一色的紅毛。

在車的兩側，幾百名女兵英姿颯爽，胯騎戰馬，腰懸長劍，背插英雄翎，眼中的精光表現出她們的不一般，聖王天雷知道這是女字營的人馬，而車中端坐的必然是王妃雅靈和兒子小中原。

這輛車正是多年前短人族特意為聖王打造的座車，如今歸王妃使用。

第二輛車比第一輛車稍微小一些，一樣的牛皮封頂，外罩藍色飛鳥圖案，車轅外側插一面小型藍鳥軍旗幟，這是軍師雅星的專用座車。聖王天雷知道軍師雅星的武藝不怎麼樣，所以特意要求短人族為他打造一輛軍用座車，結構幾乎和自己的車一樣，攻守兩用，防止意外。

兩輛車全部在女字營的嚴密保護之下，外層為藍衣眾的護網。在隆隆的禮炮聲中，大隊人馬在距離平原城西門有一千米距離時，引路的藍衣眾騎兵左右一分，閃在兩旁，座車在飛鳳旗幟的指引下緩緩滑行了有三百米遠，慢慢停下，而後面的軍車在禮炮聲中就早已經停了下來，軍師雅星一挑車簾，急忙跳下車來，他緊走幾步，在雅靈的車旁停下，這時候，早有女兵把車門撩開，王妃雅靈懷抱著少主中原，微笑著從車廂內閃出。

聖王天雷一身藍色衣裝，上繡黃色滾邊箭袖，腰紮黃帶，背披天藍色斗篷，旁邊的香妃是一身大紅衣裝，藍色滾邊，同樣的天藍色斗篷，國色天香的臉上帶著笑意，雙眼含情似水，脈脈有情，陪伴在聖王身邊，專注地看著馳來的王妃雅靈、軍師雅星兄妹。

聖王天雷見車停住，急步向前，他撩目光望去，王妃雅靈年輕的臉上清瘦了許多，但也多了些成熟的美，她嘴角帶著輕微的笑意，眼裏微帶一絲的冷澀，懷中的嬰兒用黃綾緊緊地裹住，抱在胸前，目光掠過天雷的臉，停在彝凝香的臉上，忽然展露出微笑，微一點頭，然後看著走近的聖王天雷，飄飄然地拜了下去。

「雅靈拜見聖王，祝聖王大安！」

聖王天雷微微一頓，臉上不自然地動了一動，但嘴角展現的笑意更濃，他伸雙手扶住王妃雅靈的雙臂，輕聲說道：「辛苦妳了，看妳都瘦了許多，讓人心疼！」

王妃雅靈白了聖王一眼，把懷中的孩子往他懷裏一放，然後輕聲說道：「也不想我們母子，盡在外風流！」順手用力地掐了聖王的手臂一下。

聖王天雷哈哈地傻笑了兩聲，這時候，軍師雅星拜倒在地：

「雅星叩見聖王，祝聖王大安！」

「雅星大哥，快快請起，快起來，你看我這……」

軍師雅星哈哈大笑，然後順勢而起，他看著聖王懷抱著嬰兒，手忙腳亂地看著自己，臉色漲紅，嘴角不斷地說這：「這……，這……」

雅星進前來低聲說道：「聖王大喜，雅星沒來得及當面道賀，還望原諒！」

「雅星大哥，你可是埋怨於我嗎？」

「聖王說那裏話，藍鳥王朝和南彝聯姻，這是舉國的盛事，利於千秋大業，雅星高興還來不及，那裏會埋怨聖王，如果再有這樣的事情，我倒想試試。」

「那就好，那就好，大哥，你知道我也是沒有辦法。」

「哈哈，迎娶美人歸了還沒辦法，不說了，不說了，哈哈！」

這時，王妃雅靈早已經來到後面的彝凝香面前，輕起朱唇道：「這位一定是彝凝香姐姐，雅靈有禮了！」說完飄飄下拜。

香妃彝凝香見王妃雅靈向自己走來，忙拜了下去，還沒有等她開口，就聽見雅靈的聲音，忙說道：「姐姐這是折煞凝香了，妹妹深感愧對於姐姐，但爲了子民的幸福，凝香只好如此，望姐姐原諒凝香！」

「妹妹快起來，都是一家人，有什麼對不起之說，以後雅靈還望妹妹照顧呢！」

「姐姐大恩，凝香永記在心，以後一定聽姐姐的教誨，扶助聖王建立千秋大業！」

第十章　進逼東海

兩個人四隻手緊緊地握在了一起，雙眼互相凝視對方，片刻，嫣然一笑，攜手向聖王天雷看去，見他懷抱著嬰兒，手忙腳亂地與雅星說話，臉紅紅的樣子，甚感好笑。雅靈忙上前幾步，從聖王的懷中接過孩兒，滿臉的幸福，彝凝香羨慕地在旁看著孩子。

其實，王妃雅靈對聖王天雷迎娶百花公主彝凝成香多有不滿，但是她是個深明大義的女子，知道聖王迎娶百花公主有利於平定天下、征服四海，所以，儘管心中不滿，但也沒有話說，如今聖王已經在平原城完婚，並親封百花公主爲香妃，她再說什麼未免顯得不夠大度，在藍鳥軍中降低形象。

另外，哥哥雅星多次警告自己，對於聖王納妃的事情不要多管，只要撫養好孩子中原，坐上太子之位，這才是最重要的事情，如今明月公主的孩子出藍鳥谷中原尋父，陪伴在聖王身邊，對少主中原的威脅極大，如果再不回到聖王身邊，對大業沒有絲毫的好處，同樣，與百花公主搞僵關係，也是百害而無益的事情。

雅靈滿腹委屈，但也要強裝笑臉，如今一見彝凝香果然國色天香，討人喜歡，再沒有什麼埋怨的想法了，她收起不滿情緒，笑臉相迎，果然得到彝凝香的尊重，輕輕數語，就確立了自己的地位。

百花公主彝凝香何嘗不知道王妃雅靈的想法，但她是後來者，地位未定，在雅靈面前，她還是不敢放肆，如果不得到雅靈的認可，以後她的日子也是難過。

彝凝香含而不露地說出自己爲了子民的幸福，寧願犧牲自己，與藍鳥王朝聯姻，以後願意協助聖王征戰天下，平定四海，爲家族創造千秋偉業，點出自己也是有分量的人，不要小視自己，使舉家不得安寧。

雅靈那裏會聽不出來，兩個人輕聲細語，針鋒相對，在微笑中互相承認，在笑臉裏藏著鋒芒。

外人那知道她們倆的事情，這時，南彝王爺彝雲松上前見軍師雅星，雅星以後輩之禮相見，畢竟他是彝凝香的叔叔，聖王的長輩，雅星自然不會失禮，兩個人說說笑笑，親近不少。

彝雲松自然知道軍師雅星在藍鳥王朝的份量，且不說王妃雅靈是他的親妹妹，就是整個豪溫家族在藍鳥王朝也是舉足輕重，況且，雅星才高八斗，掌管藍鳥軍頟部大權，坐陣一方，是第二號人物，以後南彝軍隊要在雅星的指揮下作戰，單憑他一個南彝的王爺，如果不是與聖王的特殊關係，想讓雅星如此的尊重恐怕還不夠份量。

以下，跟隨軍師雅星前來的額部參謀都上前拜見聖王天雷，這些人是藍鳥谷出身，都是帝國軍事學院的學生，跟隨聖王南征北戰，是聖王親選的參軍，聖王天雷見到他們大喜，一一扶起，噓寒問暖，好不熱鬧。

最後，雪藍上前拜見聖王，天雷又是激動，又是傷感。

平原城內，聖王天雷大擺宴席，爲軍師雅星和王妃雅靈接風洗塵。

如今，平原城內已經沒有什麼大將了，大將軍秦泰剛剛出去不久，只有藍翎第五、第十軍團的兩個軍團長，南彝兵團的兩個軍團長以及一些中級將領，最多的就是雅星帶來的額部參軍，這些人可以說是藍鳥軍的中堅力量，聖王天雷和他們的關係好得不得了，興致大增，頻頻飲酒，使整場宴會的高潮迭起，歡樂不已。

晚上，聖王天雷來到了王妃雅靈的寢宮，兩個人調戲幼子，再續舊情。

第二天，軍師雅星用過早飯，前往聖王的住處，兩個人見面並不客氣，落坐在小客廳內，聖王吩咐楠天道：

「我與軍師有事情要談，有事情先等一等。」

「是，聖王！」

「你去吧，在外面守著，我也許有事情！」

「是！」

聖王見楠天出去，這才對軍師雅星說道：

「雅星大哥，一年來，王朝形勢大變，就連我自己也沒有想到事情來得這麼快。如今有許多事情都還來不及考慮，這次把大哥叫來，就是商議今後的發展方向，還望大哥多辛苦些！」

雅星笑道：「無痕，王朝有在你真是聖瑪民族的福份，我勞累一些不算什麼，比起您的操勞，大哥很慚愧！」

「大哥您不要這麼說，當初我們七兄弟創立藍鳥軍，誓言共同打出一片天地，如今驚雲大哥的事我很內疚，其實我並沒有想讓驚雲大哥這麼做的，我……」

「無痕，驚雲的事其實我也有責任，不能全怪您一人，但是，驚雲自己做錯了事情，就應該自己承擔責任，他有這麼個結局也是好事，如果他回到王朝，您怎麼處理他，那時還不是兩難嗎？這個結局是他自己選擇的，也算對得起大家！」

聖王天雷點了下頭，然後說道：「大哥，對於嫂夫人等，我這麼做可以嗎？」

「可以，特南一族盡在銀月洲，沒有什麼實際的權力，剩餘的慢慢分化瓦解，用不了幾年就不成氣候了，相信秦泰大哥會做好的，另外，嫂夫人和孩子畢竟是驚雲大哥留下的，不要虧待他們就是。」

「好吧，不說了。大哥，如今南方已經平定，東海聯盟相信也用不了許多時間就會解決，整個大陸我們已擁有半壁，我想暫時休養生息，停個一兩年時間再戰，你看如何？」

雅星微微一笑道：「很好，無痕，表面上看，我們已不可一世，平南彝，定東海，坐擁半壁江山，雄兵二百餘萬，但是，隱患還有許多，如果不及時處理，恐怕會影響大局，對今後爭霸大陸很不利。」

「大哥不妨說說？」

「好，我就先從外部說起！」他喝了口茶水，接著道：「王朝和南彝聯姻，南彝雖有不得已而爲之的理由，但是，三十萬軍隊我們畢竟放了回去，其倖存了近半的實力，雖與我們相比還有不足，但我們也不得不防。彝雲龍兄弟爭霸中原心不死，不然，彝雲松就不會留在平原城，所以對南彝我們要兩手準備，既安撫，又聯盟，給予其一定的好處，但也要用軍隊進行威懾，當然所謂的威懾並不是我們要出兵南彝，而是要時刻保持藍鳥軍的強大，只要我們有足夠實力，南彝就不敢輕舉妄動，就會爲我所用，否則就是背後的一把刀子，時刻防備其從背後下手。」

「大哥說得極是！」

「但是，與南彝搞好關係對王朝極有利，香妃畢竟是南彝未來的王，且不說以後如何，但目前是如此，所以，只要我們與南彝真心合作，締結友好條約，我們就有一個強大而穩定的後方，以後對付北方就好辦多了。」

「大哥說得好！」

「東海聯盟目前還沒有徹底的解決，但是我想，關於東海的問題與南彝不同，南彝我們畢竟沒有深入其國內，但東海聯盟卻爲我們所征服，聯盟已不存在，臣服是東海唯一的出路，所以安撫東海需要一段時間和精力，休養是勢在必行。要利用兩年的時間掃平東海不穩定因素，儘量移民中原，分散東海的力量，同時把六大世家遷移京城，放在眼皮底下監視，把東海六公子緊緊地抓在手中，使其動彈不得，一旦發現不穩，立即清除。」

「是，大哥！」

「雷格這次做得不錯，我還真想聽一聽！」

聖王天雷笑道：「我也是，具體情況風揚掌握，一會兒我們倆一起聽聽。」

「關於東海的事情還需要等一等，相信你讓文嘉回來，就是爲了東海的事情吧？」

「什麼事情都瞞不過大哥的法眼，不錯，文嘉久居東部，對東海聯盟比我們瞭解，我想讓他主持東海大局，大哥看如何？」

「行！」

「大哥對王朝的走向怎麼看？」

「無痕，說到底，王朝的實力是靠西南郡和嶺西郡起家，在中原的實力較弱，其次是中原遭受戰火多年，百姓少而不強，西南與嶺西二郡狹小，非爭霸天下之根本，必須向中原發展，而一旦西南與嶺西移民，兩郡將受到大草原和短人族的威脅，所以安撫大草原各部及短人族就成爲重要的問題，我知道您在大草原和短人族中的威望，但這也需要實惠和軍事威懾的支持，也如對待南彝一樣，要兩手準備，否則後患無窮。」

「大哥考慮得是！」

「如今王朝連年征戰，實力大不如前，糧食、物資不繼，對大草原和短人族的支持少了許多，如再繼續下去，恐怕非良策，所以利用兩年的時間休生養息十分必要，等待中原大盛，安定團結，再進行北伐才是正途！」

「就依大哥所言！」

「無痕，藍鳥軍雖然實力強大，但你細想一下，又存在許多隱患，軍隊多而雜，民團、預備隊、正規軍混編作戰，既影響勞動生產，又浪費物資，又不能形成強大的戰鬥力，所以整編藍鳥軍也十分必要。如今南大陸已爲我所有，人員是最珍貴的，男人都跑到軍隊中去，還有什麼人在勞動，儘是些老人、婦女和孩子，這不是根本，無痕，要把多餘的人從部隊中挑出來參加建設，精兵簡政，穩固根本，這才是正途啊！」

「大哥，我聽你的，地方上的事情我是外行，由你來操勞，軍隊的事情由我來做，我們兩方下手，用兩年的時間恢復中原，如果不夠，我們再等兩年也沒什麼！」

「謝謝您，無痕，大哥一生能遇見你這個明主，真是我一生的榮幸！」

「你看你，大哥又在說什麼了？」

「好了，不說這些。無痕，去年你讓我做的關於聖殿的事情，我已經考慮妥當，正好借助這兩年時間推行，重整法令，推行仁政，建立聖殿，統一信仰，確立王朝的根本大計，還有制定各族平等條約，廢除民族歧視，建立強大的多民族帝國，事情多得很，一個清平強大的帝國等待著我們去創造呢！」

「大哥說得真好，清平強大的帝國！沒有貴族統治，百姓人人有田地，人人有飯吃，人人有信仰，各族平等相處，共建統一的大陸！」

「哈哈，無痕，你說得比我說得更好，共建一個統一的新大陸！」

兩個人眼裏冒出精光，雙手緊緊抓在一起，心靈再一次凝聚在一起，爲了一個嶄新的目標，兩個聖拉瑪大陸最強大的男人手再次握在了一起，他們堅定的信心，決定了聖拉瑪大陸今後的方向，決定了千百萬人的命運，主宰了新的世界。

隨後，聖王天雷和軍師雅星平息心情，像沒事情一樣在一起喝茶、聊天。不久，少主夢雷進來拜見父親和伯父雅星，聖王天雷高興地抱起夢雷，放在腿上。

「楠天，你讓風揚進來，把東海的情況都帶來，我要和軍師一起聽聽！」

「是，聖王！」

不久，參軍風揚進入客廳內，他向聖王和軍師施禮道：「風揚拜見聖王和軍師！」

「起來吧，風揚，我和軍師想聽聽東海的戰況，你詳細地說說！」之後，聖王天雷笑著對軍師雅星道：「風揚跟在我身邊不久，可是卻好像有很久似的，這會兒什麼事情都由他來管，我可清閒多了。」

「哈哈，無痕，以前你不也是這樣嗎？在嶺西的時候，你把事情往我那一放，自己卻什麼也不管，好像我在當家一樣，如今有風揚在，你當然樂得逍遙，還好意思說！」

「哈哈，還是大哥瞭解我，這個……這個就叫做能者多勞嘛！」

「得了，什麼能者多勞，我看是偷懶差不多，也就是風揚年輕能幹，否則我看你怎麼偷懶！」

「那是，那是！」

「風揚，行啊，看來聖王對你很滿意嘛？」

「多謝軍師誇獎，聖王愛護小人，多讓小人鍛煉鍛煉。」

風揚正把軍事地圖掛在牆上，聽見軍師誇獎，連連謙虛。

「行，知道替主人說話，怎麼樣，風揚，有沒有興趣回額部幫忙啊？」

「這個……軍師厚愛，風揚那敢不從，只是聖王這裏還需要小人幫忙，暫時恐怕……」風揚滿臉通紅，說不下去了。

「得，風揚，你別聽軍師逗你，他想要，我還捨不得呢！」

「瞧瞧你們主僕啊，多小心眼，我剛一說，立即就頂住，一唱一和，無痕，難怪你這麼喜歡這小子，行啊！」

「大哥缺人手啊？」

雅星點了下頭，然後說道：「如今王朝大興，確立京城勢在必行，路定城小，不適合作爲京都，還有，以後要住許多人，事情正多，我正愁沒有人手。」

「大哥，我看這樣吧，你從青年軍團裏挑些人手，越劍那可都是軍事學院出身的人，堪當大用，留在軍隊中也沒多大的作用，我和越劍打聲招呼，讓他挑選些給你，怎麼樣？」

「太好了，就怎麼辦，可說好了，越劍那可得你去說！」

「大哥，你說我說還不是一樣！」

「不一樣，不一樣，越劍可珍惜著呢，我說他還真不一定捨得。」

「也是，好吧，就由我來說。楠天！」

「在，聖王！」

「告訴大將軍越劍，就說我要從他那挑選一百個人手，都要軍事學院的，然後讓他們到軍師那報到！」

「是，聖王！」

「行了，省著你老惦記著風揚！」

「哈哈，多謝！」

「風揚，準備好了沒有？」

「好了，聖王！」

「那就開始說吧！」

「是，聖王！」

參軍風揚清了清嗓音，然後詳細地述說起大將軍雷格進軍東海的具體情況。

千雲山和白雲山橫貫聖拉瑪大陸東部，南北走向，阻隔於聖日帝國和東海聯盟之間，是一道天然的屏障。千雲山在南部，橫跨聖寧河，白雲山在北部，橫跨聖靜河，兩山之間相連於雲中谷關，形成一條寬十餘里，長二十餘里的山谷，是東海聯盟出入中原的必經之路，一直爲東海聯盟佔據、控制。

千雲山不是很高，最高峰只有八百二十餘米，最低處只有一百米左右，聖寧河把千雲山從中間截斷，形成一條寬闊的河谷，滔滔不絕的河水流向東海。

在聖寧河截斷千雲山的地方，是山脈的最低處，河北不遠的地方有一條越山的小路，名叫千雲寨，有東海聯盟三千守軍駐守，長長的小路連綿一十餘里，蜿蜒曲折，通往東海聯盟的南方重要城市雲中城，是東海聯盟與中原商業貿易的一條重要通路。

幾百年來，千雲寨成為中原和東海聯盟戰爭中的重要爭奪點，由於千雲寨地勢險要，山高路險，極不利於大軍作戰。

千雲寨路險，不利於大軍做運動，但是它畢竟是通往東海的另一條重要的路線，控制住千雲寨就可以直接威脅東海聯盟南部，通過不斷積累，軍隊可以形成對東海聯盟的重大威脅，所以歷來爲中原和東海聯盟所重視。

東海聯盟在千雲寨地區駐守軍隊一個整編軍團，也是精銳部隊，由於千雲寨地區地形狹小，最多也只能駐紮五千軍隊，所以整個軍團都駐守在千雲寨外側的重鎮雲山鎮裏，五萬軍隊輪換著進山駐守，牢牢地控制住中原進入南東海地區。

近幾年來，由於東海聯盟進軍中原，大軍節節勝利，佔據了整個中原的東部地區，所以對千雲寨的控制也不像以前那般的嚴密，民間常有商人時常從千雲寨小路進入東海，或東海的商人把物資運出東海，和中原進行交易，獲取利益，駐軍也從中撈取一些好處，養家糊口，對來往商人的盤查也比較鬆懈。

中原靠近千雲寨的地區爲東南郡，丘陵地帶，相對的比較貧窮落後，中原爭霸戰爭中，東南郡也受到波及，但由於聖日帝國東方兵團的主將文嘉把大軍都集中在東海郡雲中關谷一帶，所以對千雲寨的爭奪基本上結束，東海聯盟進軍中原後，對東南郡地區也不是很重視，相對的受到戰爭波及就小一些，民間百姓受戰火的摧殘較小，比較安定，而這幾年來，民間往來也基本沒有中斷過。

藍鳥軍出兵南中原，以藍翎爲首的主力軍隊把南彝大軍的後路切斷，佔領了聖寧河兩岸地區，而向東攻擊的部隊爲藍羽騎兵軍團，由新月兵團配合，佔領了陽城地區後轉入防禦，從此，騎兵軍團分散成十幾個萬人隊，在南部地區剿滅零散的地方駐軍。

藍羽兵團的作戰意圖非常的明確，爲了掩飾大軍的行動意圖，維戈和雷格、兀沙爾、托尼做了大量的掩飾工作，整個平原兵團更是偃旗息鼓地悶頭向東前進，而搶佔千雲寨的任務就交給了大將軍雷格。

雷格率領藍羽衛一萬五千名好手悄悄地向東秘蹤前進，騎兵速度奇快，用速度贏得東海軍獲得消息的時間。一路上，雷格沿聖寧河北岸邊前進，出陽城只用了七天的時間就接近了千雲寨地區，然後潛伏了下來。

雷格小心地組織人員冒充商人，組織貨物運往東海，同時藍羽衛悄悄出擊，消滅所有的商隊，防止消息外洩，並把人馬秘密潛伏到千雲寨附近，等待著商隊奪取寨門地區。

雷格經過一番化裝後，親自帶領五十名好手押運貨物向千雲寨走去。

千雲寨寨門高百十米，只有一條一里多遠的山路通往寨門，寨門兩側用巨大的青石堆砌成牆，高大的寨門就是一座城門，有千斤閘攔住，平時用絞鎖鏈升起，方便商隊路過，士兵嚴格盤查，收取過路費用。

從千雲寨向下望去，遠遠的一里路盡收眼底，從入山的第一步開始，每一個人的動作都會在士兵的監視之下。在太陽朦朦朧朧欲出的時候，寨門上的守軍就發現了雷格他們這一支商隊。

「屠大哥，今天不錯，又來了一隻肥羊。」

「哈哈，牛兄弟，這段日子兄弟們都有不少的收穫，再等兩天我們就換防了，像這樣的機會不多，兄弟們要多收點。」

「可不是，屠大哥你看，今天來的可有十一輛車呢，好像比平時多了點，一、二、三、四……有五十個人。」

「叫兄弟們都打起精神，小心著點，別出什麼岔子，都聽見沒有？」

「是，小隊長！」

二十幾個人嘻嘻哈哈地說著，但是眼睛一刻也不離開越來越近的商隊，嚴密監視著每一個人的動作，尋找出一點點的破綻，其中還與幾個人指指點點，胡亂地說著。

千雲寨的寨門距離兵營有兩百五十米遠近，剛剛用過飯的士兵們三三兩兩進出，軍官都在整齊的房間裏休息，飲著茶水，閒談著什麼。

雷格帶著人，光著膀子，拉著貨車艱難地向山上走，六月的天氣裏已經很熱了，拉著貨車一身的汗，倒不怕人看出破綻。

黑爪低聲地向大家介紹寨門上的一切，並低聲吩咐大家不要東張西望，以免引起守軍的懷疑。這個黑爪潛伏在千雲寨地區很長的時間了，曾經多次通過千雲寨進入東海雲中城，和部分官兵也算比較熟悉。

十一輛車緩緩地靠近了寨門，在門前停下，一字排開，人全部站在車的兩旁，保持站立姿態等待著接受檢查。

「誰啊？」

「哈哈，是屠隊長啊，小弟是凌峰啊！」

「哦，是凌老弟，怎麼這回搞了這麼大的陣勢？」

黑爪凌峰媚笑了一下，接著說道：「屠大哥，你也知道，跑一趟東海不容易，小弟這次可是和雲中城的東方大爺有約定，爲東方大爺運點貨，多是多了點，但東方大爺要，小弟只好辛苦點，沒辦法，沒辦法！」

「得了，什麼沒辦法，你凌老弟可從我們千雲寨掙了不少錢，怎麼樣，這回可給兄弟們帶點什麼好貨？」

「當然，當然。小弟怎麼會忘記屠大哥等兄弟，帶貨物兄弟們也不方便保管，喏，每個兄弟一個銀幣，屠大哥，怎麼樣？」

屠隊長點了下頭，低聲說道：「凌兄弟就是爽快，每次都不忘兄弟們的好處，等著！」然後他大聲說道：「兄弟們，開閘檢查！」

士兵們興奮地拉起絞鎖鏈，千斤閘在吱吱聲中緩緩升起，提升了一大半，足夠貨車通過，屠隊長幾個士兵從寨門裏走了出來。

黑爪凌峰一臉媚笑地迎了上去：「多謝屠大哥了！」

「凌老弟客氣了，但檢查規矩還是要辦的！」

「應該，應該，屠大哥請！」

黑爪凌峰帶著屠隊長等人向貨車走來。

「兄弟們看仔細了！」

「是，小隊長！」

士兵們分開來向貨車走去，低頭開始檢查。凌峰拉著屠隊長的手，低聲下氣地嘀咕著。

雷格見士兵們靠近了，向大家使了個眼色後，向屠隊長身邊走去。

屠隊長見雷格一身長褲便裝，光著膀子，身材高大，臉上帶著汗水，笑道：「凌兄弟，不錯的夥計嘛，怎麼以前沒見過？」

「這是我的一個親屬，以前不在兄弟身邊，最近才過來，喏，雷兄弟，見見屠隊長，以後可要屠隊長多關照呢！」

雷格趕緊走近身，低著頭低聲說道：「多謝屠隊長照顧，以後……就要你命了！」

雷格兩隻大手如電般扣在屠隊長的脖子上，略一用力，把脖子扭斷，低喝一聲：「快！」然後向寨門裏竄去。

身後傳了悶哼聲，一條人影隨著雷格衝進了寨門，一個兄弟放出煙火，其餘幾人快速從車上抽出兵刃，邊跑邊向前扔去，雷格等人伸手接住，身形不停地奔上寨牆。

雷格距離牆頂有十餘米處，騰身而起，在剩餘守軍第二聲叫聲未起時一刀斬出，同時落在絞鎖鏈旁，揮刀把兩個士兵斬在刀下，這時候，幾個藍羽衛已經把剩餘的幾個人斬倒在地。

從千雲寨山下路口處，馬蹄聲急響，五千騎兵快速向千雲寨奔來，同時在兩側的山梁上，五千人迅速向寨門方向靠近，直撲而下。這是昨晚潛伏下的人手，都是藍鳥谷出身的兄弟，也是接應雷格的人員。

這時候，千雲寨內一片大亂，幾分鐘後，從大營內衝出許多軍官，他們大聲喊叫的同時，帶人向寨門方向撲了過來。

雷格橫刀立在寨門前五六十米處，雙眼暴射精光，黑色的天罡刀吐出三尺精芒，渾身上下罡風流轉，一副殺氣騰騰的樣子。他看見奔近的士兵搶前幾步，天罡刀帶起一片寒光，把前排的十幾人斬在刀下，然後他衝進人群，揮刀就斬。

五十名藍羽高手成環月型保護在寨門前，黑色的天罡刀幻起刀陣，把靠近的人一律斬倒在地，在血肉橫飛中，人已經堆積成一座人牆。

天空中灑下血雨，黑色的刀芒在不斷地閃動，雷格如殺神一般擋在了最前面，一路縱橫，不離開寨門前百十米內，把源源不斷湧上的東海士兵斬在天罡刀下。

十餘分鐘內，兩側的藍羽已經撲上寨牆，前頭的先鋒已經飛躍下牆，會合環型陣在斬殺，人不斷地從寨牆上撲下，雷格的腳步開始向前移動，在藍羽的支援下向前展開。

「大將軍！」

「我沒事，風翔，按計劃組織人展開攻擊，絕對不能讓人跑出去報訊，散開，騎兵過來了！」

在轟鳴的馬蹄聲中，五千藍羽衛騎兵風一般捲過，向前疾馳而去，經過處長刀連閃，馬蹄下屍横在地，沿山路一直向東奔去，抄守軍後路，展開包圍。

一萬五千藍羽衛在大將軍雷格的率領下，用巧計進入千雲寨，展開了屠殺，三千守軍那裏是雷格他們的對手，凡是山路上能看見的人影一律斬死，殘餘人員遁入大山逃命，藍羽衛追殺一陣，將餘眾消除乾淨，雷格下令軍隊嚴守各處，派人通知後方坐陣的亞文，率領藍羽快速向千雲寨而來。

長十餘里的彎曲山路，駐滿了藍羽騎兵，夜幕下，草原的漢子們露宿在空曠的山路上，清冷的寒風吹打著他們的身軀，但對於草原的漢子來說，這一點點寒意實在不算什麼。

聖雪上的寒冷錐心刺骨，從心裏往外的冷，而大東海吹來的冷風對於生活在聖雪山腳下的大草原人來說，只能算是涼爽，風中濕潤的空氣使他們的精神爲之振奮，意氣風發。

多年來，大草原的漢子跟隨聖王征戰中原，爲族人贏得了數不盡的榮譽和財富，糧食、物資滚滚而來，使族人全部過上安定的生活，回想起大災害之年，草原人吃不飽穿不暖的情景，他們就感到跟隨聖王是他們一生的榮幸，而無數的榮譽更使他們堅強如鋼，越加兇悍。

十年征伐，十萬大草原漢子倒在了中原的沃野上，但是他們無怨無悔，在他們心中只有一個信念：跟隨草原的王征服四海，讓草原的鐵蹄踏遍聖拉瑪大陸的每一片土地，讓異族臣服在聖王的腳下，臣服在草原的鐵蹄之下，讓草原人走出萬里荒原，佔有世間最肥沃的土地，享受最美好的生活。

第十一章　突騎急進

天微微發亮，十餘里的山路上草原騎兵全體上馬，宛然連綿，景色壯觀。

在千雲寨的西方，一望無際的騎兵連成片，從四面八方不斷地向千雲寨湧來，各色的戰旗在飛揚，在大旗的指引下緩緩地向山路上前進。

大將軍雷格一身的黑色戰甲，馬鞍上懸掛著長長的黑色天罡刀，鞍側懸掛中型盾牌，久經風霜的臉上如刀削，陰沉、冷酷，如電的目光裏精光四射，渾身散發出一股強悍的霸氣，讓人一見就不舒服。

他抬頭看了一眼東方微白的天空，然後對身邊的中軍官吩咐道：

「告訴二十軍團的姆里軍團長，全力殲滅雲山鎮敵人的守軍，不許漏掉一人。我帶領藍羽衛搶佔雲中城，讓後續的各個萬人隊不要管二十軍團的事情，全速向雲中城進發！」

「是，大將軍！」

「出發！」

在雷格的口令聲中，一萬五千名藍羽衛當先衝出山口，順大路向前奔去，戰馬蹚起的塵土漸漸升起，瀰漫天空，馬蹄聲轟響，像敲打的戰鼓，滾滾向遠方傳去。

千雲寨東側的出口呈喇叭形狀，漸漸擴大，地形雖然起伏疊蕩，山丘縱橫，但也逐漸開闊。距離山口大路有十五里左右，是一軍事重鎮雲山鎮，三百幾十戶人家，星羅棋布在山邊，鎮裏有東海聯盟駐軍一個軍團，不足五萬人。

雲山鎮在千雲寨大路出口的南側，不大，分成三塊組成一村落，東、南、北三面聚集著百姓住戶人家，中間有一里許的大軍營，三個村落環抱著中間的軍隊，有三條路通往各處，百姓們依靠為軍隊服務養家糊口，世世代代生活如昔。

雷格率領藍羽衛先頭部隊並不向南，而是順大路直向東奔襲百里外的雲中城，萬餘匹軍騎用時不足半個時辰時間，後面閃出第二十騎兵軍團，五個萬人隊分成五路，從周邊包抄雲山鎮，馬蹄聲早已經敲碎了人們平靜的生活，百姓四處奔逃，中間的軍營中，四萬五千步兵組成防禦陣型，守衛在大營內，斥候探馬把不好的消息傳入軍內，恐怖的氣氛在蔓延。

東海聯盟南方大營駐守的軍隊是常備部隊，由於連年的戰爭，精銳人員已經被抽調走，留守人員大部分為二線作戰部隊，無論是作戰經驗還是戰鬥力都比較差，面對著從千雲寨滾滾湧現的敵人騎兵部隊，早已經嚇得不知所措，好在他們還沒有被嚇跑，在軍官的組織下進行了防禦，而通訊的戰鷹也已經飛上了藍天，向北方聯盟軍部報訊。

姆里率領第二十軍團，只用了半個時辰就包圍了雲山鎮大營，五路騎兵在四外向裏殺，戰馬快速遊走，蠶食敵人的有生力量，弓騎的弩箭如雨點一般射向敵人的防禦圈，在摧毀敵人的意志後，從五個方向突入鎮內，展開屠殺。

雲山鎮在刀光中呻吟，在血光中哀號，藍鳥鐵血騎兵把一個個步兵斬落於營內，兩個時辰後，姆里全面佔領了雲山鎮，清掃戰場，鞏固後方，屍體被拖出鎮外，放火焚燒，糧食等物資全部從新清理登記，建立後方大營。

而在第二十軍團攻擊的同時，騎兵第二十一軍團陸續通過，萬人隊呈兩列縱隊前進，近午間時分，第二十二軍團的一個萬人隊已經越過，天黑後，第二十三軍團已經進入東海聯盟南部千雲寨山口。

大將軍雷格快馬加鞭，藍羽衛如旋風般向東奔馳，沿途黑爪不斷加入，指引部隊前進的方向，路過的村莊無已計數，老百姓見這如鋼鐵一般的雄獅匆匆而過，不知道是什麼人馬，反而也沒有多少驚慌，太陽正午的時候，雲中城遙遙在望，西門洞開，百姓進進出出，一點也沒有感覺到戰爭的來臨。

雷格不敢歇馬，一馬當先地衝入城內，大聲吩咐道：

「第一大隊快速佔領城門，二、三、四、五大隊按計劃行事，動作要快！」

「是，大將軍！」

五個大隊轟然應諾，快速消失在雲中城內各處，這時候，城內才響起了警報聲，城中百姓四下奔逃，躲藏在屋內，叫喊聲，廝殺聲四起，亂做一團。

雷格並不停留，快馬向城中央的城府衝去，跟隨在身後有五百士卒，在黑爪的指引下，很快就來到城主府前。

雷格跳下戰馬，抬手摘下天罡刀，大踏步向門內走去，五百騎卒緊緊跟隨在後，沿途有騎卒向兩側搜尋，不時有人被斬倒在刀下，而擋住雷格去路的人，無疑被秋水神罡氣震出丈外。

「搜索各處，儘快找出城主，閒雜人等收攏在一起，有反抗者立即斬首！」

「是，大將軍！」

近衛士向院內各處散去，把府內的人向一個角落趕，雷格大步進入客廳，抬頭打量，城主府客廳寬大、豪華，中央並排兩把交椅，中間一張方桌，錦繡坐墊，背後牆上高懸中堂畫卷，一輪紅日從海面上冉冉升起，水波蕩漾，映紅水面。

雷格落座後，不久，近衛小隊長獺粲帶人押著一個中年人進入大廳，嘴裏喝道：「跪下！」然後有人一腳揣在他的腿上，旁邊兩人一手扶著戰刀，一手扣住中年人的肩膀。

「大將軍，這個就是城主小子。」

雷格點了下頭，陰森的目光向城主打量，嘴裏緩緩地問道：「叫什麼名字？」

城主與雷格的目光一碰，渾身打了個寒顫，就好似見到了魔鬼一般，他小聲答道：「小人長空雲，忝掌本城城主，請問你們是什麼人？」

「嘿嘿！」雷格陰森一笑，然後說道：「藍鳥軍藍羽聽說過嗎？我就是它的主帥雷格！」

中年城主楞了一楞，然後癱倒在地，看這個表情，雷格知道他聽說過藍羽，也知道有自己這號人物。

雷格面現厭惡的表情，吩咐道：「押下去，好好問問他知道些什麼！」

「是，大將軍！」

旁邊一個參軍立即和小隊長等人出去。

雲中城是東海聯盟東南部比較大一點的城市，人口三十餘萬，大小街道四條，南北各二，交叉成一個「井」字形，現有駐兵五千人，全部是城衛軍，戰鬥力較差，但雲中城在南部戰區千雲寨範圍內，也是一處重要的後勤基地，糧食、物資、裝備比較齊全。

以藍羽迅雷不及掩耳的速度偷襲，雲中城陷落非常順利，其實早在幾年前，藍鳥軍黑爪就成立了東海軍情處，專門收集東海聯盟的情報，在聖王天雷計畫偷襲東海後，黑爪頭子奧卡秘密派遣了大量人手潛入東海，由於東海聯盟在中原作戰順利，邊界管理比較鬆，加上進入東海的人多是原東方兵團斥候人員出身，本身就是搞情報的好手，所以在雲中城一帶，雷格可以說沒有不知道的事情。

藍羽偷襲東海聯盟，其作戰的關鍵是成功地佔領千雲寨後，然後必須搶佔雲中城，如果偷襲雲中城不成功，那麼就需要強攻，保證雲中城這一後方基地，有一塊站腳的地方。

有雲中城爲基地，首先藍羽就解決了後營的問題，也爲後續平原兵團贏得了落腳處，同時，雲中城內，糧食、物資是藍羽作戰的根本，暫時可以支持一段時間，然後，再向四野拓展，逐步搶佔東海地盤，再向前吞噬，逐步消滅東海聯盟的有生力量，迫使東方闊海從中原退軍。

其次，雲中城也是連接藍鳥軍的重要樞紐，以雲中城爲中心，藍羽、平原兵團向前推進，後勤可以通過千雲寨進行補充，一旦東海聯盟堅壁清野，藍羽和平原兵團也不至於因爲後勤的問題而提前退軍，聖王對雷格最擔心的事情就是如此，怕雷格一意孤行，最後落得個損兵折將下場。

但如今雷格偷襲雲中城格外的順利，繳獲大量的糧食、物資，可以暫時不用藍翎從西南郡支援，這個戰果表面意義沒有什麼，但是其深遠的意義卻是非常重大，雷格大將軍百里奔襲，一戰首攻，可謂是旗開得勝，馬到功成。

天還沒有完全黑下來，雲中城防禦工作已經就緒，藍羽衛暫時充當了城衛軍，以藍羽衛個人的身手素質，對付雲中城中的城防軍可以說是不在話下，雷格本身是個好戰之人，所以手下受其影響，作風兇悍，殺性大，雲中城守軍死傷不少人。

第二天一早，藍羽騎兵兵團第二十一、二十二軍團幾乎全部到位，駐紮在城外，第二十三軍團也正在趕來，參謀長亞文跟隨第二十二軍團達到雲中城，進城後與主帥雷格見面，商議今後的行動。

軍團長里騰、烏拔及幾位參謀彙聚在城主府客廳內，雷格見後軍行動如此的快，也深感欣慰，他笑著對亞文說道：「參謀長行動如此迅速，各部全部到位，太好了！」

亞文將軍笑道：「大將軍神勇，巧奪千雲寨，快馬搶奪雲中城，我們在後面跟著，再不快些，恐怕功勞都被大將軍搶去了。」

雷格笑道：「去你的，這是什麼話，難道我是爲了搶功勞嗎？不過，我們已經完成了第一階段計畫，以後參謀長看怎麼走？」

「我想動作要快！綜合雲中城的情況，敵人還沒有接到千雲寨和雲中城失守的消息，即使知道也是聯軍軍部，各城恐怕還不知道，如果我們利用這一段空白時間，迅速搶佔周邊幾城，形勢會更有利，尤其重要的是糧食！」

「好，我想也是！」雷格站起身來，大踏步走到地圖前面，指著雲中城周圍的幾個城市說道：「浮雲城、望海城、海濱城和連雲城在雲中城的周圍，距離只有兩百里左右，東面望海城、海濱城臨近大海，側翼比較安全，只有向北側才能有出路，北面的浮雲城、連雲城是通往北方的要道，必須儘快佔領，一方面，我們可以擴大地盤，擴大縱深，另一方面可以囤積給養，爲平原兵團減輕壓力，我想四路出兵，能佔領多少是多少！」

「可以！如今雲中城有第二十一、二十二兩個軍團，可以讓里騰二十一軍團主持搶佔東側的望海城和海濱城，大將軍和烏拔帶領二十二軍團搶佔浮雲城和連雲城，由我坐鎮雲中城等待第二十三軍團和二十軍團，並分批支援各部，大將軍看如何？」

「好，里騰、烏拔，你們記住：不可強攻，只許智取，大草原的騎兵不要浪費在無謂的攻城上，能搶佔下更好，搶佔不下就圍住，等待平原兵團攻取，但要清理四野，保證地區安全！」

「是，大將軍！」

里騰和烏拔聽見雷格的話，感激之情溢於言表，將軍體諒草原戰士，爲士兵性命考慮，這是多麼大的關懷和信任，他們對雷格的忠心更加堅定。

「平原兵團到達什麼位置？」

「距離千雲寨還有四百里，至少需要十天時間才能到達千雲寨，到達雲中城還需要半個月左右。」

「參謀長，由你保持與托尼副帥的聯繫，督促平原軍團加快速度，另外，姆里第二十軍團到達後，最好讓他清理一下雲中城周邊的地區，我想四城有我們兩個軍團就夠了，讓拓展第二十三軍團抽一個萬人隊接管雲中城！」

「是，大將軍！」

「亞文，你要保重啊！」

「大將軍也要保重！」

雷格輕輕點了下頭，然後吩咐道：「立即出發！」

雷格、里騰、烏拔大步走出城外，率領騎兵迅速向遠方奔去，參謀長亞文送到門口，然後回城主府主持雲中城事務，出榜安民，登記人口等等。

望海城位於雲中城的東方，距離大海只有里許左右，比雲中城小，人口十餘萬人，駐軍一千多人，雲中城失守的消息還沒有傳入，百姓仍然安居樂業，進進出出。

時間已經進入八月，地裏的莊稼正高，高粱剛剛結穗，一片茂密，農民在田地裏除第二遍雜草，近黃昏的時候，許多人正陸續向城內趕，這時候，里騰先頭部隊三千人如一陣風般越過百姓，向城門趕去。

城上士兵見遠遠地奔馳來一支隊伍，心中疑惑，望海城在雲中城的東方，一直比較安定，多年來大陸雖然戰亂四起，但望海城卻如世外桃源，從沒有受到戰爭波及，雖然有一些士兵被調走，但百姓從沒有感到什麼是戰爭。

「什麼人，快快答話！」士兵象徵性地喊了聲，並沒有關城門的意思。

里騰並不答話，急催戰馬，速度忽然間提到了極致，身後軍騎緊緊跟隨，只幾分鐘時間就靠近城門，快速向城內奔去，這時候士兵才抽出戰刀。

城內忽然傳出了一聲大喝：「快關城門，關城門，雲中城失守了，關城門！」聲音漸漸嘶啞。

但是，里騰已經進入了城內，五百軍騎緊緊地控制了城門，其餘軍騎向內殺去，後面，塵土大起，一萬餘戰馬在轟響聲中快速靠近。

望海城內只有千餘守軍，里騰在半個時辰內將其消滅乾淨，城主被俘虜，里騰見是一個四十多歲的胖子，渾身顫抖，癱軟如泥，他忙喝了聲：

「說，是什麼時間知道雲中城失守的消息？」

隊。

「剛……剛剛得到軍部的傳信，貴軍就進城了。」

「沒說謊？」

「沒……絕對沒有。」

「押下去！」里騰揮了下手，眉頭緊緊地皺了一下，他在擔心奔襲海濱城的里朵部

海濱城在望海城北側一百八十里，從雲中城出發有三百多里的路程，是奔襲的最遠距離，按照望海城得到消息的時間推算，海濱城已經得到了消息，恐怕奔襲會失敗。

果然如里騰所料，第二十一軍團三萬人達到海濱城的時候，已經是黃昏後，海濱城燈火明亮，已經嚴密戒備，一千多士兵緊緊地站在城頭上，防禦的滾木、雷石正往上運，城門已經關上，城內混亂的聲音在城外清晰可聞，騎兵奔襲三百餘里，見事不可爲，忙在城外安營休息，等待天亮後清理四鄉。

海濱城比望海城早一點時間接到雲中城失守的消息，城主東方雲，三十多歲，是東方家族的旁支，爲人多有才幹，深得城中百姓愛戴，知道雲中城失守的消息後，第一時間想到了敵人會奔襲海濱城，忙加強戒備，以防意外。

東方雲果然擋住了奔襲的大軍。

天亮後，藍鳥軍重整軍容，三萬軍騎位列在城外，第一統領里朵縱馬向城上喝道：

「我是藍鳥軍統領里朵，讓你們城主答話！」

東方雲站在城牆之上，微弱的身軀顯得有一些單薄纖瘦，但性格卻極其剛毅，他回答道：

「我是海濱城主東方雲，有話請講！」

「東方城主，藍鳥王朝百萬大軍深入東海，東海聯盟指日可滅，小小一座海濱城抗擊不住我軍的攻擊，里朵奉勸你開城投降，以免百姓受苦，憑藉你千餘眾想擋住我藍鳥軍，無異是以卵擊石！」

「住口，東海聯盟雄兵百餘萬，憑藉區區騎兵偷襲東海就妄想滅我聯盟，真是笑話，不久之後，東方盟主必將親率大軍回師滅賊，爾不要妄想了，東方雲身為東方家族之一員，守土有責，雖死何憾！」

「哈哈，里朵佩服東方將軍的忠勇，但是你可知道，東方闊海五十萬大軍被藍翎和藍鳥騎士團圍困在東平城地區，即將覆滅，我藍羽兵團和平原兵團深入東海，宣揚聖王之恩德，揚藍鳥之雄威，里朵為先頭部隊，奉勸東方城主一句，等後續攻城部隊上來，必將踏平海濱城！」

里朵也是一員智將，在海濱城外胡說八道，用言語恐嚇守軍，果然收到一定的效果，士兵臉上流露出懼色。

「統領大人果然會說話，藍鳥軍與河北四國在京城不落城一帶交戰，不落城南有南彝和我東海百萬大軍，何來包圍我軍之說，恐怕統領大人說的是反話吧？兄弟們，敵人顯然沒有什麼部隊，大家堅持一下，援軍馬上就到了，一段時間後，盟主就要回師了，來吧，讓我們為捍衛聯盟之國土、威嚴，與敵一戰，雖死如何！」

「與敵一戰，死又如何！」士兵們的事情被東方雲所鼓舞，戰意大漲。

「好，如今雲中城、望海城、浮雲城、連雲城已被我大軍攻破，海濱城東方城主既然不念百姓之憂苦，藍鳥軍就無話可說，等幾日後我大軍攻城，不要說我沒有奉勸城主！」

里朵看恐嚇沒有發生什麼效果，也不著急，然後吩咐道：

「來人，四鄉清剿，等待大軍攻城！」

「是，統領大人！」

五個大隊立即出發，向遠處奔去，其餘各部環城搜索，讓城上軍民看得一清二楚，同時，里朵見沒有佔領海濱城，立即向大將軍彙報，等待進一步命令。

雷格大將軍率領藍羽衛和兩個萬人隊奔襲連雲城，烏拔帶領二個萬人隊奔襲浮雲城，兩百里距離兩個多時辰後趕到城南二十里，略微休息。

浮雲城與連雲城在雲中城北側，並排而立，都是中等城市，人口二十萬人左右，守軍一千多人，雷格與烏拔分手後快馬奔襲，主要是在敵人得到消息前佔領城市，士兵在原地休息有半個時辰後，雷格上馬，親率一個大隊先行。

在雷格靠近連雲城時，連雲城內剛剛接到了軍部轉來的消息，說雲中城已經丟失，敵人正向連雲城方向奔來，城主是司空家的一個家臣，膽小怕事，聽到消息後嚇得呆住，連雲城久不經受戰火，如今只有一千餘人，那裏是強大藍鳥軍的對手，然後他立即令家人收拾東西，棄城而逃。

他前腳剛離開不久，後腳雷格大軍已經開到，守城官兵見城主私逃，無心戀戰，立即四散逃命，雷格兵不血刃，順利佔領連雲城。

烏拔部雖沒有雷格這般順利，但浮雲城主接到消息後略微一猶豫，騎兵已經衝進城內，城主見城已破，連忙混在百姓中逃出城去，烏拔也不追趕，全力接收浮雲城各處，至晚間時分，已經安定了下來。

藍羽三日奔襲，連克四城，占地一百多公里，獲得糧食、物資無數，在東海立穩腳跟，隨後，雷格命令全軍休整，只在周圍地區採取了一些必要的清剿，等待進一步的行動。

海濱城在里朵三個萬人隊的圍困下不敢妄動，每日裏加強戒備，東方雲組織百姓參加守城，固守待援。

第四天深夜，東方雲迎來了海上的第一支援軍，五千人，全城戰意高漲，信心增強了許多。

里朵大統領生活在大草原，對大海完全陌生，沒有想到海上會出現敵人的援軍，半夜裏讓敵人悄悄入城，一時間大悔，從此後他加強了對海邊的封鎖，但仍然有敵人在晚間源源不斷地開來，戰鬥異常激烈，一到天亮，沒有進城的敵人立即上船，遊蕩在海面上。

雷格與亞文利用七天時間穩定了雲中城一帶局勢，各軍團以萬人隊爲單位，向四野擴展，徵收糧食，繳滅殘餘城防軍，姆里留下一個大隊三千人駐守白雲鎮，率領第二十騎兵軍團餘部在三天後趕到雲中城，參謀長亞文隨即令姆里二十軍團參與雲中城周邊的清掃任務，穩定局面。

大將軍雷格見第一階段軍事行動已經提前就緒，立即展開第二階段戰役，從連雲城、浮雲城向北出雲中郡進入南中部地區的中南郡，首府爲縹緲城，距離有六百餘里，再往北進入東海聯盟京城海陽城地區，深入其腹地，東海聯盟軍隊大部分都集結在這一地區，從海陽城北六百里的雲中關谷進入中原。

東海聯盟軍隊南輕北重，著重於中原作戰，南方軍區由於有千雲寨天塹在，不利於大兵團作戰，所以只留守足夠的軍隊防守，中南郡縹緲城地區，是司空家族的勢力範圍，其家族主要成員及收入都在這一地區，有家族訓練大營，集結著兩個預備軍團，主要任務是訓練新兵，爲中原作戰提供足夠的兵源。

司空家族是東海聯盟六大主要勢力之一，千百年的繁榮使家族實力大長，人丁興旺，家族子弟多爲各城城主，牢牢地控制住南部沿海地區，商業貿易收入豐厚，私家軍隊眾多，如今家主和骨幹都在參與中原爭霸作戰，家族的事情如今由家族長老們說了算。

雲中城失守的消息傳入縹緲城，司空家族人心浮動，惶惶不安，家族長老連夜召開了緊急會議，商議對策。

司空家畢竟是大家族，長老們多經歷過大場面，雖然戰爭經歷得不多，但也不是沒有，其中一人還是前任的族長，經過連夜的商議，最後確定了三條緊急應對之策：

第一，立即向聯盟求援，要求聯盟緊急向南方增調部隊，同時向盟主東方闊海等家主通報國內情況；

第二，立即頒佈家族徵兵令，凡是能動用的力量立即向縹緲城集結，同時把家族重要財物轉移至京城海陽城一帶，老人、婦女和孩子同時轉移；

第三，在縹緲城南三百里縹雲城、登海城一帶構築起防線，利用城市、重鎮、鄉村等阻擊敵人北上，爲聯盟軍隊贏得時間，減少家族的損失。

司空家族這三條措施主要目的是保護家族利益，把藍鳥軍阻擋在南方浮雲城、連雲城以北地區，所以其家族也是傾盡了全力，但是，或多或少地增加了縹緲城一帶的動盪。

東海聯盟京城海陽城聯盟軍部接到千雲寨外白雲鎮第一份軍情報告後，隨即失去聯繫，消息阻斷，不久，雲中城失守，整個軍部頓時大亂，如今，聯盟軍部由六大家族長老代表控制，保證軍部運作，爲遠在中原的聯盟軍隊提供支援，保證中原爭霸，但是，千雲寨、雲中城的失守沉重打擊了東海聯盟安全，藍鳥軍直接出兵東海本土，威脅聯盟內部，釜底抽薪，頓時讓軍部失去了鎮定。

但是，聯盟軍部還是緊急採取了措施，通知浮雲城、連雲城、望海城和海濱城加強戒備，防止被藍鳥軍偷襲，保證南方安全，隨後，六大家族長老立即開會，商議對策。

司空家族在聯盟軍部代表司空傲霜情緒激動，積極展開工作，協調各家，畢竟藍鳥軍北上第一個面對的將是司空家族，他知道想單憑司空家族阻擋藍鳥軍的步伐極其困難，特別是這次偷襲東海的是藍鳥軍騎兵軍團，雖然目前還不知道敵人出兵的具體情況，但藍鳥軍純粹的騎兵只有藍羽雷格部，大草原的騎兵兇悍異常，大將軍雷格凶名在外，如果是整個藍羽進軍東海，想用現有的力量阻擋住藍羽，恐怕不行，藍羽騎兵很快就將到達縹緲城。

六大世家代表何嘗不知道藍鳥騎兵出兵東海的目的，但他們更知道騎兵的速度快，一千里距離對於騎兵來說就是二十幾天的事，如果縹緲城不能有效地阻止藍羽的步伐，那麼無論最後的結果如何，東海聯盟都將受到沉重打擊，藍羽的目的也許就在於打擊東海的實力，鐵騎掃蕩千里，蕩平原野，讓遠在中原的軍隊斷絕後援，最後被消滅，所以各大世家在千叮萬囑司空家族作出最大的努力同時，積極調動軍隊南下支援，並緊急命令在海陽城外的兩個軍團出發。

幾日後，關於浮雲城、連雲城、望海城相繼失守的消息陸續傳來，好在海濱城還在堅持，沒有失守，並通過東方雲傳來消息確認藍鳥軍出動的確實是藍羽雷格部，隨後進入東海的還有步兵平原兵團。

東方雲傳出的消息一到聯盟軍部，六大世家代表大驚失色，藍鳥軍出動藍羽偷襲東海還可以說是攻擊後方，迫使中原聯盟軍撤退的戰略行為，那麼，再加上平原兵團，就可以說是帶有平定東海的重大決策。

藍鳥軍在中原爭霸如此激烈的情況下還能動員出藍羽、平原兵團東進，可以明確地說明中原戰局已經在掌握之中，南部中原瞬息可以平定，軍部在綜合近半年來藍鳥軍各個戰場上的態勢後，確認藍鳥軍有這個實力，問題越加趨於嚴重。

以藍羽強大而迅速的攻擊力，配合步兵平原兵團穩步跟進，藍鳥軍在東海聯盟國內空虛的情況下可以逐步蠶食，穩步佔領，然後消滅東海聯盟，達到既牽制中原爭霸的目的，又可以用最快速度平定東海，雪無痕的目的昭然若揭，東海危險了。

經過軍部參謀的反覆計算，確認這次藍鳥軍出兵東海的兩個兵團全部爲主力兵團，步騎共計四十餘萬人，如果事實果真如此，那麼，以東海聯盟如今國內的總兵力也不過如此。

面對如此嚴重的局面，東方家族代表東方雲重斷然下令，要求遠在中原的東方闊海立即回軍，各個世家代表不敢阻擋，畢竟現在是國難當頭，面臨著滅國亡家的可能，中原爭霸就顯得無力了，同時，各個世家要盡全力抽調主要兵力抗擊藍鳥軍北上，保證在東方闊海率領聯軍回來前抵抗住藍羽和平原兵團。

一時間，東海六大世家主力盡出，軍隊源源不斷地向南方開來。

第十二章　戰火如焚

增援縹緲城的部隊分爲兩個部分，一部爲陸上部隊，以各個世家在沿海各城的城主爲首，率領城防部隊快速南下，沿途各城不論是那一家，都要保證軍隊的後勤補給工作，違者嚴懲不怠，另一部分是以海上爲主，海島家族、夏寧家族、漁于家族的水軍全部出動，以海運爲手段，用最快的速度，把家族兵力運送到中南郡地區，接受司空家族次帥司空策指揮，凡有違此次增兵令者，不論是那一個世家，那一個人一律按軍法從事，決不寬待。

而對於阻擊藍鳥軍北上的海濱城要求盡全力支援，凡靠近海濱城地區的海上部隊立即出發，進行支援，牽制藍鳥軍北上的速度，爭取時間。

藍羽主帥雷格在雲中城一帶形勢穩定後，以亞文參謀長主持後方大局，立即率領軍團北上，前鋒各一個軍團，一路出兵縹雲城，一路出兵登海城，二百餘里距離一天時間就趕到，這時候縹雲城和登海城已經完成了防禦，守衛森嚴，每個城守軍都已經達到三萬人，對於藍羽騎兵十分不利。

大將軍雷格和二十二軍團長烏拔見縹雲城已經完成了防禦，情況非常不妙，烏拔詢問雷格道：「大將軍，是否需要部隊攻城？」

雷格看了看縹雲城一眼，見城牆高約十餘米，上面站滿了守衛的士兵，高大的盾牌豎立在垛牆的缺口上，後部的弓箭手已嚴陣以待，於是說道：

「不必，草原勇士不需要浪費在無謂的攻城上，這是平原兵團的事情，烏拔，你留下一個萬人隊給我，其餘四個萬人隊在各部統領率領下向前攻擊二百里，我估計敵人的援軍也快到了，圍點打援，儘量消滅敵軍，不過你讓大家記住：能打就打，不能打就走！」

「謝謝大將軍的體諒，草原勇士絕對不會辜負將軍的期望！」

烏拔聽見雷格的話，用感激的語氣說完，立即吩咐各統領執行雷格的命令，於是，四個萬人隊分四路向北攻擊前進。

「來人！」

「大將軍！」

「立即通知二十三軍團拓展軍團長，圍點打援，各部以萬人隊爲單位向北攻擊二百里，尋找敵人的援軍！」

「是，大將軍！」

中軍官立即讓一個百人隊出發傳遞消息。

雷格大將軍沒有進行攻城，而只是用藍羽衛和一個萬人隊分四面困住縹雲城，兩萬四千餘人在城外紮營，大草原騎兵自然帶有草原的特色，圓圓的帳篷距離城牆一里遠，二十座一排，呈弧線形布成一個圓形大陣，拱衛著中間的主帥，帳篷周圍用短木樁、繩索連成護欄，站立著士兵戒備。

天很快就黑了下來，忙碌了一天的士兵立即休息，巡營士兵高舉著火把，把大營四周映照得一片火紅，不時有巡邏士兵經過，向各個崗哨詢問著口令。

藍羽在寬三百餘里的戰線上，分八路向北出擊兩百里，尋找著支援縹雲城和登海城的敵人，七天時間，擊潰增援敵人十三路，殺死殺傷援軍近十萬人，使司空家族苦心經營的防線千瘡百孔，形勢危急。

九月三日，平原兵團在主帥托尼的率領下，到達千雲寨地區，前鋒第十一軍團利用一天時間越過千雲寨，接防白雲鎮，軍團長嘉萊立即建立大營，等待後部大軍，藍羽騎兵第一大隊立即開拔前往雲中城。

四日，第十二軍團、第十三軍團通過千雲寨，五日，第十四軍團全部通過，前鋒第十一軍團向前前出五十里，長長的大軍隊伍連綿整個大路，馱運物資裝備的馬匹成千上萬，兩千名短人族工匠跟隨在中軍第十二軍團內，大將軍托尼的帥旗緩緩地向前移動。

七日上午，前鋒第十一軍團達到雲中城外，東方面軍參謀長亞文將軍已經在城外為大軍紮好了大營，中午，平原兵團統帥托尼到達平原城，參謀長亞文將軍率領全體留守的大隊長以上軍官出城迎接，晚間時分，第十三、十四軍團陸續到達指定位置。

東方面軍副帥托尼到達雲中城後，剛一落座就道：「參謀長，主帥如今在什麼位置？」

「哈哈，看來大將軍真是著急啊！目前我軍形勢很好，雷格大將軍與第二十二軍團在縹雲城一帶，第二十三軍團在登海城一帶，第二十軍團剛剛趕赴縹雲城，第二十一軍團一部在海濱城，目前正在圍城中，另一部在登海城方向，協助第二十三軍團消滅敵人海上增援部隊！」

參謀長亞文將軍指著軍事地圖，詳細地向托尼大將軍解釋著藍羽各部的位置。

托尼表情嚴肅地說道：「主帥一定很困難吧？平原兵團前進速度慢，讓主帥一個人在攻擊各處，真是罪過！」

「不，大將軍來得夠快了！奔襲雲中城成功，減少了我軍傷亡，藍羽沒有傷著元氣，乘機奔襲各處，擴大戰果，比預期要好許多，主帥對形勢非常滿意。」

「參謀長客氣了。」

「如今，浮雲城、望海城、連雲城盡落我軍之手，海濱城正在大軍包圍中，登海城、縹雲城被圍，主帥採取圍點打援的戰略，已經擊潰敵人十三路增援部隊，消滅近十萬人，估計敵人在中南郡組織的防線已經被擊破，只要平原兵團一到，攻克海濱城、縹雲城、登海城，東海聯盟南部就盡落我軍之手，縹緲城就完全暴露在我軍的直接攻擊之下，然後揮軍北上，威脅海陽城，估計東方闊海想不退軍都不行了。」

「聖王高瞻遠矚，大將軍勇武無敵，參謀長坐陣中部，指揮得當，東海聯盟想不滅亡都不行！托尼不才，承蒙聖王厚恩，率領平原兵團東進，爲藍鳥王朝千秋大業略盡微薄之力，一定鞠躬盡瘁，死而後已，參謀長，我想從後天起，以第十一軍團攻擊海濱城，先解決疔瘡之痛，徹底剷除南部隱患，以第十二、十三軍團增援縹雲城、登海城，以第十四軍團接防各城，穩定後方，配合一部騎兵清掃四野，建立一個穩固的根據地，您看如何？。」

「副帥說得太好了，就這麼辦，讓兄弟們先休息一下，然後展開攻擊！」

「參謀長能夠體諒士兵，真是將士們的福氣，另外，各種攻城裝備都需要組裝，大型攻城設備也需要製造，這次我還帶來了兩千名短人族工匠，配合大軍作戰，我想用不了多少時間，攻城需要的各種裝備就會完成，攻佔縹緲城時正好用得上。」

「副帥考慮的極是，我想以現有的裝備攻克海濱城不成問題，我通知主帥在登海、縹雲兩城收集各種製造物資，等工匠們一到立即開始製造，如果不急，攻擊兩城時也許用得上，如果用不上，那正好用在攻擊縹緲城和海陽城上！想我四十萬藍鳥軍精銳，平定東海絕不是問題，我們一定要在東海大展宏圖，爲王朝增添新的版圖！」

參謀長亞文越說越激動，渾身散發出凜然的氣勢，眼裏充滿了對勝利的渴望。

副帥托尼受參謀長亞文的感染，豪氣大增，他長笑說道：「托尼有幸，跟隨聖王征戰四海，與主帥和參謀長合作，是我一生的榮耀，托尼一生沒有建立什麼武勳，丟失南中原爲我平生之恥辱，如今藍鳥軍平定東海在即，其意義何其重大，我還有什麼可求，就是死也無憾了！」

「副帥好說啊！」

兩個人哈哈大笑，這時候，三個軍團長走進大廳，與亞文將軍見禮，亞文忙安排眾人洗梳，然後開飯、休息，晚上，副帥托尼、參謀長亞文和四個軍團長、參謀一起開會，又詳細地分析了目前的形勢，以後攻擊的方案，以及可能發生的情況，應對之策等等。

第二天，各個軍團在短人族工匠的幫助下開始組裝各種攻城設備，留守的騎兵向四野村徵集車輛、馬匹、牛等運輸工具，直到天黑後才休息，整個大軍已經完成了攻擊前的準備。九月九日，嘉萊督統領率領第十一軍團開始向海濱城進發，副帥托尼、參謀長亞文率領第十二、十三軍團及十四軍團三個萬人隊向縹雲城、登海城前進，短人族工匠全部隨行，第十四軍團長亞術率兩個萬人隊留守雲中城地區。

十二日，嘉萊督統領率部來到海濱城外，統領里朵帶領騎兵迎接，並把攻取海濱城的任務交給了第十一步兵軍團，至此，藍鳥軍在海濱城一帶的兵力已經達到八萬人。

海濱城城主東方雲兩日前在城牆上看見遠處藍鳥軍步兵源源不斷地開來，就知道情況十分危急，藍鳥軍步騎越過千雲寨，遠征東海聯盟，足可以說明一件事情，遠在中原的盟主東方闊海形勢非常不妙，大有可能已經被藍鳥軍擊潰，否則，藍鳥軍那裏有足夠的兵力遠征東海，看來東海聯盟的日子不多了。

東方雲楞楞地看著城外的敵人，心一陣陣發冷，爲國爲家族獻身對於他來說不算什麼，他自己早有這個覺悟，但是，東海聯盟的未來卻十分渺茫，難道古老的東方家族就此滅亡了嗎？

海濱城現有兵力六千餘人，加上現徵召的守城人員計有一萬兩千多人，對於不算太大的海濱城來說，這麼多的兵力可以說足夠用了，但是，東方雲知道藍鳥軍有足夠力量攻克海濱城，自己只是盡一名家族子弟的責任，爲國家盡最後一點力量罷了。

看著遠方敵人列開的陣型以及各種攻城裝備，東方雲心頭一陣陣的痛，五萬敵人分四面攻擊，每一個城門方向有投石車二十輛，雲梯上百，攻城箭樓車三輛，遠程弩箭車二十五輛，如此雄厚的裝備就是東海正規軍也少見，而有些裝備沒有，面對如此強大的敵人，小小的海濱城只是戰爭中一朵浪花而已，一閃即失。

嘉萊督統領提馬來到兩軍陣前，面向城牆方向，大聲喝道：「東方雲可在？」

東方雲無奈地答道：「東方雲在此，來者何人？」

「藍鳥軍第十一軍團督統領嘉萊向東方城主問好！」

「督統領大人客氣了，東方雲向嘉萊軍團長問安了！」說完微微欠身。

「多謝城主問候，今日形勢相信東方城主已經明白，藍鳥軍必須攻克海濱城，以我軍強大的兵力、優良的裝備想來不是難事，海濱城牆高不過十米，兵力不過萬人，如何抵抗我藍鳥大軍，城主不如考慮百姓之疾苦，開城投降，我定當善待城中百姓，否則，一旦攻城，百姓傷亡難免，如何是好，城主豈不是罪過嗎？」

「哈哈，藍鳥軍無故攻擊我城，殺傷黎民百姓，傷我父母兄弟，如今卻說東方雲之罪過，天理何在？嘉萊督統領縱然有一千張嘴也說不出此理吧？」

「東方城主既然有如此一說，那麼我請問：是誰無故犯我中原，殺我百姓，使中原生靈塗炭？聖瑪民族難道就應該任由你們胡作非爲嗎？如今，藍鳥軍在聖王率領下戰無不勝，攻無不克，東海聯盟要爲自己的所作所爲付出代價了，藍鳥軍一定蕩平東海，消滅戰爭之根源，掃除奸佞，還百姓一個清平的世界，讓東海黎民百姓感受聖王之恩澤，我勸你不要拿百姓的生死開玩笑，藍鳥軍一定會讓你愚蠢的行爲付出代價！」

東方雲被嘉萊的話說得臉一陣紅一陣白，不錯，是東海聯盟先率軍侵略中原，如今是要爲自己的行爲付出代價了，東海聯盟有今日之禍患是自己惹來的，怨恨不得別人，可是，如果讓東方雲放下武器，他還不能，他要爲東海的千百萬百姓做點事情，爲家族贏得喘息時間，自己的生死早已經置之度外了。

「嘉萊督統領不用多說，讓東方雲投降萬萬不能，東方雲只知道上報國家，下報百姓，如不能，則甘願獻出生命！」

「好，東方城主既然執迷不悟，嘉萊也無話可說，告辭！」

嘉萊拱了拱手，撥馬而回。

「攻城！」

伴隨著一聲炮響，四下裏，百輛投石車開始了轟擊，大石塊越過城牆落在城上，頓時有人被砸成肉泥，而在東方雲所在的位置方向上，五輛弩車發出了裂空的哨聲，五支弩箭如閃電般疾射而去，把垛牆上的盾牌射穿，然後把後面士兵穿成串，東方雲被親衛按倒在地，躲過了利箭，但已經有四名親衛倒在了地上。

高大攻城箭樓車緩緩向前運動，從樓車的箭孔裏，如飛蝗般的箭雨紛紛射出，把城上守軍射倒，而十層牛皮保護下的箭樓車沒有絲毫停頓，緩緩向前馳去。

城下，第一批填裝兵在盾牌手的掩護下向護城河靠近，肩上麻袋裏裝滿泥土，士兵的速度緩慢，迫使城上士兵盡全力攔截，而投石車在此時盡情地發揮威力，把巨石砸向城頭，盡可能地消滅守軍，然後，士兵才把麻袋推入護城河中，緩緩退回，第二批又上。

如此反覆攻城三日，嘉萊軍團總算填平了城外的護城河，使守軍傷亡近半，第四日，嘉萊督統領再一次勸降，但又被東方雲拒絕，嘉萊命令士兵繼續攻擊，整整一日，傍晚時分，東方雲想藍鳥軍也許會休息，但是，嘉萊仍然沒有命令停止攻擊，天剛黑後，藍鳥軍突然實施了總攻，守城軍兵勞累了一天，都很疲倦，一時間稍微疏忽，藍鳥軍就開始了全面攻城。

一時間，藍鳥軍投石車、攻城箭樓車、弩箭車、弩箭掩護大軍衝擊，成百架雲梯靠近城牆，士兵們冒著巨石箭雨，拼命向城上爬去。

東方雲立在旗幟之下，親自指揮防守戰，親兵拼命保護著他，使他不受傷害，但是，藍鳥軍也是以他爲重點攻擊對象，五輛弩車、三輛投石車從不同的角度不間斷地打擊，以擾亂他的指揮，在守城如此巨大的壓力下，已經抽不出人手，東方雲漸漸失去了保護層，被一支弩箭從前胸穿過，一名士兵哭叫著扶住他，但巨大傷口立即使他失去了生命。

半夜時分，藍鳥軍攻破海濱城，全殲守軍，自身傷亡近萬人。

嘉萊將軍立即向方面軍主帥雷格報告，一面派人穩定城內局勢，一直忙到第二天天色大亮。第十一軍團軍團長嘉萊和騎兵大統領里朵欽佩東方雲的爲人，沒有傷害東方雲的家人派人保護並厚葬他。

東方面軍主帥雷格接到第十一步兵軍團攻佔海濱城的消息，是在平原兵團第十二、十三、十四軍團到達登海城、縹雲城的第三天，參謀長亞文將軍拿著戰報，笑著對雷格和托尼說道：

「嘉萊第十一軍團已經攻佔了海濱城，不過戰鬥十分激烈，東方雲誓死不降，全軍戰死，令人敬佩，嘉萊碰到東方雲這樣的對手，自己也不好過，傷亡近萬人，好在嘉萊久經大戰，利用裝備的優勢才把傷亡控制得如此之小，否則，恐怕麻煩大了。」

大將軍雷格點頭讚道：「嘉萊不愧是名將之後，大戰經驗豐富，攻城進退有序，計謀過人，托尼將軍，以後你最好命令步兵攻城以此爲榜樣，效仿第十一軍團，減少傷亡。」

「羽帥說得是，不過這樣一來，就需要耗費時間了。」

「耗費時間我們不怕，主要是儘量減少傷亡，只要我們穩步前進，逐步蠶食，一城一城地佔領，東方闊海就會挺不住，就會考慮退軍，等我們拿下縹緲城，我想時間就差不多了。」

參謀長亞文接過話道：「羽帥說得極是！目前我軍人少，傷亡一人就減少一分戰鬥力，中原作戰也十分困難，聖王再也抽不出軍隊支援我們了，一切要靠我們自己，所以要儘量節省兵力，保存實力。」

「參謀長說得好，攻城雖然慢一些，但是騎兵可以不放慢速度，繼續向前攻擊，用騎兵威脅縹緲城，截斷敵人的增援，步兵展開攻擊登海、縹雲二城，托尼將軍你多辛苦些，我相信沒有後勤援兵，二城也挺不了多少時間。」

「好吧，羽帥，看來你要展開下一步攻擊了！」

大將軍雷格點頭說道：「聖王把四十萬主力交給我們，我們也要作出點成績出來，目前，我軍良好，可以說縹緲城以南盡落我手，我想儘量向前推進，威脅敵人重城，給東海聯軍增加壓力，減少中原的困難，我雖然贊成穩步攻城，但騎兵絕對不能減慢速度，給東海喘息時間。」

「羽帥，副帥，你們看這樣好否，羽帥率領騎兵出擊縹緲城，但要分多路進攻，儘量消滅城外之敵，誘敵出城再消耗敵軍；副帥率領步兵攻擊登海、縹雲二城，穩步攻擊，決不冒進，儘量避免傷亡，由我留守後軍，督查各處，協調各城防守！」

「參謀長計畫很穩妥，但我希望羽帥小心從事，不可大意，要不求有功，但求無過作戰，我想，縹緲城已經集結了東海聯盟的主力軍團，會比較困難，羽帥不可輕進啊！」

「謝謝副帥提醒，我會小心，參謀長，後方就交給你了，我和副帥分頭行事，後方也不輕鬆，東海畢竟是個海上大國，海軍力量強大，我們都是新手，要特別注意敵人從海上偷襲，令各處小心。」

「我明白！」

「那我們就這麼辦了，明天我就行動，副帥再休息兩天，等短人族工匠做好了大型攻城裝備，你就展開攻擊！」

「是，羽帥！」

三人又叫過參謀、黑爪，把縹緲城一帶的地形、兵力分配等重新分析了一遍，制定作戰方案，最後確定分四路出兵，從四個方向包圍縹緲城。

下午，通訊官急急忙忙地進來報告道：「羽帥、副帥、參謀長，翎帥轉來的消息！」

「說！」

「東海聯軍已經開始從不落城退軍，先頭約五萬騎兵在漁于飛雲和東海六公子率領下正向回趕來，越劍大將軍率領青年兵團正在收復京城不落城，聖王率領凌原兵團、騎士團、藍衣眾和第二、三、四軍團包圍了平原城，目前正在城外休整，南彝百花公主被困在城內！」

「太好了，真是好消息！」大將軍雷格聽後大喜，陰森的臉難得露出一絲笑容，他揮手讓參謀退下，然後興奮地說道：「聖王英明，早就估計到東方闊海會退軍自救，南彝在藍翎的阻擊下，不會挺多長時間，看來南中原戰局已定，平定兩河間指日可待！」

副帥托尼、參謀長啞文也是興奮得滿臉通紅，激動不已，托尼激動地說道：「聖王高瞻遠矚，胸裝四海，平定中原爲期不遠，托尼誰不能親手收復失地，但是，聽到這樣的好消息也是感激涕零！」說罷，落下淚來。

托尼兩年前丟失南中原，被迫遠走嶺西郡，投入聖王天雷麾下，喪師失地，他認爲是自己一生的恥辱，一直耿耿於懷，如今聽到聖王大軍節節勝利，正按計劃收復失地，激動得熱淚盈眶。

參謀長亞文感慨地說道：「聖王深謀遠慮，早就把形勢看得透徹，東海聯盟和南彝貌似強大，其實不堪一擊，我們遠征東海看來是完成了聖王交給的任務，以後這仗就好打了。」

「不錯，不錯，嘿嘿，聖王大哥不愧是大哥！來人，準備些酒菜，我和副帥、參謀長好好喝一杯！」

「是，羽帥！」

「是應該喝一杯，應該！」托尼臉上掛著淚水說道。

「哈哈，難得兩位主帥高興，我們遠在東海，遙祝聖王收復京城，藍鳥軍所向無敵！看來我們剛才的計畫還是對了，穩步推進，步步為營。」

「參謀長說得是，不過漁于飛雲和東海六公子約二十幾天後將進入雲中關谷，以後的仗就更加不好打了，不過，我雷格還沒有把他們放在心上！」

參謀長亞文笑道：「羽帥的神勇四海皆知，區區五萬騎兵當然不會放在藍羽的心上，不過，羽帥可不要輕敵啊！」

「是，參謀長說得是！」雷格的態度好極了，黝黑的臉上掛著笑意，聽見亞文的話，連忙回答，聖王交代過，亞文的話他可不敢不聽。

托尼大將軍說道：「參謀長說得有道理，如今東海聯軍已經開始退軍，南中原問題基本上得到解決，東方面軍基本上完成了聖王交給我們的任務，聖王和翎帥雖然沒有明確地說明我們下一步的任務，但我想不外是讓我們繼續向北攻擊，為平定東海創造條件，最好是我們在東方闊海回來前拿下海陽城，佔領雲中關谷，截斷東方闊海的退路！」

雷格臉上一緊，正色說道：「副帥、參謀長，你們估計一下東方闊海什麼時間可以到達雲中關谷？」

「依照我的推算，步兵從不落城到達雲中關谷最少需用六十至七十天的時間，這是不考慮意外因素的情況下，也就是說，在新年前，東方闊海將到達雲中關谷，如今他退軍有十天時間了，也就是說我們還有兩個月的時間！」

「兩個月，一千餘里，難啊，難！」亞文搖搖頭。

「難也要辦，我們加快速度，相信兩個月時間我們能把事情做好！實在不行，我率領騎兵直接攻擊雲中關谷好了，有十幾天的時間，我一定能趕到！」

亞文苦笑著搖了搖頭，然後說道：「我們先不要說得那麼遠，聖王一定會給我們指示，目前是我們要拿下縹緲城，靠近海陽城，完成了這一目標才能考慮下一步。」

雷格見亞文提及聖王，也不敢太堅持，他也明白亞文說得有道理，現在就想攻擊雲中關谷的事情，未勉太早了點。

托尼雖然想平定東海，攻佔雲中關谷，留下萬世美名，但是他也知道十分渺茫，憑藉四十萬軍隊想在短時間內縱橫千里，也只是想想而已，聽見亞文的話，也不堅持。

但不管怎麼說，目前他們是完成了任務，一身的輕鬆，雷格見親衛把酒菜端上來，忙招呼兩人喝酒，以示慶祝。

酒後，雷格雖然沒有再提攻擊雲中關谷的事情，但在他內心的深處卻惦記著，時刻不忘。雷格與別人不同，他是攻擊型將領，最擅長的也是遠端奔襲，瞬息千里，同時，他與聖王關係也和別人不一樣，事情做得好壞他自己無所畏懼，不怕擔風險，聖王天雷也絕對不會因為他一時間差錯而對他怎麼樣。

但是，這件事情一旦成功，那就是徹底解決了東海聯盟的問題，只要截斷東方闊海的退路，藍鳥軍再派一支軍隊兩面夾擊，東方闊海想不敗亡都不行，在他的腦海裏，出現了這樣的一幅畫面：藍羽佔領了雲中關谷，居中截斷東方闊海和國內的聯繫，平原兵團從南向北攻擊前進，而藍鳥大軍從西向東挺進，攻擊東方闊海的後軍，從而迫使東海聯盟徹底投降。

經過一夜思考，雷格在清晨把自己的想法書寫成稿，用飛鴿傳遞給藍翎主帥維戈，並向聖王請示，雷格聽候消息。

藍羽並沒有因為聽到好消息而停止腳步，第二天，主帥雷格率領藍羽騎兵出發，向前攻擊縹緲城，而把攻擊登海城、縹雲城的任務交給了平原兵團。

目前，縹雲城一帶由大將軍托尼親自坐鎮指揮，兵力計有平原兵團第十二軍團和第十四軍團的兩個萬人隊，一個大隊的騎兵；登海城由嘉興督統領指揮，率領第十三軍團和一個大隊的騎兵圍困，第十一軍團正在增援中，而短人族工匠把各種攻城裝備製造、組裝完畢，正陸續投入攻城作戰中。

第十三章　雄姿英發

九月二十一日，平原兵團在主帥托尼的一聲令下，展開了對縹雲城、登海城的攻擊。

縹雲城、登海城一線，是東海聯盟組織起來的抵抗藍鳥軍進攻的第一道防線，準備投入的兵力有二十萬人左右，但是，由於東海聯軍要從各地抽調部隊增援，速度慢，被藍羽騎兵兵團各個擊破，沒有完成預期的計畫，使增援部隊損失慘重，整個防線已經千瘡百孔，失去了作用。

但是，縹雲城和登海城還是受到了臨近城市部隊的加強，每城計有兵力三萬餘人，各種裝備雖說不是很齊全，但也基本上完成了防禦的準備工作，藍鳥軍想一時間攻取兩城，還是有些困難，如實施強攻，損失也一定不小。

大將軍托尼吸收嘉萊軍團長攻取海濱城的經驗，利用裝備上的優勢，對縹雲城展開了輪番轟擊，大軍分三面包圍城市，採取圍三放一的方法，瓦解守軍的士氣，一百六十輛投石車布成三個方陣，輪番攻擊，把成百斤的巨石投入城上，轟擊城門樓，步兵身披三層牛皮戰甲，填平護城河，運用撞城車對城門實施撞擊，並吸引守軍反擊，加以消滅，效果良好。

托尼大將軍不急，每日運用詐攻消耗敵人，發揮投石車、弩車遠程攻擊優勢，打擊敵人守軍，每日消滅一部，三日下來，自己死者少，傷者多，損失幾千人，但相對於守軍來說，戰果是巨大的，投石車把城門樓幾乎摧毀，城牆幾乎不成樣子，守軍死傷慘重。

連續攻擊了十天，守軍人數明顯減少，傷亡過半，主將的戰旗也不像前幾天那樣的驕傲，向後移動了一段距離，紅色的旗幟上破損了幾個洞，黏滿了泥土，已經沒有幾個人再花費時間注意它了。

而登海城的情況比縹雲城的情況更淒慘，第十三軍嘉興軍團長在得到哥哥嘉萊軍團長率領十一軍團增援後，士氣更盛，攻擊日夜不停，士兵輪番作戰轟擊，把登海城幾乎撕毀成碎片。

半個月時間的攻城，使守軍疲憊不堪，力量大大地減弱，而城市唯一完好的標誌是向北的城門，還沒有什麼破損，顯示著城市還在堅持作戰。

平原兵團主帥托尼雖嘴上說不急，但是內心裏卻是焦急萬分，東方面軍主帥雷格已經走了半個月時間，但是，縹雲城、登海城一線卻沒有什麼像樣的進展，兩城仍然在堅持戰鬥，絲毫也沒有投降的意思，所以他只有下令開始總攻。

十月十一日夜，經過一白天的詐攻，晚上，縹雲城和登海城突然實施了總攻擊，攻城部隊如潮水一般向城上湧去，他們在投石車、弩車及中弩手、弓箭手的掩護下，冒著箭雨、擂石的打擊，豁出命般登上雲梯，向城上攻去，經過一夜的奮戰，在太陽剛出東海線的時候，終於拿下了兩城市。

縹雲、登海城之戰，平原兵團出動三個整編軍團，攻克兩城市，傷亡損失四萬二千餘人，使整個東方面軍後方得到鞏固，建立起以雲中城爲中心，向北以浮雲城、海濱城和縹雲城、登海城的兩道防線，縱深再一次得到鞏固，徹底使東進兵團解除了後顧之憂，爲藍羽騎兵兵團提供了良好的後續保障，而東海聯盟在失去兩城後，縹緲城完全暴露在藍鳥軍的打擊之下，整個聯盟南部完全丟失。

大將軍托尼得到攻克兩城的消息，非常高興，傳令各部休整待命，同時，向方面軍主帥雷格、參謀長亞文通報了消息。

大將軍雷格率領藍羽四個騎兵軍團向北推進，分四路出擊，成弧線形態勢包圍縹緲城，騎兵原在縹雲城、登海城北二百米駐紮，距離縹緲城只有二百四十里，雷格到達後，傳令各軍整合後立即出發，二天一夜出現在縹緲城的南方二十里，全軍轉入休息。

在騎兵出擊的兩天裏，摧毀零散敵人無數股，攻克村莊四十餘座，鐵蹄下，一切反抗勢力全部消滅，把縹緲城以南司孔家族勢力一掃而光。

十月，東海晴空萬里，藍色的海岸線彎曲曲折，大地裏一片碧綠，莊稼高碩，到處是肥沃的田野，起伏的山巒、樹木、青草。

對於二十萬騎兵來說，東海的肥沃不缺少鐵騎戰馬的飼料，更不缺少騎兵們的吃喝，東海老百姓比中原富足，家家戶戶都有富裕的糧食，生活穩定，而突如其來的騎兵自然就不愁這些物資。

如今，縹緲城內已經亂成一團，紛紛棄家而逃的百姓，每日裏都有成千上萬人湧向縹緲城。城主帥司空策已經是焦頭爛額，局面混亂異常。本族優秀子弟大都跟隨家主前往中原征戰，餘下的不是沒有魄力，就是沒有才幹。用這樣的人想穩定局面十分困難。

藍羽以所向無敵的雄姿擊破縹雲城、登海城防線，擊殺增援部隊近十萬人，雖暫時停止了腳步，但是帶給縹緲城恐慌是巨大的，隨著藍羽的繼續挺進，恐慌達到了頂點。

為了阻止藍羽前進的步伐，司空策在沒有辦法的情況下，只好向各個家族求助，東方、長空家族和海島、夏寧、漁于家族迅速作出反應，派出僅有的家族優秀子弟前往支援，在藍羽雷格到達縹緲城前總算穩定下局面，勉強築起了一道防線。

如今，在縹緲城一帶聯軍已經達到四十六萬人，其中有正規軍四個軍團，臨時組建的軍團五個，一個萬人特種大隊，負責督軍和維持治安。

但這些部隊都沒有經過大戰的洗禮，缺少臨戰經驗，縹緲城司空家族訓練大營原有二個軍團，是為中原爭霸做準備，京城海陽城也派過來二個正規軍團，其餘臨時武裝起來的軍團是各個城支援而來的城防軍和各個家族臨時召集而來的人。

大軍雖然沒有經過大戰的洗禮，但是有一個最大好處就是人多，人多就好辦事，每一個人都知道是為了守護自己的家園，所以積極性、自覺性很高，幹活不用趕，修築防線動作很快。

以縹緲城南十里為第一道防線，東海聯軍修築起長百里的戰壕，戰壕寬二米，深一米五左右，戰壕前用尖木、鐵條等豎立起一米五十公分高防禦騎兵尖樁，配備陷坑機關等，整個防禦體系寬七十米，完全在弓箭手的射程範圍內，士兵手提弓箭注視前方，時刻保持警惕。

第二道防線正在修建之中，它距離第一道防線五里遠，無數百姓在日夜兼程地幹活，晚上燈火連綿百里，映紅半邊天，男女老少無怨無悔地忙碌。

司空策次帥指揮四十六萬大軍作戰，暫時把雜亂的事情放在一邊，由各個家族抽調的人員管理，這些人組成參謀組，人數達百十人，各行其職，倒不用他操心。

臨時組成的軍事作戰統帥部由六大世家的代表組成，司空策任主帥，倒不是因為他多麼才華出眾，而是因爲縹緲城一帶本是司空家族的地盤，司空策地形比較熟悉，家族兵力也比較多些，而其餘家族人員少，加上地理不熟悉，所以由他擔任主帥倒很合適，這樣的結果就是縹緲城防線增加了五位副帥。

目的明確後，各個家族將領這時候就發揮出了作用，由於都是自己家族的親兵子弟，在指揮上沒有什麼困難，加上縹緲城一帶防禦是以戰壕爲主，每家一段，重點防禦的部分自然就交給了正規軍團，由司空家族負責。

大將軍雷格縱橫沙場近八年，幾乎踏遍中原南、西部，大小次作戰無數，是真正經過戰火錘煉的一代帥才，他今年二十九歲，性格陰森中帶有暴燥，但這不影響他的大戰經驗，來到縹緲城外一看就知道敵人有所準備，整個防禦體系幾乎完美無缺，對付騎兵很有些作用，如實施強攻，損失必將重大，所以雷格倒不急，安心休息，恢復士兵體力，等待縹雲城和登海城的消息，尋找敵人的破綻，尋機殲敵。

二十萬騎兵紮營二十里，大小帳篷上萬座，軍騎馬圈在正中央，士兵分四周圍守護，外營用木樁紮成排，連接鎖鏈，組織士兵巡邏等等，整個大營一片肅殺氣，士氣正旺。

二十里內，無論是村莊還是田野，全部淹沒在大軍帳篷之下，士兵組織人到田野裏割莊稼、雜草，混合糧食餵養戰馬，百姓全部趕出營外，不從者就地斬殺，這就是鐵血軍騎。

藍羽一連休息七天，安頓好營寨，查看地形，搜索大營四周圍敵人探馬、遊騎、暗哨，分析敵人的兵力、部署、裝備情況等等，一百二十名參謀忙了個昏天暗地，總算把事情處理完畢，才鬆了口氣。

雷格的作風有些和聖王天雷相似，大事總攬，小事不管，得閒就休息會兒，把事情交代給參謀就算完事，行事時雷厲風行，手段兇悍，攻擊猛烈，不給敵人留絲毫餘地，所以在他手下的參謀都很累，好在這些人多是帝國軍事學院出身，都有才幹，又多是草原人，爲了族人安全決不會偷懶。

而四個軍團長是雷格的左膀右臂，自然就多擔待一些，把平時的事情安排得條理分明，幾乎不用雷格操心，藍羽衛拱衛中軍，保護他安全。

七天內大軍雖然休息，但藍爪絕對不會閒著，把四周圍探得清清楚楚，清理得乾乾淨淨，各種地形用筆劃得明確，回來後向雷格彙報，參謀對照地圖，一一挑對，一旦發現錯誤，立即確認，然後更改。

既然敵人在縹緲城外築起了防線，使用騎兵強攻不可行，如繞路遠行，則距離很遠，不是一天半天的事情，所以保持正確方向，採取有效措施就成爲藍羽當前的重點。

雷格大將軍不願意打攻城的仗，耗時費力，傷亡重大，但問題是他要攻取縹緲城，然後揮師北上，圍困海陽城，搶佔雲中關谷，這一目標始終在他心裏，時刻也沒有忘懷。雷格性格執著，認定目標往往會一往無前，很少有人能夠改變，要不是有聖王天雷和大將軍維戈壓著他，說不定雷格會作出什麼樣的事情，這次他遠征東海，兩個大哥距離遠，他的執著勁又有些上來了。

不管雷格如何執著勁，但他的才華卻是真才實學，作戰經驗豐富，手下能人眾多，兵精將勇，藍羽威名遠播，名震大陸卻是個不爭的事實。

雷格手下的將領、參謀自然知道他的想法，對於縹緲城前這樣的防線，極其不利於騎兵作戰，如不撕開一道缺口，縹緲城就會擋住藍羽前進的步伐。

要想實現這一目標，就必須有一支強大的步兵爲先頭部隊，實施偷襲，撕開缺口，並在時間上拿得很準確，引導騎兵跟進，保證道路暢通。

雷格把自己的想法告訴給了參謀們，讓他們想辦法，制定方案，並確定攻擊的地點、時間、方向、各部協調等等，他自己倒休息了。

參謀們剛要休息，主帥就又給他們找了活幹，他們知道這是重要的任務，又忙了起來，配合參謀們的工作是藍爪斥候偵察，爲了摸清敵人的兵力分配，防禦實力，他們早晚偷襲，探聽情況、消息，犧牲了幾十人，也抓到了幾十個俘虜，終於搞清楚了敵人的兵力分配情況。

在縹緲城正南方向，是司空家族兩個正規軍團，戰鬥力較強，武器裝備齊全，長約十里，其左右為暫編軍團，由東方、長空家族的人防禦，向西距離稍微遠些為漁于家族的人，再遠一些為海島家族，向東遠一些為夏寧家族的人，而海陽城派來的兩個軍團為預備隊。

暫編軍團整體作戰實力較差，但個別家族子弟武藝出眾，作戰能力極強，這樣的人不多，在軍中多為中下級軍官，比較分散，整編軍團整個實力強一些，但家族的子弟較少，單兵作戰不突出。

縹緲城第二道防線已經開始修建，目前重點是城南的正方向，向兩側陸續展開，還沒有竣工。

參謀經過五天的研究，最後把作戰計畫向雷格彙報，雷格聽後很滿意，同意了這份計畫，並立即要求後勤部開始實施，製造裝備。

騎兵想越過敵人的戰壕，必須要修建踏板，便於騎兵通過，同時要填平前進路上的陷阱埋伏，為騎兵提供安全保障，需要大量的痲袋、土石，還要有人手，這些工作必須要後勤部在短時間內完成。

十月十二日，大將軍雷格接到托尼的報告：攻克縹雲城和登海城。

當日夜晚，藍羽衛一萬五千人全體下馬，全身穿上步兵攻擊的盔甲，前鋒五千人手提戰刀，後部一萬人肩帶痲袋，在前進中負責填平陷阱，抬木板的士兵負責鋪平壕溝，保護板橋的安全，引導騎兵攻擊。

半夜過後，藍羽衛先鋒悄悄出發，在藍爪引導下，摸向長空家族防禦的戰壕陣地。

這幾日，藍爪斥候多在晚間偷襲，旨在抓俘虜，探聽消息，縹緲城守軍多已經知道此事，長空家族代表長空明自然也知道，但他認為敵人派出斥候偵察是正常的事情，每夜晚讓士兵們多加注意就是，目前，藍羽在強大的防禦陣地前還沒有辦法展開突破，因為藍羽沒有步兵，只有等待著後續平原兵團到達時才能實施攻擊。

長空家族的人也是時刻提防著藍爪斥候的偷襲，所以也加強了戒備，士兵派出一倍的人手，晚間輪流休息，絕對不允許疏忽。

藍爪引導百名藍羽衛高手先行，臨近黎明時分靠近敵人的陣地，他們蛙撲前進，速度驚人，但在行進到尖樁陣地時被守軍發現，百十名弓箭手立即放箭，但是，藍羽不懼箭雨，快速撲進，隨後跟進的人員聽見聲響，立即加快了速度，先頭人員在損失三十餘名人手的情況下突入敵人陣地，迅速展開廝殺，弓箭手一陣慌亂，忙與藍羽衛展開搏鬥，但這次藍羽先頭人員是特別挑選的人手，單兵作戰力極強，很快就斬殺一半守軍弓箭手，長空家族的士兵這時候才感到情況不妙，大聲喊叫，請求支援，但後續藍羽很快就跟了上來，在守軍支援前到達陣地，展開爭奪戰，一時間，長空家族陣地上殺伐四起，血光滿天。

五千藍羽衛很快就投入了戰鬥，並控制住了寬三百餘米的防禦陣地，後續的萬人隊迅速投入，他們把肩上的麻袋投入陣地前的陷阱內，然後使用手中的長刀斬平尖樁，快速推進，七十米距離，眨眼間就到，跟進的士兵把木板鋪在了戰壕上，立即放出煙火信號，騎兵第二十三軍團迅速撲了上來。

轟鳴的馬蹄聲打破了黎明前的寧靜，零星的煙火照亮了夜空，縹緲城外忽然間殺聲四起，蹄聲陣陣，慘叫聲、喊殺聲漸漸地擴大到整個地區。

雷格一身黑色戰甲，跨在黑色高大戰馬上，冷如冰霜的臉上不見一絲笑容，眼中寒光暴射，煞氣沖天，戰馬不停地在原地打轉，而雷格的精神一絲也沒有受到影響，他目視前方，穩如泰山。

周圍，百名親衛手提黑色戰刀，向四野裏打量，注視著周圍一切動靜，保護著主帥安全，他們是雷格的影子，黑暗中的殺神。

騎兵第二十二軍團快速衝過雷格的身旁，高挑的戰旗遠遠消失，第二十四軍團快速跟上，二十軍團在主帥雷格的身後穩穩未動，等待著主帥的命令。

以雷格的性格，遇見大戰早就衝了上去，但是，四名軍團長死死地勸住雷格，並交代親衛一定要守護好主帥。黑夜混戰，極其的危險，他們怕主帥發生意外，力勸雷格督軍全陣，總攬戰局，雷格沒有辦法，只好忍耐住殺性，立馬觀看。

這時候，縹緲城已經全部甦醒了過來，上百萬人的叫喊聲響徹雲霄，城西方向殺聲四起，馬蹄聲轟響，藍羽黑色的彎刀不斷地閃爍在天空中，起落間人頭落地，屍橫遍野，哀鳴的馬叫聲格外刺耳。

長空明盔歪甲斜，在家族弟子的保護下節節敗退，叫喊著士兵頂住，但這些從未上過戰場的新兵被藍羽強大攻擊力所嚇倒，四散奔逃，那裏還管長空明的喊叫，但是他們怎麼能跑過騎兵戰馬，不久就被斬倒在地上。

三個軍團十五萬騎兵越過戰壕，向左右衝去，他們揮舞著戰刀，勾銷著一個又一個士兵的靈魂，縱橫間所向披靡。

司空策立在縹緲城的城樓上，借著微弱光亮注視著城外，到處是藍羽騎兵強大的身姿，他們跨在高大的戰馬上，三人一組，互相支援，不斷地揮舞著手中的鋼刀，斬落一個又一個奔跑的士兵，他們或左或右，在馬上縱橫自由，身體或前或後，任意旋轉，冷酷的臉上從沒有絲毫憐憫，純粹的冷血殺手。

「打開南門和西門，鳴金收兵，讓士兵們退到城內！」

「次帥，那樣會使敵人衝進城內啊，不能啊，次帥！」

「我知道，但必須接應城外的守軍，不然會全軍盡沒，敵人目前還不能大量地從戰壕前通過，立即執行。」

「是，次帥！」

「命令預備隊第三十一、第十九軍團在南門和西門組織防禦，掩護軍隊後撤到城內，動作要快！」

「是，次帥！」

「哎，長空明誤事啊！藍鳥軍如此強大，他怎麼就不小心一些呢？我反覆強調小心再小心，他就是自大，誤人誤己，三十六萬軍隊啊，長空明，你該死啊！」

在司空策咒罵長空明該死的時候，長空明也正在走向死亡。

長空明在親衛的保護下後撤，但他不斷地喊叫，很快就引起藍羽騎兵的注意，一個大隊長一看就知道這是一個高級將領，立即帶領一個千人隊向他衝了過去。

長空家族子弟畢竟武功不弱，拼死抵抗，掩護長空明撤退，但越是這樣，騎兵就越想斬殺長空明，不斷地有人衝了上去，在付出百名軍騎的情況下，大隊長衝到長空明身前，長刀劃破天空，斬向長空明，一名親衛合身撲上，被斬落刀下，長空明拼盡全力抵抗住這一刀，大隊長後面一名軍騎快速衝上，戰馬衝過他的身邊，長空明半身落在地上，鮮血染紅大地。

天色大亮後，雷格提馬來到南門外，冷冷地看了城上一眼，身後，高大的戰旗隨風飄擺，第二十軍團五萬騎兵整齊地列立在兩旁，絲毫沒有聲響，整個軍容一片肅殺。

司空策立在城牆之上，眼看著雷格策馬緩緩而來，他認出雷格主帥的戰旗，看著雷格軍容整齊，一身殺氣，倒吸了一口冷氣，整個城牆之上，沒有一個人敢發出一點的聲響，生怕打碎這片刻的寧靜，再引來一場殺伐。

雷格向一旁的親衛點了下頭，親衛提馬衝到城下，高聲喝道：

「我家主帥請縹緲城主將說話！」

司空策強提精神，憤然答道：「我是司空策，縹緲城守軍主帥！」

雷格如電的目光一下子轉到司空策的臉上，他靜立不動，眼光陰森恐怖，足足有一刻鐘時間，才緩緩說道：「我是雷格，忝掌東方面軍主帥！」

司空策早就盯住雷格的臉，內心裏不斷地咒罵，聽見雷格說話後答道：

「久仰大名，今日一見果然名不虛傳，煞神果然是煞神，冷血無情，視殺人如兒戲。」

「多謝將軍誇獎，雷格愧不敢當！想東海大軍深入中原，殺我父母，毀我家園，今日雷格只是略還一二罷了。」

司空策氣得一時間回答不上來，臉漲得通紅，良久才憤然說道：「雪無痕竊世盜名，藍鳥軍殺人如麻，我東海不過是替天行道，整頓中原，有何錯！」

「住口！」雷格聽見司空策侮辱聖王天雷，立即暴怒道：「東海聯盟先行不義，無故犯我中原，殺我百姓，聖王以挽救黎民百姓爲己任，擔起挽救天下蒼生之重任，遠播恩義，恩遮四海，今日爾侮辱聖王，不怕雷格屠盡全城嗎？」

司空策大吃一驚，萬萬沒有想道雷格會如此暴怒，以藍羽今日的殺伐手段，雷格下令屠城也不是不可能的事情，一旦縹緲城破，幾十萬百姓危險了，他臉色蒼白，嘴唇顫抖，久久沒有敢回答。

雷格陰森地說道：「很好，司空策，你立即投降我饒你全城不死，否則，以你今日侮辱聖王之事實，他日我攻破縹緲城時一定寸草不留！」

「投降，決……無可能！」

「好，來人，傳令下去，圍住全城，凡發現出城者一律斬殺，我倒要看看你縹緲城能挺到幾時！」

「是，大將軍！」

大草原騎兵以聖王爲神，爲聖王拋頭顱，灑熱血在作不惜，今日在縹緲城外聽見有人侮辱聖王，如侮辱整個大草原民族一樣，這樣的恥辱只有用敵人的鮮血來洗刷，所以一聽見雷格傳令，轟然應諾，個個殺氣騰騰，眼裏充滿了仇恨。

司空策聽見雷格傳下的命令，再一看整個草原騎兵眼中泛起的殺氣，立即知道大事不好，不想自己一時逞口舌之利，犯下如此大錯，立即癱倒在城牆上。

城上城下的官兵聽見司空策和雷格的對話，大罵司空策不是東西，無緣無故侮辱人家聖王幹什麼，如今藍鳥軍圍困全城，已經傳令下去，凡出城者一律斬殺，這無疑就是困死全城，讓全城百姓爲司空策口舌殉葬嘛。

藍羽四個軍團分四門圍住縹緲城，大草原騎兵個個眼含殺氣，緊緊地注視著城上，二十萬人發出的殺氣，可以嚇死膽小的人，而整個騎兵忠實地執行著雷格的命令，死死地看住城牆上的每一個角落，遠攻近殺，寸草不留。

每日裏，守城官兵心驚膽顫地看著城外四處巡邏的騎兵，感受著沖天般的殺氣，兩腿打顫。城中士兵和百姓緊緊地盯住司空策的住處，一旦發現他的身影，立即大罵。

第十四章 戰意狂熾

司空策躲藏在府內，不敢出來，軍務完全由其餘四家的代表掌握，小心地控制軍隊，不敢有絲毫懈怠。

第六天，平原兵團第十二軍團開到縹緲城外，被沖天的殺氣嚇了一跳，士兵們不敢前進，向軍團長嘉興報告，嘉興反覆思考，心想：一定是雷格等高級將領出事了，才引起大草原騎兵這麼大的殺氣，忙揮軍前進。

來到南門時候，嘉興更嚇了一跳，遍地的屍體，足足有二十餘萬具，紫色的鮮血已凝成塊，迷漫著血腥味，等他見到雷格的時候，才舒了口氣，心想主帥幸虧沒事，否則大事不好。

他小心地向雷格彙報著情況，請求命令，雷格思考了一會兒，說道：「你軍團也很辛苦了，先休息兩天，等大軍到後，立即開始攻城！」

「是，大將軍！」

嘉興小心退出來後，找到第二十軍團長姆里一問，才知道事情的原委，他當即大怒，喝道：

「東海聯盟欺我們太甚，先犯我中原，後侮辱聖王，我們豈能答應，等明日我想請求主帥先轟擊一陣，一面等待大軍到來！」說罷，氣怒地走出。

嘉興家族世代居住在東部地區，父子兩代掌管中原東部，受東海聯盟進軍中原之累，三千里大轉移，投入聖王天雷麾下，忍辱至今，仇深似海，如今他率軍深入東海，國仇家恨一起湧上心頭，那能不怒。

當即，嘉興傳令大軍提前休息，命令後勤部隊再辛苦一些，把攻城裝備組裝完畢，以備明日之用。第二天一早，他來見大將軍雷格，請求對南門敵軍進行轟擊，雷格略一考慮後，當時表示同意。

嘉興連續轟擊了二天，第十一軍團趕到，嘉萊見嘉興在轟擊南門，心中納悶，忙過來詢問，嘉興見是哥哥，也很高興，把事情的經過一說，嘉萊也是大怒，當時就找大將軍雷格請求對縹緲城西門進行轟擊，雷格答應他第二天開始。

隨後，第十二軍團，第十四軍團一部在托尼的率領下趕到縹緲城，雷格和托尼見面後，相談了許久，從第二天開始，十二軍團和十四軍團兩個萬人隊開始實施對縹緲城北門和東門的轟擊，一連七日不斷，使縹緲城陷入更加的惶恐中。

縹緲城爲東海聯盟中南郡首府，人口四十餘萬人，城分四門，高二十五米，牆厚也有十五米，護城河寬有二十米。東海聯盟六大世家之一司空世家經過幾百年的努力，使縹緲城逐步發展成爲東海的重要城市，其繁華程度絕對不下於聯盟的首都海陽城，比中原京城不落城也毫不遜色，是司空家族的根據。

目前，縹緲城內現有作戰兵力二十萬左右，防守設備齊全，投石車八十輛，滾木、擂石、弓箭無數，百姓自覺地拆出城內的牆壁，把石塊等運上城牆，幫助軍隊防禦，巡邏的士兵、民團等人數達二十幾萬。

爲了守住縹緲城，司空家族也是下了血本，家族子弟、金錢、物資等等全部向作戰部隊注入，對城中百姓也比平時好了不知多少倍，只要有利於防禦，司空世家絕對捨得。

藍羽雷格部攻擊縹緲城，深夜突擊，突破城外防線，斬敵二十餘萬人，自身損失僅僅兩萬餘軍騎，首戰告捷，迫使守軍主將司空策收兵回城全力固守。

平原兵團四個步兵軍團隨後分四面包圍縹緲城，利用裝備上的優勢展開連續的轟擊，騎兵在後方戒備，隨時準備撲入城內。由於縹緲城主將司空策侮辱聖王，藍羽軍大怒，主帥雷格發下狠話，凡出城者一律斬殺，步兵全力攻城。

戰爭就是如此，佔據優勢一方想怎麼樣就怎麼樣，被動一方往往要小心謹慎，在各個方面不出現漏洞，防止局勢進一步惡化，特別是要注意言行，不能侮辱對方的將領，謹防對方採取激烈的手段。

目前縹緲城就出現了侮辱優勢一方王者，激怒了整個大軍的現象，藍羽、平原兵團總兵力達三十五萬人，圍困孤城，三百二十輛投石車把巨石成批地投向城內，每日裏城內的傷亡都很重大。

平原兵團主帥托尼晚兩天達到縹緲城，一進入城外地區也嚇了一跳，後聽聞事情的經過，眉頭緊皺了起來，與方面軍主帥雷格一番細談後，也就默認了。

六國聯軍進犯中原，造成聖瑪民族百姓生靈塗炭，苦不堪言，十年征伐，藍鳥軍將士心中都有一團烈火，對敵人刻骨銘心的仇恨，對聖王視如天神般的崇敬，無論如何，是百姓、士兵對於聖王都是無限地愛戴，他是聖瑪民族希望的代表，民族復興之寄託，任何人如侮辱聖王，就是侮辱整個聖瑪民族，侮辱整個藍鳥軍，其後果是可怕的，托尼將軍即使有心阻攔，但也不敢違背全體將士的意願。

大將軍雷格雖然性格暴烈，但是也不是視殺人如兒戲的人，更何況，屠城可不是一件小事情，他傳下如此的命令也是有著深刻的含義在內。

目前，藍鳥軍士氣正盛，南中原指日可定，東海聯盟大軍正向東回撤，藍翎包圍了南彝軍隊，隨後即將展開對東海聯軍的追擊，平定東海的大業指日可待，如儘快攻克縹緲城、海陽城，搶佔雲中關谷，截斷東方闊海的退路，東海戰局可定矣。

但是，要完成上述目標談何容易，且不說縹緲城距離雲中關谷有近千里的距離，中間有城市十幾座，就說海陽城一帶聯盟軍隊就不知道有多少，如在東方闊海回軍前搶佔雲中關谷，就必須採取斷然的措施，非常手段。

縹緲城城高牆厚，守軍二十萬人，平原兵團想依靠四個軍團攻克縹緲城，幾乎是不可能的事情，況且時間短，東方面軍已經沒有時間消耗在此了，在雷格的心中，搶佔雲中關谷才是目前最重要的事情。

既然不能在短時間內攻克縹緲城，那麼就不讓守軍出來，使縹緲城成爲一座名副其實的孤城。這一點藍羽還做得到，大將軍雷格下達這樣一個命令，其引申的含義就是我進不去，但你也別想出來。

圍困縹緲城第四日，參謀長亞文將軍來到城外大營，同時帶來了大將軍維戈轉來的聖王命令，前日，南彝軍隊放下了武器，南彝與王朝聯姻，聖王迎娶百花公主，南中原已經徹底平定，一時間藍鳥王朝形勢大變。

藍鳥軍新月兵團已經奉命東進，兀沙爾元帥率領十一萬大軍已到千雲寨地區，估計用不了多少時間就會與藍羽和平原兵團會合，藍翎主帥維戈已經準備率領藍翎向平原城進軍。

另一個好消息是大將軍維戈告訴雷格，少主夢雷已經出藍鳥谷前往中原尋父，祖父要求自己和雷格二人照顧好少主夢雷，希望雷格聽後高興。

聖王天雷基本上同意了雷格的作戰計畫，但不要勉強，不可輕進，一切以安全爲第一，只要雷格穩紮穩打，平定東海是早晚的事情。

東方面軍主帥三人接到如此的好消息，一時間興奮異常，參謀長亞文激動地說道：「王朝已經完成了預定的目標，南彝與王朝聯姻，南方大局已定，翎帥即將率領藍翎北上，不日必將東進，以聖王的英明，絕對不會任由東方闊海回師，搶佔雲中關谷可以考慮！」

副帥托尼接話道：「以前我軍兵力不足，如今新月東進，緩解了平原兵團的壓力，我軍將有足夠兵力進攻海陽城，只是目前縹緲城還沒有拿下，總是個負擔。」

雷格擠出一絲笑容道：「副帥，不用怕，我還是原來的意思，我們進不去，司空策也別想出來，我們兩不耽誤，誰也不管誰，大軍揮師海陽城就是！」

參謀長亞文點頭道：「羽帥的方法很好，不過，我們必須留下足夠的兵力，監視城內的動靜，同時實施詐攻，迷惑敵人，不讓他們知道我軍的意圖。」

「參謀長說得是，羽帥，我看這幾天我們還得攻擊猛烈一些，掩護大軍行動意圖，藍羽悄悄北上，留下部分人員迷惑敵人即可，平原兵團秘密抽調人手，隨後跟進，兩方同時行動！」

「副帥，我們何必秘密行動，大張旗鼓的不是很好嗎！哈哈，藍羽拔營北上，司空策也不一定敢出來，虛虛實實，兵者，詭道也！參謀長，你認爲如何？」

「看來羽帥已經胸有成竹，不過，步兵加緊攻擊縹緲城的同時，藍羽北上，增加一點疑惑，就看看司空策的膽量如何，副帥，你認爲呢？」

「哈哈，羽帥和參謀長給司空策增添點興趣，就看司空策這步棋怎麼走！我們何不再大方一些，第十一、十二軍團隨羽帥北上，十三軍和十四軍圍城，新月兵團也快到了，即使司空策敢出來也討不到好處，說不定在羽帥未展開攻擊海陽城時，縹緲城就落入我們手中呢。」

「副帥說得是，羽帥，如果藍羽北上，司空策如真的出城，新月兵團正好給予其致命一擊，也許可以攻取縹緲城，如司空策不出城，我們也省心，只要攻佔海陽城，擊潰東方闊海，縹緲城早晚會投降。」

「兩位說得好！我們就這麼辦，再休息一天，做些準備，藍羽就行動了，嘿嘿，雲中關谷，東方闊海！」

「羽帥一心惦記著攻取雲中關谷，可不要忘記了聖王的叮囑，凡事小心謹慎，不輕進，不冒險，一切以安全爲第一！」

「嘿嘿，參謀長說得是，說得是！」

「哈哈……」托尼大笑。

從第二天起，平原兵團加強了對縹緲城的轟擊，同時，藍羽騎兵開始做撤離的準備，對城周圍巡邏已經取消，二十里大營內一片忙碌，騎兵進進出出，收拾各種裝備，拆出護攔，把軍用物資打包裝運等等。

藍羽本身爲騎兵部隊，備用的戰馬多達幾萬匹，駄運物資裝備全部依靠馬匹、車輛，人全部騎馬，沒有靠腳走路的人，在當今聖拉瑪大陸上像藍羽這樣有實力的軍隊獨此一支，藍鳥軍的強大藍羽占了一大部分的功勞。

第三天，藍羽北上海陽城，把鐵血殺戮帶向了東海人的心臟。

東海人從沒有見過如此強大的軍隊，如此眾多的騎兵，他們把家帶在身邊，縱横萬里，鐵血彎刀，一路縱横馳騁，東海人怕騎兵，從內心裏恐懼，他們不怕打仗，也會打仗，但與騎兵對陣，他們還沒有過經驗，仗就好像一下子不會打了。

藍羽士兵不情願地收拾著東西，冰冷目光掠過縹緲城冰涼的城牆，陰森的目光裏好似要把縹緲城毀滅，但藍羽還是執行了大將軍雷格的命令，他們又把目光望向了北方。

漁于飛雲帶領東海六公子快馬加鞭，一路不敢休息，飛快地向雲中關谷趕去。五萬騎兵疲憊不堪，但沒人有一點怨言，因為他們知道東海聯盟正受到藍羽的攻擊，南方幾城已經失守，海陽城將受到威脅，藍羽的速度他們深知，雷格的凶名更使他們不敢有一絲一毫的怠慢，他們只有用力向前趕。

到達雲中關谷的時候，時間已經用去了整整十八天，這時候，縹緲城剛剛受到藍羽大軍的威脅，漁于飛雲得到消息，略微一思考，決定暫時不去管它，目前最重要的是要做好都城海陽城的防禦，他不放心海陽城，雪無痕的兄弟雷格久經沙場，縹緲城防線擋不住藍羽前進的步伐。

漁于飛雲決定飛鷹傳書給海陽城，指導首都防衛，然後迅速回防。

漁于飛雲畢竟久歷大戰，深知用兵之道，更瞭解藍羽騎兵的強大實力，雷格如不在意一城一地得失，快速前進，不用幾日就會到達海陽城下，只要藍羽攻下海陽城，東海聯盟就將名存實亡，不戰而敗，即使不能攻克海陽城，東海聯盟也將人心慌慌，再無復興之力。

東海六公子失去了往日的瀟灑，頭髮蓬亂，滿臉的灰塵，鬍渣不剪，疲憊不堪，在他們心裏，對天雷的怒更多於恨，他們久對天雷用兵，屢戰屢敗，如今天雷突出奇兵，巧奪千雲寨，進軍東海本土，威脅中原大軍後方，一想起這些，他們就氣不打一處來。

氣儘管氣，但阻擋住藍羽前進的步伐卻是必要的，而且必須當機立斷，他們忍饑挨餓，一路曉行夜宿，不辭辛苦地往回趕，爲的就是要阻止藍羽步伐，並會會藍羽主帥雷格。

東方秀、長空旋、司空禮、漁于淳望、夏寧謀、海島宇六人都沒有見過雷格，只是久仰雷格大名，如雷貫耳，聖王天雷一共有兩個兄弟，都出身藍鳥谷，學識淵博，深曉用兵之道，如今都是一方主將。

東海六公子戰不勝聖王天雷，但是並不是說東海六公子就會服輸，如今雷格遠征東海，孤軍深入，對於他們來說，戰勝雷格也是一種心理補償，他們暗下決心一定要擊潰雷格，一雪天雷帶給他們的恥辱。

漁于飛雲瞭解東海六公子的心情，看著他們咬牙切齒的樣子，搖了搖頭，但他也沒有說什麼，他不願意打擊他們的自尊和積極性，看著他們痛苦，年輕人嘛，有志氣，不服輸是好事，他也年輕過，有過這樣的勁頭。

更瞭解東海六公子的實力，就好像聖王天雷瞭解兄弟雷格一樣，聖王天雷以一敵六，並讓他小心雷格，漁于飛雲就從心裏記住了雷格這個人，他自己都不敢說能戰勝雷格的話，更何況六個小輩，如今，漁于飛雲更擔心是他們六人面對雷格的時候會出什麼事情。

雷格「煞神」之名在外，攻取銀月洲時爲先鋒，大戰之時身先士卒，斬將無數，曾把映月元帥騰格爾斬落於馬下，驍勇善戰，名副其實的戰將統帥。

這次藍鳥軍遠征東海，另外兩個人也引起了漁于飛雲的注意，一個是參謀長亞文，另一個是副帥托尼。

副帥托尼漁于飛雲多少有些瞭解，托尼將軍很有才幹，原爲聖日南方兵團的副將軍，爲人老成持重，曾經獨立支撐南彝進攻時南方戰局的局面，而對參謀長亞文沒有人瞭解他。

漁于飛雲心中又是納悶，又是吃驚，前段時間冒出了溫嘉、商秀，一個主持聖靜河北戰局，一個主持聖寧河南戰局，並都取得全勝，如今又出現一個參謀長亞文，藍鳥谷到底培養出多少這樣的人才，老神仙聖僧真的早就想要統一大陸嗎？

只有這樣一個解釋才合理，看來天下大一統是大勢所趨，漁于飛雲陷入了沉思中。

休息了一夜，天亮後，漁于飛雲和東海六公子率領五萬騎兵繼續向海陽城進發。

海陽城位於千雲山脈的東部，臨近東海一百多里，它南有聖寧河，北有聖靜河，是一塊比較平坦、肥沃的平原地區。

海陽城是東海聯盟的心臟、首都，它南連接著南郡司空家族，北連接長空家族，本身是東方家族的地盤，向東通往東海各個島嶼，連接著海島、夏寧、漁于三大家族。

經過千年的繁榮發展，海陽城已經不僅僅是東方家族的地盤，它匯聚了其餘五大家族勢力，形成了以聯盟形式爲主體的多家共存局面，其商業、貿易、文化、政治、軍事、教育等等方面都是東海聯盟的中心，是東海第一大城市。

海陽城距離雲中關谷六百里，中間隔著北盟城、長興城、海北城、關谷城、長白城等八個大小城市，越向北地勢越高，在靠近雲中關谷地區已經是丘陵地帶，進入山口入大峽谷。

漁于飛雲和東海六公子一路南行，已經不像進入雲中關谷前那麼急，這時候，他稍微放心一些，因爲他知道藍羽才剛剛攻擊縹緲城，還有時間，況且，他已經飛鷹傳書於京城，做好了防禦準備，相信在他們到達海陽城前，藍羽不可能攻佔縹緲城，北上京師。

正如漁于飛雲料想的一樣，在他們到達海陽城時候，藍羽和平原兵團才剛剛開始攻擊縹緲城，沒有向海陽城進軍。

如今，海陽城一帶熱鬧非凡，城南地區百姓開始向城北轉移，年輕壯丁留在家鄉協助軍隊防禦，構築工事，而城裏人和城北各個鄉村的青壯年人向南趕，支援守衛京城。

海陽城內聯盟軍部的人已經是急得如熱鍋上螞蟻，盼望著漁于飛雲趕回來，支持大局，各個家族代表雖然平日裏趾高氣揚，誰也看不上誰，遇見事情時候百般挑剔，但是真正遇上戰事時，一個個都沒了話說，畢竟他們都沒有參加過大戰，對戰爭有恐懼症。

但漁于飛雲畢竟是東海聯盟第二號人物，其人才華出眾，讓各個家族代表們心服，況且，他是東海長明島一代宗師，又參加過中原大戰，主持海陽城大局當之無愧，無人不服。

漁于飛雲和東海六公子進城的時候，受到了六大家族代表熱烈歡迎，城北門地區已經擠滿了人，當大軍馳近的時候已是一片歡呼聲，漁于飛雲和東海六公子跳下戰馬，讓騎兵原地紮營，他們上前和眾人相見。

「飛雲，你可回來了！」

漁于家族的長老漁于鎮海激動地說道，然後，他拉住漁于飛雲的手，眼淚都流了下來。

「三叔，您老好啊，我回來了！」

「回來好，回來好啊！」老頭子面帶驕傲之色。

「東方六叔，您老好啊？」

「好，好著呢，飛雲，闊海他們怎麼樣？」

「六叔，闊海大哥很好，大軍正在回師，不久將進入雲中關谷了。」

「那就好，那就好啊！」

「長空二叔、司空五叔、海島大叔、夏寧二弟，你們都好吧？」

「我們都很好，飛雲，你可趕回來了！」

「飛雲大哥！」夏寧博海過來，拉住漁于飛雲的手。

這時候，東海六公子上前見過各個家族長輩，幾位老爺子都七十來歲，身體都算硬朗，要不是如今東海聯盟面對危險，他們絕對不會出城迎接漁于飛雲這個晚輩，如今，連東海六公子都跟著借光。

「幾位叔叔，勞駕你們出城迎接飛雲，真是折煞我了，大家都入城吧！秀兒、淳望、謀兒、旋兒、宇兒和禮兒，扶著爺爺回城！」

「是，叔叔！」

「是，父親！」

東海六公子各自上前，攙扶住自家長輩，老頭子看見孫兒如此英武逼人，老懷大慰，腳上的勁也足了，腰桿子也挺了一挺。

「夏寧二弟，縹緲城情況怎麼樣？」

「大哥，縹緲城情況不妙，司空大哥傳訊說，城外防線沒有頂住藍鳥軍的進攻，前幾日夜裏被藍羽突破，損失將近二十萬人，縹雲城、登海城已經失守了。」

「我已經預料到了司空策抵抗不住藍羽進攻，畢竟雷格和托尼久經沙場，作戰經驗豐富，司空策絕對不是他們的對手。」

「是，大哥，另外，還有個不好的消息，據飛鷹傳訊：藍鳥軍主帥雷格已經下令屠殺所有出城的人員，待城破後也不會有好結果。」

漁于飛雲動容道：「爲什麼會這樣？」

「據說是司空策大哥不小心侮辱了藍鳥王，藍鳥軍大怒，雷格當時就傳下了屠殺令。」

「蠢才！都什麼時候了，還侮辱人家王幹什麼，藍鳥軍是好對付的嗎，成事不足，敗事有餘！」

漁于飛雲大怒，然後，略微沉思了片刻道：「二弟，辛苦你一趟，傳令城南所有百姓立即撤往城北地區，馬上辦，我估計藍羽要過來了！」

夏寧淵博忙吩咐人執行漁于飛雲的命令，然後問道：「爲什麼，大哥？」

「雷格傳下如此命令有兩個目的，第一，對縹緲城進行懲罰，另一個目的就是不讓城裏的人出來，藍羽揮軍北上。」

「藍羽北上，平原兵團並不一定能吃掉縹緲城，司空大哥就不必怕藍鳥軍了，這不是好辦法啊！」

「雷格也許並不想攻克縹緲城，即使想攻克也不是短時間的事情，另外，用兵之道在於虛虛實實，變化萬千，如果司空策敢出城，必中藍羽埋伏，縹緲城不攻自破，藍羽速度是你無法想像的。」

「是，大哥，那我傳訊告訴司空大哥暫不出城，等待我們的消息！」

「也好，只要縹緲城不丟失，必可牽制平原兵團主力，使其不敢放心北上，為我們爭取時間，只要闊海大哥大軍一到，我們立即揮師南進，收復失地，告訴他死守！」

「好的，大哥！」

「都城的防禦工事做得怎麼樣了？」

「按照大哥你的吩咐，已經照辦了，目前，城南二十里內，全部挖下了陷阱機關，東西近百里，還在繼續向兩側延伸，所有家族好手全部配備弓箭，日夜在防禦區內巡邏，一旦發現人進入陷阱區，立即射殺。」

「很好，都城能用的兵力有多少？」

「已經動員了有五十萬人，加上民工青壯年人將近百萬，武裝了十個軍團，正在日夜操練。」

「裝備夠嗎？」

「裝備是差一些，不過工匠們正日夜不停地打造，再有半個月就能配齊全。」

「好，讓他們多打造些弓箭，刀槍先放一放，目前最重要的是防禦，弓箭是主要武器。」

「好的，大哥！」

眾人見漁于飛雲在詢問夏寧淵博首都防禦的情況，都自覺地不去打攪，並放慢了腳步，這時候軍情爲大，大傢伙也不去挑剔了。

「大哥，藍鳥軍真的這麼厲害嗎？」夏寧淵博小聲地問。

漁于飛雲左右看了一眼，小聲答道：「四十萬騎兵你見過嗎？大陸上那一國有如此的實力，就是讓你想你也不一定能想像得出來。」

夏寧淵博倒吸了口冷氣，然後說道：「這麼多？」

「藍羽只是藍鳥軍騎兵的一部分，還有藍翎第六、七騎兵軍團，第十五、第十七騎兵軍團，加上藍鳥騎士團、藍衣眾、短人族戰斧騎兵團，你算算是多少？」

夏寧淵博呆了一呆，然後又道：「這麼多，那藍鳥軍豈不是天下無敵了嗎？」

第十五章　窮追猛打

漁于飛雲沉默了片刻，然後答道：

「目前還不能這麼說，畢竟藍鳥軍在與六國作戰，聖寧河南有南彝軍隊，聖靜河北有北方四國聯軍，西星帕爾沙特王子殿下實力雄厚，牽制住大量的藍鳥軍隊，如果藍鳥軍傾全力進攻東海，只怕……」他苦笑地看了夏寧淵博一眼，不再說話。

說話時，眾人已經到達聯盟大廈，聯盟大廈是東海聯盟的都府，它高四十米，有六層，分議會堂、議政堂、長老堂、法律堂、農商教育堂、聯盟軍部。

聯盟軍部在最頂層，長老堂在二層，一層是農商教育堂。東海的商業貿易特別發達，平時事情多，辦事的進進出出，一層方便群眾，而長老們腿腳不方便，所以在二層，軍部需要保密，所以在最頂層。

長老們經過這一陣折騰，已經勞累了，所以也沒有上頂層，漁于飛雲也跟著進入了二層，在長老會議室略微洗刷，然後開始開會，討論軍事方面的事情，目前聯盟情況危急，也沒有誰說休息的話。

東方家族的長老首先說道：

「如今聯盟面臨著危機，盟主遠在中原，飛雲受闊海委託，先行回軍主持聯盟禦敵的大局，廢話我就不多說了，把軍隊指揮權交給飛雲，大家看如何？」

眾人紛紛點頭同意，東方長老說道：「現在我宣布：暫授權漁于飛雲為聯盟軍隊總指揮，指揮聯盟內對抗敵人的事宜，凡事飛雲有權獨自做主！」

眾人紛紛地鼓起了掌聲，漁于飛雲站起來施禮：「謝謝各位長老信任，飛雲一定會盡自己的全力，確保聯盟安全！」

至此，軍事指揮授權結束，即簡單，又快捷，效率驚人的高。

然後，漁于飛雲又向長老們談了談自己的想法，要求各個世家做的事情、提供的物資等等，最後他說道：

「藍鳥軍四十萬主力軍隊入侵聯盟，騎兵就達二十萬人，目前，聯盟已經到了生死關頭，大家不要存僥倖的心理，藍羽東征西伐，聲名顯赫，並極其的冷血，平原兵團由舊聖日東方兵團、南方兵團精銳組成，作戰將近十年，不是我們這幾十萬沒有見過血的士兵可以戰勝的，我這麼說，並不是要大家悲觀失望，而是要提醒大家小心、小心、再小心，一個疏忽，聯盟將受到滅頂之災，這個責任飛雲負不起，誰也負不起！」

他看了看眾人，見大家臉現嚴肅，接著說道：

「這次跟隨我回來的六個孩子，都經過中原大戰，是不可多得的人才，我們要依靠他們，不要小視他們，藍羽是強大，但是，藍羽也有其缺點和不足，那就是藍羽不適合於攻城，藍羽不適合在山地陷阱地區作戰，目前我們的任務是不激進，全力防禦，為中原大軍贏得時間，只要大軍一撤回，就是我們反攻的時候了，我相信在我們自己的國土上，我們一定能戰勝藍鳥軍隊，把他們趕出去！」

眾人這才又興奮起來。

隨後，東海六公子陪伴漁于飛雲上到了六層的軍部，接管軍隊指揮權力，聽取各個方面情況彙報，計畫阻擊藍羽進攻，同時向縹緲城詢問情況等等。

從第二天開始，漁于飛雲和東海六公子分別到城南地區視察，指導防禦事宜，同時，東海六公子被安排在城外，負責防禦的具體指揮，東方秀、長空旋、司空禮、夏寧謀、海島宇、漁于淳望六人傾盡了全力，組織起對藍羽兵團防禦。

藍鳥東方面軍主帥、大將軍雷格和參謀長亞文將軍分別率領騎步兩軍向海陽城進發，藍羽騎兵十七萬人，步兵兩個軍團八萬人，總兵力二十五萬人。

騎兵第二十軍團為先頭部隊，雷格帶領二十二軍居中央，後部二十三軍殿後，二十一軍團隨後與步兵同行，保護步兵兩翼的安全。

藍羽向海陽城前進，越向北走部隊行進越加困難，先鋒二十軍已經損失了數百騎軍馬，多人負傷，原因是通往海陽城的路上佈滿了大小陷坑機關，一不小心軍騎就會陷入困境，馬腿折斷，二十軍團長姆里大怒，但是一點辦法也沒有，就好似整個大路全部被東海人挖空了一般，部隊行動自然就慢了下來。

雷格率領第二十二軍趕了上來，見姆里行動如此之慢，忙問其故，姆里無奈地說：

「大將軍，東海人不知道受什麼人的指點，在路上挖滿了陷阱機關，軍騎一快陷入坑內，馬腿立即就折斷，實在是沒有辦法！」

「有沒有向兩翼偵察，看看有沒有陷阱？」

「都偵察過了，大路兩旁百米之內幾乎全部都是陷坑，好似越向前走越多！」

雷格抬頭向路的兩旁看去，見地裏的莊稼都被收割，半尺高的禾桿成斜刺狀，鋒利無比，隱隱約約可以看見新挖掘的泥土灑在田地了，像這樣的路，想走也不成，對軍騎十分危險。

「什麼人有如此手段，想出這麼個鬼主意，看來四百里的路，可能遇到意外的情況，傳令各部小心謹慎，不可大意！」

「是！」

「姆里，你小心些，同時派出藍爪向兩翼展開偵察，發現情況立即彙報！」

「是，羽帥！」

「參軍，聯繫上前方黑爪沒有？」

「羽帥，正在聯繫，估計再有一天就能聯繫上了。」旁邊的一個人回答。

「東海聯盟地域廣大，人才輩出，以前我們小視了東海，看來這次大家都要小心翼翼，來人，通知後軍參謀長，說明前方情況，提醒參謀長注意。」

「是！」一名中軍衛立即出發。

「海陽城想利用這種辦法拖著我軍前進速度，贏得時間，做夢，立即聯繫黑爪，儘早繞路前進，多走百十里不算什麼。」

「是，羽帥，不過，繞路後軍行動就更加慢了。」

「讓參謀長繼續走大路，保持方向，陷阱對步兵威脅不大，想來參謀長會想出辦法。」

「那是！」

藍羽一天前行了五六十里，比平時正常速度慢了兩倍有餘，第三天，在一個小村裏，先頭部隊聯繫上了黑爪，姆里立即帶領他前來拜見雷格。

「黑爪凌飛，拜見羽帥！」

「起來吧，不用多禮，辛苦你了！」

「謝羽帥，小人不辛苦，羽帥，這路不好走，小人這兩天想盡辦法探明情況，偵察可以前進的路，已經有所收穫。」

「好，不愧是聖王的暗哨部隊，想得遠，我會為你請功勞的！」

「謝羽帥恩典！」

「什麼人想出這麼個鬼主意，知道嗎？」

「這個不太清楚，只不過是海陽城軍隊來人讓百姓在路上挖機關陷阱，阻擋我軍前進，聽說漁于飛雲和東海六大公子已經回到了海陽城，正主持軍部事宜。」

「這就對了，漁于飛雲一代帥才，東海六公子個個身手不弱，縱橫中原多年，想出這麼個主意也難為了他們。」

雷格說完後又問道：「有什麼路可以通往海陽城？」

「回羽帥的話，從西面三十里外向北有一條路，沒有被村民挖掘，可以通往海陽城，不過要多走兩三百里路。」

「哈哈，很好，多個兩三百里不算什麼，姆里，你和他一起先行，動作要快！」

「是，羽帥！」

「全軍出發，各部要小心謹慎，不得有絲毫懈怠！」

「是，羽帥！」

雷格率領騎兵從新上馬，在黑爪引路下向西繞行三十里，然後再向北，一天後，又一名黑爪歸隊，從新引導大軍前進，路雖曲曲折折，但對於騎兵來說，多走些路不算什麼，總比走佈滿陷阱機關的路好得多，一路上，黑爪不斷地歸隊，前後共有六人，提供指引著藍羽通向海陽城。

就是如此，四百里距離藍羽也前行了七天時間，才到達海陽城外三十里，前方的路再也走不下去了，雷格傳令全軍紮營休息，目前，大軍位置偏西三十里，在海陽城的西南部地區。

清晨的陽光異常的溫暖，照在人身上暖洋洋，一夜休息，使人恢復去了疲勞，多了些精神。

雷格一身便裝，身披藍色斗篷，這是軍用斗篷，將帥款式雖然不同，但顏色全部都是藍色，是藍鳥軍獨有的特色。

在雷格身邊，站立著幾位軍團長和參謀，他們站在一座小丘上，地勢稍微高些，全部注目向北望，沒有一個人說話。

雷格臉沉如水，陰森嚴肅，雙眼凝視著前方，眉頭緊皺。

海陽城外，佈滿了長長的戰壕，塔樓、尖樁高聳，深溝縱橫交錯，在每道戰壕前方，成片地斜豎著用竹、木削成的尖樁，尖樁下，兩尺方圓的陷坑佈滿其間，中間有巡邏的小路，遠遠地望去，像極了「井」字形，而無數士兵手提彎弓，背揹箭壺，腰懸長刀在來回巡邏，弓箭覆蓋整個防禦體系內，在尖樁陣中間，還有大一點的士兵坑，無數神射手臥在其中，起到阻殺的作用。

整個戰壕溝分無數個層次，百十米一處，兩道之間有通訊溝相連，方便進出，覆蓋方圓三十里，這樣的防禦體系，對於騎兵來說，無異於銅牆鐵壁，毫無辦法。

凝視了許久之後，雷格長出了口氣，陰沉地說道：

「好，果然是好，這樣才有些意思，想不到漁于飛雲在短時間內能布下如此的陣式，真難為了他，我不如也！」

「羽帥，也不能這麼說，東海畢竟是聯盟的地盤，百姓都可以出動，修建戰壕不費什麼力氣，他們有的是人，只要幾天時間，像這樣的戰壕可以修建幾十座，但是，藍羽什麼樣的困難沒見過，小小的海陽城相信難不倒羽帥。」烏拔接口說道。

雷格點頭道：「你說得對，藍羽什麼樣的困難沒見過，漁于飛雲想憑藉它阻擋我們還是不夠的，這還要看看士兵的實力如何！」

他停了一下，向前望了一眼，接著說道：「有信心是好事，但畢竟像這樣的防禦體系是少見的，攻克他需要費時費力，傷亡重大，智者不為也，目前我們已經沒有多少時間了，一定要在東方闊海進入雲中關谷前攔住他，配合聖王大軍消滅東方闊海，這樣一來，大局已定矣！」

「羽帥說得是，看來這次一定要付出些傷亡，不過我們有準備！」

「也不能這麼說！」雷格哈哈一笑，然後雙眼暴睜地說道：「漁于飛雲不讓我們進入海陽城，難道我們就一定要進城嗎？縹緲城我們不也是沒有進入過，不是照樣殺到了海陽城下了嗎？嘿嘿，漁于飛雲想我雷格一定要占領海陽城後才能揮師北上，我就一定要聽他的嗎？」

里騰在旁大喜道：「羽帥高見，既然敵人不讓我們進城，我們就不進去，但他也不敢出來，只要我們繞路搶佔雲中關谷，漁于飛雲就一定坐不住，在原野上，又有誰是我們藍羽的對手，嘿嘿，漁于飛雲出來我們就消滅他，他不出來，我們就去搶佔雲中關谷，看他如何，難道他還能把這工事搬走不成？」

「對，對極了，哈哈！」姆里在旁狂笑道：「只要參謀長一到，我們就把海陽城地區交給他，就像對付縹緲城一樣，然後我們繼續北上，搶佔雲中關谷，堵截東方闊海！」

「就是這樣，傳令各部休息，派出藍爪偵察，等待參謀長一到，我們立即出發！」

「是，羽帥，不過，我們還要選擇出一條通往北方的路呢！」

雷格點點頭道：「這就交給黑爪和藍爪了，讓他們在西部選擇一處合適的地點，作爲突破防線的缺口，不要擔心距離問題，只要合適就好。」

「是，羽帥！」

四天後，參謀長亞文率領八萬步兵到達，與藍羽會合，當晚，雷格把自己的想法與亞文一說，亞文並不同意，考慮到海陽城以北地區敵情不明，主帥危險，需要再做努力才能決定，雷格沒有辦法，也沒敢堅持，主要原因是亞文剛到，需要休息，另外他說得也對，是爲整個大軍著想，所以暫時放下。

又休息了兩天，雷格剛想再與亞文說說，不想傳來聖王的命令：藍翎主帥維戈已經率領騎兵第五、七軍團和藍鳥騎士團、短人族戰斧團東進，不日將攻擊東方闊海部，望雷格在條件允許的情況下給予配合。

雷格大喜，緊緊抓住聖王天雷所說的「條件允許」四個字，力主出兵雲中關谷，參謀長亞文考慮再三，最終同意了雷格的方案，但是，亞文也提出了首先詐攻海陽城的計畫，掩護藍羽秘密北上，並僅同意雷格率領十萬人出發，其餘七萬騎兵作爲掩護耳目之用，並作爲戰略預備隊留用，在情況危險時增援，雷格當即同意。

下午，又傳來新月兵團即將趕到的消息，詐攻海陽城的時間又一次被推辭。

兀沙爾元帥和雲武將軍率領新月兵團十一萬人經過四十天長途跋涉，越過千雲寨、雲中城、縹雲城，到達縹緲城，大軍一路輕裝前進，沒有帶任何重型裝備，於十一月底完成了東進後的首次會合。

平原兵團主帥托尼出營一里，迎接兀沙爾元帥和新月兵團的將士，托尼雖然為東方面軍的副統帥，但他畢竟是大將軍軍銜，比兀沙爾還要差上一個層次，兀沙爾是元帥的軍銜，況且是增援東海遠征軍的部隊，並不隸屬於東方面軍，雖戰時接受主帥雷格指揮，但並無主從關係。

新月兵團在藍鳥軍裏是一支極其特殊的部隊，全部由映月人組成，全部是降卒士兵，整個兵團只聽從於兀沙爾元帥一個人的命令，別人誰也指揮不動，當然，這並不包括聖王天雷，但是，作為新月兵團主帥兀沙爾元帥，極其受聖王的重視，兩個人的關係非同一般，也主也友，也君也臣，兀沙爾的地位極其特殊，他很少過問王朝內部的事，只對聖王天雷一個人負責，新月兵團可以說是聖王的一支私有部隊。

新月兵團戰旗和士兵的服裝也比較特殊，雖然是一樣的藍色戰旗軍服，但與別的部隊也有著明顯區別，這也是聖王恩賜。新月戰旗也是藍鳥圖案，但藍鳥呈現半月形狀，展翅欲飛翔，下面繡著斗大的「新月」兩字，士兵的服裝上沒有什麼大的分別，只是在每一個士兵袖口上也繡著一隻彎月形藍鳥，而別的軍隊並沒有這樣的標誌。

新月兵團還有一個特點，就是部隊編制比較大，新月一共只有兩個軍團，分別是第

十八、第十九軍團，但新月兵團卻有十四萬人，如今雖經過中原大戰有所損失，但仍然保持十一萬人，比別的軍團人還多。

托尼大將軍看著遠遠而近的帥旗，心中也是一時感慨萬千，心想：聖王真是偉大，把映月降卒士兵收復爲自己賣命，且忠心耿耿，他看著走過的新月士兵，一個個強悍異常，心想映月士兵也不容易，身在異國他鄉，飽受著肉體和精神上的雙重折磨，仍然能保持強大的戰鬥力，映月人的素質也是非常高。

兀沙爾元帥遠遠地看見托尼的戰旗，知道是爲了迎接自己，忙跳下戰馬，旁邊副帥雲武將軍也跟著下馬，兩個人快步上前，托尼看見，忙對兀沙爾施禮道：

「托尼見過元帥，元帥一路安好？」

「哈哈，好，好，托尼大將軍多禮了，你也一向可好？」

「謝元帥關心，托尼一切都好！」

「雲武見過大將軍，問大將軍好！」

「雲武將軍多禮了，我很好，看將軍的氣質，真是少年有爲啊，我老了！」

「托尼大將軍喊老，我豈不是更老了，哈哈，爲聖王征戰天下，豈可服老，鞠躬盡瘁，死而後已！」

「元帥教訓得是，托尼失言了！」

「不，大將軍想錯了，兀沙爾並沒有教訓的意思，只是我們是年紀大一些，但我們的心和年輕人一樣，爲了聖王的偉大事業，豈可服老，我們要跟隨聖王征服四海八荒的腳步，揚藍鳥之千秋威名，在人生的歷史上留下一點足跡！」

「多謝元帥指教！」托尼肅然起敬，兀沙爾的話雖少，但忠於聖王的心意表露無遺，同時，也爲托尼這樣年紀的人做出了榜樣。

「不說了，主帥雷格和參謀長亞文可好？」

「元帥，羽帥和參謀長都很好，如今正在攻擊海陽城，剛得到消息，聖王已經派大將軍維戈率領藍鳥騎士團、騎兵第六、七軍團和短人族戰斧團東進，攻擊東方闊海部，希望我們可以搶佔雲中關谷，截斷東方闊海的退路，相信羽帥和參謀長正爲這件事著急，元帥來得正好！」

「很好，聖王的腳步距離目標又近了些，短短一年時間，聖王取得如此輝煌的成績，古來沒有啊，真是英明之主！」兀沙爾感慨地說道。

「元帥說得是，請！」托尼伸手相讓。

兀沙爾也不客氣，當先前行，托尼隨後跟上，雲武在二人之後，一同向縹緲城大營而來，後面跟隨著無數的親兵衛士。

邊走邊說話，兀沙爾抬頭看了縹緲城一眼，見城上站著無數的守軍士兵，問道：

「縹緲城的情況如何？」

「慚愧，元帥，我們至今還沒有實施攻城，只是進行了轟擊。」

「爲什麼？」

「一是我軍兵力不足，而攻擊縹緲城必將損失重大，得不償失，二是，目前我們最緊迫的任務是攻擊海陽城，搶佔雲中關谷，截斷東方闊海的退路，一旦完成了這個目標，東海就名存實亡了。」

「說得是，聖王有什麼指示？」

「聖王傳令給我們在條件允許的情況下搶佔雲中關谷，但這很困難。」

兀沙爾輕皺了下眉頭，說道：「這我知道，但聖王的命令還必須執行，我看這樣吧，明天我就出發，趕赴海陽城，縹緲城仍然由你部圍困，暫不必攻城，待我們攻克海陽城後，搶佔雲中關谷，縹緲城就不攻自破了。」

「元帥分析得極是！」

眾人邊說邊走進大營，托尼已經爲新月兵團紮好了休息地方，兀沙爾等人並沒有花費什麼力氣。

縹緲城上，司空策和其餘五家軍代表看著遠遠湧來的新月大軍，一時間再也沒有人說話了。前些天，藍羽北上，許多人看見城外只駐紮著八萬多軍隊，紛紛要求司空策出城決戰，但司空策擔心著雷格傳下的命令，深怕中埋伏，加上海陽城軍部傳來死守的命令，他沒有同意，本來眾人就對他多有不滿，更是雪上加霜，司空策日子難過，如今見新月兵團從南方湧來，他心情才略微好轉，心想：幸虧我當時沒有同意出城，否則，必中大軍埋伏，一旦藍鳥軍攻入縹緲城，司空世家就完了。

司空策看了身邊的眾人一眼，問道：「知道是什麼人的部隊嗎？」

「次帥，是藍鳥軍新月兵團，聽說新月兵團全部是映月降卒，被雪無痕收降，編入藍鳥軍序列，是第十八、十九軍團，共計十四萬人。」旁邊有人答話。

「傳令各處加強戒備，一刻也不可懈怠，嚴防藍鳥軍攻城！」

「是，次帥！」

「看藍鳥軍源源不斷地湧來，東海危矣！」

眾人誰也沒有說話，這是不爭的事實，他們擔心著遠在中原的各家大軍，怕是凶多吉少，都在心中暗暗祈禱著。

兀沙爾沒有管縹緲城的事情，雖然他也聽說了守將司空策侮辱聖王的事情，當時也很憤怒，但他畢竟是有勇有謀之人，深知事情的輕重緩急，沒有對縹緲城實施攻擊，也沒有停留，第二天立即拔營，繼續向北挺進。

縹緲城守軍見新月兵團立即北上，並沒有理會縹緲城的事情，長出了口氣，但是也再沒有人敢提出城決戰的事情，藍鳥軍新月兵團已經開過來，誰知道後部還有什麼軍隊，一個搞不好，被藍鳥軍伏擊，攻入縹緲城內，事情就嚴重了。

在參謀長亞文到達後的第四天，新月兵團趕到海陽城外，與藍羽大軍會合，雷格大喜過望，當晚為兀沙爾接風洗塵，很晚才休息。

新月兵團到達海陽城後，藍鳥軍已經達到了三十六萬人，步兵總兵力十九萬，足可一戰，為了掩護藍羽順利北上，實施詐攻海陽城計畫，雷格、兀沙爾、亞文三人做了周密的計畫和部署，整個大軍沿城南防線一字排開，騎兵稍微向西移動了一段距離，表面上看是為步兵讓路，其實暗中做準備。

像海陽城這樣的防禦體系，對付騎兵是有效的，但對付步兵就不是非常有效，特別是重步兵，弓箭手一般是沒有什麼好辦法，所以，海陽城內一時間氣氛驟然緊張。

幾天前，漁于飛雲就接到了報告，藍鳥軍平原兵團的兩個步兵軍團到達，經過東海六公子多次偵察確認，漁于飛雲知道只有區區十萬人左右，也許不足十萬人，所以也沒有太放在心上，藍羽在防禦體系前裹足不前，徘徊了十餘天，一點辦法也沒有，漁于飛雲就估計是等待步兵，但步兵來了，卻只有十萬人，他知道藍鳥軍兵力不足，海陽城一帶有作戰部隊五、六十萬人，面對十萬步兵防禦不會出現什麼嚴重的事，況且由東海六公子親自在前線指揮，絕對萬無一失。

但是，如今新月兵團的來到，足以說明了兩個問題，第一，藍鳥軍在中原戰場上已經穩定了下來，南彝一定是戰敗了或出了什麼事情，這時候，他還不知道藍鳥王朝和南彝聯姻的事，只是靠分析就得出八九不離十的結論，可見他的實力；另外一個問題，是東海聯盟在中原大軍是否安全，最少，藍鳥軍沒有把東方闊海放在心上，藍鳥軍是下決心要解決東海聯盟的問題了。

漁于飛雲自從親自領教過聖王天雷的武藝後，心情大變，事情考慮得更加深遠，往往從最壞角度上去想，正是如此，他才越加感到不安。

藍鳥軍已經全面佔領了東海聯盟的南部地區，面積三分之一以上，雖然縹緲城還沒有被攻克，但漁于飛雲知道爲期不遠了，目前藍鳥軍已經攻擊到了海陽城一線，而且還在增加部隊，這就足以說明藍鳥王朝是要攻克東海都城，以還不落城之恥辱，東海聯盟如果在這一戰中挺不過去，東海聯盟將不復存在了。

新月兵團是些什麼人，漁于飛雲比別人瞭解得更多些，且不說這些映月士兵的苦處、兇悍，能征慣戰，就是兀沙爾元帥也是舉世罕見的名將，配合藍羽雷格，老少相合，得益昭彰，步兵二十萬人精銳兵力，足可以與海陽城五、六十萬雜牌軍一戰，如被步兵突破防線，在藍羽騎兵攻擊之下，只有一個結果：屠殺。

目前，藍鳥軍在全線展開兵力，只在尋找突破口，大戰馬上就要展開了，藍鳥軍不動則已，一動必將石破天驚，驚天動地，血流成河。

東海六公子這幾天情緒特別的糟糕，南彝軍放下武器，百花公主與聖王天雷聯姻的消息已經傳回了東海，漁于飛雲想隱瞞六人，但是也沒有隱瞞住，東海六公子還是知道了這個消息，幾個人心情大動，把天雷恨得要死。

東海六公子總結過去失敗的種種原因，歸納罪魁禍首是天雷，但是，如今聖王天雷遠在中原，他們想找聖王天雷拼命也沒有用，距離遠，沒有辦法下，他們把對聖王天雷的恨發洩在聖王兄弟雷格身上，雷格莫名其妙地被人恨上，實在是冤枉得很。

既然有恨意，六人自然要找雷格拼命，多次提出出兵與雷格一戰，都被漁于飛雲所阻，原因很簡單，目前海陽城情況危急，一個差錯就將使東海陷入萬劫不復的境地，使六大家族的人員、親友、百姓受災難，這個後果是嚴重的，誰也負擔不起，如果出現錯誤，被雷格攻破海陽城，東海六公子百死不足以贖其罪，所以嚴令不許出兵交戰，全力防禦，等待盟主東方闊海回軍東海。

東海六公子也是深明大義之人，知道事情的輕重緩急和嚴重後果，漁于飛雲說的話有道理，他們不敢不遵從，所以把憤怒都發洩在全力防守上，每日他們都到前線巡查，完善防禦體系，準備用整個防禦阻擋藍鳥軍的進攻，給藍鳥軍一個重大打擊。

目前，藍鳥軍整個大軍沿防禦工事前一字排開，沒有分重點進攻的態勢，本來，海陽城在藍羽大營的東北方向，要進攻海陽城大軍需要向東移動一段距離，但藍鳥軍不但沒有做這樣的運動，而且大有向西移動的勢態，以這樣部署作爲攻擊海陽城的防線，是絕對不行。

第十六章　步步進逼

東海六公子站在防禦陣地上，眼望著南方望不到邊際的藍色大營沉思了許久，長空旋是智慧型人物，爲人多有文采、謀略，是東海六公子中的靈魂人物之一，他看了藍鳥軍的大營一眼，緩緩說道：

「雷格擺出一字長蛇陣，想憑藉此突破我軍防線是不可能，他沒有部署重點進攻的方向，如全軍全線推進明顯兵力不足，況且，你們看藍羽大營絕對沒有十七萬軍隊，雷格一定另有打算！」

東方秀說道：「不錯，海陽城在大營偏東，向西部署軍隊是反常的現象，雷格想拿下海陽城，就必須靠近它，應該在正南部署軍隊才是，如今這樣的佈局，只能說明雷格暫沒有進攻的打算，否則絕對不可如此用兵。」

長空旋接口道：「雷格想要儘早攻克海陽城的心意是必然的，如今他如此用兵，只能說明他另有計謀，天雷用兵多詭異，不按正規出牌，雷格、亞文受其影響，常常不按照正規作戰，況且，兀沙爾為一代名將，絕對會看出如此用兵的不利，而藍鳥軍沒有作出調整，這就讓人費解了。」

夏寧謀接口道：「藍羽雷格向西部署兵力，想向西側攻擊我軍防線不是捨近求遠了嗎？」

「藍羽不怕走路，其騎兵攻擊速度快，可以爭取回時間。」東方秀道。

「難道雷格是志在我軍城北？」長空旋自言自語，然後精神一振說道：「雷格的目標是海陽城這一點已無爭議，而藍羽如從西方突破我軍防線，極有可能奔襲城北，先殲滅我軍騎兵，然後只要有一支部隊進入城內，海陽城就危險了！」

海島宇說道：「城北有我軍騎兵五萬人，如雷格奔襲城北，受我軍騎兵阻擊，不是更不利嗎？」

長空旋有些激動地說道：「城北雖有騎兵五萬人，但藍羽更多，只要用一個騎兵軍團牽制我軍，另一個軍團奔襲城門，後果非常可怕！」他頓了一下道：「雷格也未必把我軍騎兵放在心上，他認為我們有騎兵駐守在北門地區，一定會鬆懈城北地區，他就利用這樣的機會奔襲城北，使我軍措手不及，攻其不備，很陰毒的手段！」

東方秀臉色一變道：「淳望，你立即通知漁于叔叔在北門地區暗下陷阱，再調一個步兵軍團埋伏，多配長弓箭手，伏擊雷格藍羽！」

「是，大哥，這也叫有備無患！」

東方秀接著說道：「各位兄弟，我們既然猜測雷格有可能奔襲北門，就一定要使藍羽有來無回，消滅了藍羽，東海形勢將大有轉變，憑藉新月和平原兵團想平定東海是妄想！」

「好，我們就給天雷來個顏色看看，把雷格擊潰在海陽城下，先報一箭之仇！」長空旋信心百倍地說道。

「大家努力，一定要使天雷的日子不好過，為他增加點痛苦，把雷格留在東海，嘿嘿！」

幾個人伸手擊掌，神情激動萬分，把對聖王天雷的憤怒發洩在雷格的身上。

東海六公子陣前議軍機，把雷格和兀沙爾、亞文攻擊海陽城的種種可能分析個透徹，他們以海陽城為目標，全力防禦，可謂費盡心機，但是，大將軍雷格卻以奔襲六百里外的雲中關谷為目標，使東海六公子計策謬以千里，他們怎麼也沒有想到，雷格目光已經描向了正在回軍的東方闊海。

東方兵團主帥雷格這幾天比較心急，詐攻海陽城後奔襲雲中關谷的計畫已經確立，由於確定出兵北上僅率領十萬人馬，而藍羽經過多次作戰，四個軍團都有所損失，所以兩個軍團並不滿員，主帥雷格對軍團從新進行了整編，把第二十、二十一軍團整編成完整十萬人，其餘七萬人組成第二十二、二十三軍團，參與攻擊海陽城，為北上部隊提供支援和保障。

第二十軍團長姆里，第二十一軍團長里騰接到主帥雷格確立他們北上的消息後，非常高興，相對於其餘兩個軍團長就有些意見，但是，作戰畢竟有所分工，主帥既然下了命令，只好服從。

藍羽第二十二、二十三軍團利用七萬人偽裝成全部的四個軍團十七萬人，駐紮在海陽城偏西三十里外大營內，雷格率領其餘兩個整編軍團悄悄向西移動。

由於新月十八、十九軍團和平原兵團的十一、十二軍團擺出一字長蛇陣，把海陽城南地區封鎖，加上藍爪和黑爪的反偵察，所以部隊向西移動也非常隱蔽，沒有被海陽城探子發現。

隨後，新月兵團和平原兵團開始了暗中調動，悄悄地集結，向海陽城方向靠近。

十二月二十三日，黎明。

藍鳥軍東方面軍以兀沙爾元帥任為海陽城前線總指揮，亞文將軍為參謀長，對海陽城防線發起了進攻。

這次進攻分為三個方向，由新月兵團副帥雲武親自指揮第十八、十九軍團從西面發起攻擊，參謀長亞文率領第十一、十二軍團從正南方向發起攻擊，總指揮兀沙爾率領騎兵第二十三、二十四軍團爲後軍，隨時支援，並展開突破。

大將軍雷格率領第二十、二十一軍團從海陽城西百里處發起攻擊，突破防線後直接北上，目標直接指向雲中關谷，中途不對其城市進行攻擊。

藍鳥軍新月部、平原部分別以五千重步兵爲前鋒，一百弩車隨後跟進，中弩手保護並配合攻擊，其餘步兵在弩車兩翼保護，展開突破。

同時，八十輛投石車也隨部隊慢慢地向前移動。

由於海陽城防線極其完善，展開部隊面不能太大，所以，兀沙爾和亞文採取了重點突破的戰術，兩支大軍就如兩支鉗子，直指防線縱深。

重步兵向前攻擊，首先就遇到了阻擊坑內的阻擊弓箭兵。

海陽城外第一道防線前百米佈滿了斜尖木樁，其下爲陷坑，在眾多陷坑中間有一排阻擊弓箭兵坑，埋伏著弓箭手，其作用是增加守軍的反擊距離，把防線向前延伸，這些弓箭兵都是經過特殊挑選出來的人，個個弓法嫺熟，身懷百步穿楊的絕技，百發百中，人雖不多，但都是志願者。

幾天來，他們在阻擊坑內潛伏，等待著藍鳥軍發起攻擊，好大顯身手，今天，他們眼看著藍鳥軍前鋒重步兵開始了向前推進，立即展開了反攻，他們拉弓放箭，幾乎不怎麼需要瞄準，箭就如一條閃電般快速射出，重重地射在前進的重步兵身上和手中的盾牌上。

藍鳥軍對他們早有防範，海陽城前防線佈置藍爪幾乎已經摸得清清楚楚，況且，從防線外高處也可以看到這些阻擊坑和弓箭兵，前鋒重步兵開道的目的也是爲對付弓箭手，他們身穿厚厚的盔甲，鐵面具，五人成一縱隊，橫向隊中間相互距離兩米遠，個個一手提高大的盾牌，一手提狹鋒長刀，速度雖慢，但保護性能非常好。

在阻擊弓箭手開始反擊的同時，藍鳥軍後方百輛弩車也開始了射擊，重步兵之間二米的距離，就是爲弩車反擊時用的空隙，弩車手在阻擊弓箭手探身射箭的同時也把巨大弩箭射出，長大的弩箭帶著厲哨聲，如閃電般把阻擊弓箭兵射穿在地，有的箭在距離阻擊坑前一米處時鑽入底下，從土中射中阻擊弓箭兵的胸腹部，巨大的衝擊力把他們掀翻在地上，巨大的傷口冒著鮮血，人立即死去。

即使有沒被弩車箭射中的阻擊弓箭兵，在他第二次起身射箭的時候，也被弩車旁保護中弩所發出的中弩箭所覆蓋，人也會立即死去。

藍鳥軍弩箭射擊距離比弓箭射程遠，殺傷力大，雙方弓箭手之間的較量幾乎不用說就是藍鳥軍勝，先進的裝備補充了地形上的不利，重步兵立即又開始重新推進。

這一陣較量，藍鳥軍先鋒雖有部分傷亡，但並不能影響他們前進步伐，隨著重步兵越來越近，戰壕內守軍弓箭手立即開始了反擊，箭如密雨，鋪天蓋地，重步兵和隨後跟進的弩車手、中弩手及兩側保護士兵立即被射倒了許多人。

重步兵對弓箭攻擊防護好一些，雖不能立即被射死，但是弓箭的衝擊力也把他們帶動得慢下來，而後面的人雖距離稍微遠一些，也有人被射倒，多發生傷亡。

藍鳥軍攻擊前進的速度慢，這更使弓箭手發揮了巨大的作用，陣地前尖木樁、陷坑影響了重步兵推進速度，而弩車每前進一步，幾乎是用人墳出的路，保護的士兵要把尖木樁劈倒劈斷，要把陷坑覆蓋上方便後軍前進，這樣的方式，每前進一步都需要付出血的代價，但士兵就是士兵，軍令如山，必須攻擊。

重步兵前進雖受阻撓，但並沒有停下來，百米距離藍鳥軍在付出許多傷亡情況下，也接近了戰壕，重步兵大喝一聲跳了下去，立即展開搏殺。

戰爭是殘酷的，無論是攻是守，都必須付出血的代價，對於藍鳥軍士兵來說，他們看得多，經受得多了，對血肉橫飛的場面就不覺得怎麼樣了，他們的心中只有一個信念：戰勝敵人，殺死對手。

但東海的士兵就相差了許多，他們從沒有過如此殘酷的經歷，雖憑藉著一股熱情、衝勁和信念，但是戰爭就是戰爭，當滿眼刀光和鮮血的時候，他們的手就發顫了，發抖了，隨後，他們就倒下了。

漁于飛雲早就料到了會如此，所以每一個戰壕裏守衛的人並不多，好在每隔百米就有一道戰壕，層層不絕，三十里距離，只戰壕就三十餘道，藍鳥軍想一下子全部衝破，想都不用想。

攻守差距不是用一對一來計算，往往進攻一方要付出比防守方更大的代價，藍鳥軍武器裝備雖先進而強大，但即使是一對一比率，東海人也付得起，在攻破五道戰壕後，天已經過午，兀沙爾看已經差不多了，傳令停止攻擊，原地修築防禦、休息。

伴隨了藍鳥軍停止了進攻的步伐，海陽城第一次攻防戰落下了帷幕。

目前，海陽城南出現了如此的攻守態勢，東西長百里的防禦陣地被藍鳥軍突破了兩處，相距十里，戰壕損失五道，左右東海人在戰壕內向中間觀望，在兩處被攻破戰壕中間，守軍在向左右觀望，防禦著敵人向中間擠壓，藍鳥軍如兩支釘子，釘入了海陽城的防線內。

被攻擊的兩處防線，一道由東方秀負責，另一道由漁于淳望負責，兩個人如熱鍋上的螞蟻，雙眼通紅，大聲喝著士兵，叫著各個家族的子弟，重新組織防線，準備預備隊，想要發動反擊。

而長空旋夾在中間，也是焦急萬分，他不敢向左右支援，以防被藍鳥軍從他的陣地上突破，眼睜睜地看著左右陣地被藍鳥軍突破，不敢亂動，好在海陽城外的防禦陣地縱深大，暫時還沒有什麼大事情。

司空禮、夏寧謀等人在左右也是不敢輕舉妄動，第一天藍鳥軍發起攻擊，誰知道還有什麼後續手段，藍羽騎兵還沒有出動，一旦發生意外，後果不堪設想，所以只能眼看著東方秀和漁于淳望兩人死戰。

漁于飛雲在藍鳥軍發起攻擊的時候就得到了消息，他站在海陽城城牆之上，眼看著城外兩軍大戰，心一陣陣地痛。海陽城不是沒有軍隊，而是沒有上過戰場的軍隊，如果是從中原返回的軍隊，以這樣的防禦工事，藍鳥軍第一次攻擊絕對不會討得絲毫好處，損失將更加大些，也不至於被藍鳥軍第一天就突破五道防線。

漁于飛雲在觀看的同時，也發現了藍鳥軍的不足之處，那就是重步兵不多，弩車速度行動慢，而守軍弓箭雖然對重步兵威脅不大，但對後軍弩車等威脅極其重大，只要擊潰其前鋒重步兵，後軍弩車部就將受到致命的打擊。

所以，漁于飛雲立即叫人組織重步兵預備隊，並把部分投石車運往東方秀、漁于淳望處，加強防禦力量，準備對藍鳥軍實施反突擊。

天漸漸地黑了下來，站在城牆上的漁于飛雲剛想回去休息，突然通訊軍官急急忙忙地跑上來，他滿臉是汗，急急地說道：

「大帥，剛得到飛鷹傳來的消息，藍羽已經突破我軍防線，向北而去，目前情況不明。」

漁于飛雲大吃一驚，額頭上立即見汗，他急忙問道：「有多少藍羽騎兵越過防線，從何處而過？」

「西面百里，靠近山脈，大約有十萬人左右！」

「向京城而來嗎？」

「沒有，向北而去！」

漁于飛雲臉上變色，忙向下奔去，同時傳令道：「通知旋兒、謀兒、宇兒、禮兒，立即收縮防線，部隊向京城靠近，告訴城北騎兵立即搜索敵人動向，並向西移動，隨時戒備，時刻準備投入戰鬥！」

「是，大帥！」中軍參謀官立即奔出。

漁于飛雲快速回到軍部，打開牆上地圖觀看，他的目光從海陽城一直向西尋覓，不久就停留在前面一處地方，旁邊參謀立即把一面小紅旗貼在該處。

漁于飛雲的目光凝視著千雲山脈下的一個小鎮，久久不能離開，他的心有一絲不祥預感，渾身打了個寒顫，順著山脈向北望去，曲折的山脈下有著無數的小鎮，一路向北延伸，漸漸地接近雲中關谷。

漁于飛雲目光一凝，驚叫一聲：

「雲中關谷！」

他身體搖晃了晃，臉色頓時蒼白，無力地坐下。

「大帥，你怎麼了？」

「立即叫秀兒他們六個人回來，把部隊交給他人，快！」

「是！」

「馬上飛鷹傳書給雲中關谷及附近的城市，所有的兵力立即向雲中關谷趕去，全力防守，擋住藍羽奔襲，一定要守住雲中關谷，守住！」

漁于飛雲用嘶喊的聲音叫道，神色淒涼至極，因爲他知道一旦雲中關谷失守將意味著什麼。

「大帥！」

「快去，去啊！」

旁邊幾名參謀不敢有絲毫的耽擱，快速地奔了出去，他們也是有才華、有謀略的人，在漁于飛雲驚叫雲中關谷的時候，就意識到藍羽雷格的意圖，嚇得也是臉上變色，兩腿打顫。

漁于飛雲目光凝視著聖拉瑪大陸的全圖上，嘴裏喃喃地自語道：「天下大一統，天下大一統，難道天下大一統就要到來了嗎？」

他失魂落魄般地自語著，沒有一個人敢上前。

半個時辰之後，一陣零亂的腳步聲響徹在軍部裏，漁于飛雲回過神來，淚水已經掛在了臉上，他抬頭看了看東海六公子一眼，語氣沉重地說道：

「兀沙爾、亞文新月、平原兵團詐攻海陽城，藍羽雷格向北奔襲雲中關谷，截斷中原大軍後路，目前東海危在旦夕，你們六人立即率領騎兵上路，沿途組織各城部隊，向雲中關谷方向集結，如果雲中關谷失守，一定要全力奪回，不管花多大的代價一定要守住雲中關谷！」

東海六公子也是臉色蒼白，長空旋、東方秀兩人微低著頭，眼角掛著淚水，他們聽見漁于飛雲的話，立即應聲道：「是！」

「快去吧，東海的希望就在你們手中，你們要緊緊地握住它！」

「叔叔！」

長空旋眼淚唰地流了下來，他哽噎地叫道：「叔叔，如果不是我……」

漁于飛雲沒有讓他把話說完就叫道：「旋兒，你怎麼這樣想呢，是我沒有料到雷格會來這麼一手，這不是你的錯，現在說這些幹什麼，還不快去！」

「叔叔，你放心，我們一定會守好雲中關谷！」

六人說完，轉身走出軍部大門。

這時候，東海六大世家的代表都得到不好的消息，一是白天藍鳥軍突破五道防線，如今，漁于飛雲又緊急把東海六公子從前線掉回，都知道發生了大事情，顧不上勞累，都上來問怎麼回事情，剛才漁于飛雲與六公子說的話，他們聽得清清楚楚，明明白白，知道是什麼意思，都感到了害怕。

東方家族的老爺子看著漁于飛雲問道：「飛雲，情況真像你想像的那麼嚴重嗎？」

「是的，叔叔，目前雖不知道具體的情況，但是我感到非常的危險，一旦雲中關谷失守，闊海大哥後路被截斷，聯盟就危險了！」

「飛雲，只要是你拿的主意，我照樣支持你，不要怕，事情還沒有到那個地步，莫慌！」

「叔叔，飛雲仗沒有打好，讓大家擔驚受怕，聯盟備受危險，雲飛之過啊！」

「飛雲，你不要這麼說，這百十里的路，誰知道敵人從什麼地方過去，如今你做到這般地步也是難爲了你，聯盟內部要兵沒兵，要將沒將，如果這就是命運，我們也認了！」

東方雲重毅然地說完，伸手拍了拍漁于飛雲的肩膀。

再沒有人開口，大家就在軍部裏坐下，靜靜地等待著消息，漁于飛雲多次勸六位老人離去休息，但沒有成功，只好由了他們。

天亮後，漁于飛雲接到第一份軍訊：「藍羽十萬鐵騎已經越過北盟城、長興城、海北城，正向北挺進，距離雲中關谷還有二百三十里，目前，關谷城、長白城兵力正向關谷集結！」

軍部裏的人急得團團轉，但一點力也使不上，漁于飛雲臉上青筋暴起，在室內來回地走動。

大將軍雷格引兵向西遠出百里，晚間在靠近千雲山腳下千遠鎮外紮下大營，第二天一早，也就是兀沙爾開始攻擊海陽城的時候，引兵出營，大軍從千遠鎮方向發起了攻擊。

千遠鎮位於千雲山脈腳下，是靠山的一座大鎮，再向西三十餘里就進入了山區了。千遠鎮有一個特點就是有一條小路直接通向南北方，順著山脈向南北方向延伸，道路雖起伏曲折，但卻是唯一通向北方的路。

千遠鎮自然也修築起了防禦工事，但是由於距離京城海陽城有百里遠，所以百姓也沒有當成一回事，守軍也是各個村鎮組織起來的民團，只幾千人，雖有幾個東方家族的外系子弟帶領，但是他們這個外系太遠，京城方面也顧不上他們。

整個千遠鎮防禦工事寬一里，戰壕五道，看得出來也下了一番工夫，但是對於藍羽來說，形同虛設。

一萬五千名藍羽衛下馬，只一個衝鋒就擊潰第一道防線的敵人，一里路，一個時辰不到就突破整個防線，幾千名守軍民團被擊潰，雷格也沒有讓人追殺，藍羽立即上馬，迅速順大路向北奔馳而去。

半天後，百十名守軍聚在一起，眼望著藍羽遠去的身影，呆了半天才想起報告，花了不少時間才把飛鷹放了出去，已經是下午時分了。

藍羽一路奔馳，路過村鎮稍微補充，飲馬進食，然後立即上馬出發，中午過後，來到了北盟城地界，有人提議奔襲，雷格搖搖頭，繼續前進，傍晚時到達長興城西百里，安營休息，半夜過後，雷格命令出發，天亮時分到達海北城外地區，被守軍發現，這時候，海北城已經戒嚴，城是進不去，雷格也沒想進城，率領騎兵繼續向北。

十二月二十七日，藍羽到達雲中關谷地區的關谷城。

關谷城是個中等城市，人口二十餘萬人，歷來是東海聯盟的軍事基地，這幾年由於東海聯盟侵略中原，關谷城更加的重要起來，城本來就是軍事基地，所以囤積的武器裝備、糧食非常的多，老百姓也格外富裕。

關谷城向西北四十里為千雲山和白雲山的交匯點雲中關谷，地勢一點點複雜起來。雲中關谷地區為山區，百八十米高的山巒隨處可見，通往雲中關谷的路彎彎曲曲，繞過一山又一山，路難行。

藍羽在黑爪的指引下一路向西北，漸漸地進入山地，像這樣的地形雷格見識過多次，他生長在聖雪山腳下，奴奴城北一帶地形並不比這好，況且雷格身在嶺西郡多年，又參加過銀月洲之戰，在這樣的地區作戰很有經驗。

大軍向西北行，前鋒二十軍團一個先頭大隊突然發現了一股敵人，人數約二千人，正向雲中關谷地帶趕路，姆里得到消息後，並沒有浪費時間，命令騎兵迅速消滅敵人，一個大隊三千名騎兵快速地衝了上去，只花費了半個時辰就全殲了敵人，姆里大軍沒有一點的耽誤，迅速從戰場的中央穿過，繼續向前趕。

雷格率第二十一軍趕到的時候，戰鬥已經結束，大隊俘虜了百十個敵人，並已經問清楚了情況，大隊長快速地向大將軍雷格報告，基本情況是京城海陽城傳來命令，各城守軍迅速向雲中關谷集結，抵抗藍羽的奔襲。

雷格聽後，迅速給第二十軍姆里部下達了命令：

「全速前進，不惜一切代價搶佔雲中關谷，遇見敵人不要管他！」

姆里比雷格大五歲，今年三十四歲，跟隨大將軍雷格作戰近十年，深知雷格的脾氣，接到命令後催軍前進，不覺快了不少。

四十里山路對於騎兵來說實在太短，一個時辰後，姆里率領二十軍首先達到了雲中關谷外。

雲中關谷長三十餘里，最寬處十餘里，最窄處里許，成喇叭形狀，越向西越狹窄，由於長期被東海聯盟佔據，在最西側出口處修建起高大的防禦工事，面向西方，牆有三十米高，垛樓林立，中間一個拱形門，千斤鐵閘。

但在雲中關谷的東側，由於地勢比較開闊，寬達十餘里，又是聯盟內的地盤，所以並沒有修建什麼特別的防禦工事，只有固定的軍事基地，作爲守軍大營，周圍有護牆圍著，戒備森嚴。

大營分左右兩個，中間一條大路通往雲中關谷內，由於雲中關谷東出口畢竟只有十餘里寬，兩座大營一占，略顯得有些狹窄。

東海聯盟雲中關谷的大營修建得氣派，青一色大理石砌的牆，高兩米，厚兩尺，營門高大，兩座戰鷹雕像分左右站立，內部軍人營房也全部是大青石砌成，一排三十座，分六排，每一座房屋有二十間，十萬軍隊駐紮沒有一點問題。

三天前，京城傳來消息，要求雲中關谷的部隊做好防禦準備，密切注意藍羽騎兵偷襲，同時，雲中關谷附近城市軍隊立即前往支援，六公子已經率領騎兵北上支援。

雲中關谷現有軍隊二萬餘人，由於京城海陽城正受到藍鳥軍攻擊，所以北方部隊已經南下支援京城去了，加上雲中關谷一帶也沒有什麼戰事，所以部隊駐紮的比較少。

兩天來從長白城、關谷城一帶前來支援的城防軍，已經到達了一萬二千餘人，加上原來的部隊，勉強湊足了四萬人，對於這樣一支部隊，防守雲中關谷一帶非常的困難，守軍每一個人心裏都企盼著藍鳥軍不要攻擊雲中關谷。

驚慌、恐懼等都沒有用處，自己動手修建防禦工事還是頭等的大事，雲中關谷大營一帶不缺少木石等物質，守軍士兵在軍官的催促下日夜奮戰，加高加厚軍營圍牆，在營門一帶構築戰壕，佈置陷阱埋伏，建立塔樓、箭樓，把投石車從後方轉移過來，安置陣地，從庫房裏取出大量的弓箭等等。

雲中關谷守軍儘管日夜兼工，但由於時間實在是太短，部分防禦工事還沒有完善。四萬人防守十里距離大營，加上一定的防護裝備，對付藍羽的偷襲可以說算是不錯了，但是每一個守軍都心中沒有底，藍羽大名實在是太響亮了，他們盼望著六位公子快些到達，在這之前不出現任何意外情況。

想不出現情況是不可能的，藍鳥軍千里奔襲，目的十分明確，一路上沒有耽擱半點的時間，前鋒二十軍團在午間時分到達雲中關谷外。

軍團長姆里揮手停住大軍，示意全軍下馬休息，他個人卻帶領百名衛隊到一處稍高處觀察了一下。

目前，大軍到的位置距離谷口大營還有半里路程，敵人守軍顯然已經得到了消息，有所戒備，但這一點姆里和整個藍羽有心理準備，沒有感到絲毫的意外。

通過一陣觀察，軍團長姆里粗略地知道敵人的整體佈置，看見敵人部分防禦工事還在抓緊修建，明白敵人也是剛得到消息，不久，他也沒有浪費時間的意思，看主帥雷格大將軍率領的後軍已經不遠，立即傳令部隊準備發起攻擊。

二十軍將士全體下馬，整備軍械裝備，收拾身上身下，軍官忙著開會分配任務，等待著軍團長下令發起攻擊。

軍團長姆里作戰經驗豐富，跟隨大將軍雷格多次參加過步騎兵作戰，今日騎兵下馬投入作戰也不是新鮮事，前不久藍羽衛還攻擊過縹緲城、海陽城的防線呢，今天論到自己親自投入步兵作戰，也是很有信心，更何況後軍馬上就到。

姆里二十軍投入攻擊有兩層意義，第一層意思，是先攻擊敵人防線一下，看看守軍的實力，摸清情況，能攻擊一下更好，否則也為主帥探明了守軍的情況，另一層意思是雲中關谷前地勢狹窄，十萬騎兵都投入在這一抵禦有些擁擠，倒不如自己先發起攻擊。

騎兵第一大隊三千人以騎兵衝擊型陣展開攻擊，從中央突破，利用騎兵速度快的優勢牽制敵人，第二、三大隊以步兵形式隨後跟進，形成中央攻擊群，整個投入兵力一個萬人大隊。

第二、三萬人大隊全體下馬，步行從左右展開攻擊，前鋒以盾牌手爲主，小型弩手爲輔助，左右保護，互相支援，第四、五萬人隊爲預備隊，隨時投入對三路的支援。

第十七章　重甲雄風

正午時分，姆里發出了攻擊命令。

首先衝出的是騎兵第一大隊官兵，他們在大隊長率領下騎著戰馬如風般衝出，士兵左手騎兵小型盾牌，右手支起小型弩機，軍刀隨身在順手處，馬快如離弦之箭，轉眼就到達了敵人陣前。

敵人陣地上發出了一聲斷喝，箭如雨點般落在陣地前，騎兵用盾牌擋著箭雨，速度不減地向前衝擊，有的士兵被箭插在身上，繼續衝擊，有的人摔下戰馬，無人驅使的戰馬隨著馬群繼續向前衝去。

後軍跟進的步兵絲毫也沒有停留，在騎兵衝擊時立即起步，快速跟上，他們冒著箭雨向前，面對敵人弓箭絲毫不懼，堅毅的臉上泛起殺氣。

三萬藍羽無懼敵人的反擊，發起了衝擊，由於敵人在陣地前修建的陷阱不多，距離比較近，被部分騎兵衝過，但多數騎兵戰馬卻折斷腿，在陣地前哀鳴，騎兵從地上爬起來，繼續未完成的衝擊。

藍羽是無畏無敵人的，三萬人馬冒死衝擊，殺開一條血路，很快中央就被幾十名騎兵衝了進去，士兵從戰馬上撲下，天空中劃起一道道寒光，鮮血立即灑落在地，敵人多數人被斬倒在陣地上。

姆里立馬在遠處，見先鋒衝入敵人的陣地，立即命令第四萬人隊從中央跟進，這時候，兩翼的攻擊部隊也已經接近了敵人的陣地，血光、刀光四起，喊殺聲震耳欲聾，藍色身影在閃動，雙方寸步不讓。

馬蹄聲轟響，雷格提馬衝到了姆里的身邊，雙眼目視前方，嘴裏卻向姆里問道：「情況怎麼樣？」

姆里知道是大將軍雷格，忙回答道：「羽帥，我發起攻擊有半個時辰，敵人估計有一個軍團，防禦工事暫被我部突破，再加把勁我看就差不多了，關鍵是敵人的圍牆，非常麻煩！」

「交給我了，風翔！」

「在！」藍羽親衛隊長回答道。

「命令藍羽衛下馬，分三部立即衝擊，告訴好手把圍牆給我摧毀，要不惜一切代價攻克雲中關谷！」

「是，羽帥！」

這時候，姆里又把手中的第五個萬人隊派了出去，主帥雷格到了，他也沒有留預備隊的必要，雙方十萬餘人立即展開了生死搏殺。

藍羽衛衝擊速度非常快，他們個個都是軍中好手，人員雖時有損失，但藍羽卻總能立即補充，爲了主帥的安全，草原部落人很捨得用人。

前軍已經衝破了敵人防線，攻擊到了大營的門前，地勢狹窄，人員擁擠，狠殺狠拼，在大營的圍牆上，多名弓箭手在不停地放箭，射殺藍羽士兵，藍羽衛很快就衝到了近前，多名人員揮刀把前面的敵人斬落在地，隨後，還刀入鞘，雙手運掌，狠狠地擊在圍牆之上，在轟響聲中，幾處大缺口立即出現在藍羽將士的眼前，他們沒有片刻停留，立即衝了進去。

雷格見大軍已經突破敵人的防線，知道沒有什麼問題了，馬上對跟上來的二十一軍團軍團長里騰說道：

「二十一軍立即起程，順峽谷向西，攻克三十里外的關口，然後立即駐守，不得有所閃失！」

「是，羽帥！」

二十一軍在軍團長里騰的一聲令下中快速向前衝去，不久就消失在雷格的眼前。

雷格看了一眼姆里道：「敵人守軍既然已經修築了防禦工事，估計援軍馬上就會到了，我想一定是東海六公子率領的五萬騎兵軍團，命令部隊加快行動，在敵人到達前解決戰鬥！」

「是，羽帥！」姆里聽見雷格的話，立即傳令道：「通知前部加快行動步伐，要快！」

一名中軍參謀立即離去。

雷格回頭望了一眼來路，心裏有了一絲不安，他知道漁于飛雲既然已經知道了他的意圖，絕對會傾全力挽救雲中關谷，隨之而來的敵人會更多，更加瘋狂。

果然，一個時辰之後，遠方傳來了戰馬的轟鳴聲，好在谷口戰鬥基本上結束，藍羽衛陸續回到了谷口地區，把清剿戰鬥交給了二十軍團，這一陣戰鬥，藍羽衛損失不大，只有百十人犧牲，幾百人負不同程度的傷，都無大礙。

目前，谷口外地區停留著數以十萬計的藍羽戰馬，第二十軍團、藍羽衛加上補充給養的戰馬都在外面，雷格馬上命令人把戰馬向谷內趕，好在戰馬平時多有訓練，在藍羽衛的驅趕下順利入谷，剛剛結束不久，敵人騎兵就快到了。

雷格並不著急，與姆里二人退到營門前，身後，藍羽衛已經全部回到了主帥身邊，擋住了敵人向內的道路。

東海六公子接到主帥漁于飛雲的命令，不敢有一刻時間耽誤，連夜上馬出發。

藍羽雷格比東海六公子先行了多半天的時間，路又比較不好走，在長興城地區又休息了半夜，以備入谷交戰，所以被東海六公子趕了上來。

東海六公子率領騎兵在兩天時間裏日夜兼程，不敢休息，生怕雲中關谷發生意外，被藍羽雷格攻破，所以儘管他們很累，但還是趕了上來。

在二十里處，東方秀他們就發現了部分援軍的屍體，知道雷格率領藍羽過去了，但時間並不長，只有三個時辰左右，他們在心中暗暗祈禱，希望守軍能夠挺住，他們兩面夾擊，擊潰藍羽雷格這次偷襲。

但在遠處，東方秀和長空旋等人就看見了谷口的情況，明顯的藍羽已經攻克了大營，裏面的殺聲仍隱隱可聞，東方秀大急，命令眾人不得下馬，立即投入戰鬥，在藍羽雷格未站穩腳跟前再加以打擊，也許可以擊潰藍羽。

藍羽騎兵也是人，雷格帶人經過三日奔襲，又經過這一陣作戰，無論是體力還是兵力都必有很大的損失，東方秀知道他們很累，但雷格藍羽同樣也很累，這時候憑藉的就是平日裏的士氣、功底。

姆里見東海六公子率領五萬軍隊前來攻擊，自己身前只有一萬五千左右的藍羽衛士，兵力明顯比敵人少許多，忙令人通知二十軍團過來支援，雷格聽見後擺了擺手，他並不是藐視東海六公子，只是裏面的戰鬥還沒有徹底結束，這時候必須清理乾淨，否則就麻煩了，對於東海六公子，雷格知道是他們疲憊之師，藍羽衛士不懼他們，憑藍羽衛士的身手，又是佔據地理上的優勢，擊潰他們，雷格相信沒有問題。

目前雙方中間阻隔著一道戰壕和部分陷阱，剛才藍羽攻擊的殘骸清晰可見，垂死的戰馬仍然在哀泣，敵我雙方戰死的士兵屍體到處都是，以這樣的地形，騎兵衝擊十分不利，東方秀等人如想越過戰壕，也必須下馬，否則也不利於部隊展開。

「準備好弩弓，先射他一陣！」雷格輕聲吩咐。

風翔立即小聲傳下雷格的命令，藍羽衛士馬上行動，俐落地把小型弩弓提在手裏，安上箭，戰刀則垂落在身旁順手處，等待主帥的命令。

東方秀、長空旋、司空禮等人在千米外停住戰馬，向對面打量，就見一萬餘藍鳥軍人在大營前靜靜地等待，當先一員大將黑色盔甲，帶著殺氣注視著他們，感覺上就知道是雷格，他們早聽說過。

人雖然不多見，但佔據著地理上的優勢，前方一道戰壕，剛剛經過大戰的痕跡清晰可見，東方秀心下一轉，知道雷格兵力不夠，仍然沒有全面佔領大營地區，忙向長空旋使個眼色，長空旋乃是玲瓏之人，立即明白他的意思，知道必要一戰。

「大哥，可令部隊下馬，我們人多，六個人帶隊衝擊，一次定勝負，如果敵人敗了我們就收復大營，如果敵人多我們再後撤不遲！」

東方秀點點頭，對漁于淳望說道：「淳望，你和我攻擊雷格，聽說雷格武藝高強，如今也顧不得那麼多了，你們幾個兄弟帶人攻擊各部，要一戰成功。」

「是，大哥，我們明白！」

「傳令全體下馬，立即組織人開始攻擊，要快，不要等大營內的敵人出來支援，那就麻煩了。」

「是，大哥！」

東方秀向漁于淳望點了下頭，手提長槍，邁步向前走去，漁于淳望緊了緊腰中的大刀，隨後跟上。

二人來到雙方百米處停住腳步，細細地向雷格打量起來，一會兒，東方秀開口道：「請教，對面可是藍羽大將軍雷格嗎？」

雷格看著東方秀和漁于淳望向前走來，動也沒動一下，但心下也在打量著二人，他也聽說過大哥聖王天雷在錦陽城外單騎戰東海六公子的事情，後來漁于飛雲出戰，聖王使出天王印絕跡，擊潰漁于飛雲，如今，他見二人氣度不凡，知道是東海六公子中的人物。

聽見東方秀的問話，雷格微微欠身道：「不錯，在下正是雷格，請問對面可是東方秀和漁于淳望兩位將軍嗎？」

雷格不敢失禮，東方秀和漁于淳望兩人身分不同，都是東海的少王爺，比雷格年長幾歲，況且他們久戰中原，盛名遠播，是英雄人物。

東方秀和漁于淳望聽見雷格答話，忙欠身道：「正是東方秀、漁于淳望！」

他們同樣也不敢失禮，雙方雖然是敵對方，但英雄相惜的心懷氣度仍然在，況且，雷格縱橫中原，聲威響亮，是憑自己才學贏來的，絕非浪得虛名之輩，如今他可以說是聖拉瑪大陸上風雲人物，是藍鳥軍雙翼之一。

這幾年，藍翎、藍羽被稱呼成爲藍鳥軍的左右雙翼，大將軍維戈、雷格被稱爲藍鳥王天雷身上的兩根羽毛，雙翅，聲名之顯赫一時無二，比西星帕爾沙特毫不遜色，比他們東海六公子更是有過之而無不及。

大將軍維戈穩重，文武兼備，用聖王天雷的話說，是一把連鞘的長劍，藍翎步騎結合，三十萬精銳部隊成爲藍鳥軍主力之一。

大將軍雷格暴燥，勇武異常，聖王天雷形容爲是一把出鞘的長刀，藍羽善長奔襲，二十萬精銳騎兵也是藍鳥軍的主力之一。

藍翎、藍羽五十萬精銳部隊，成爲藍鳥軍中流砥柱，聖王天雷戰無不勝，攻無不克，離不開藍翎、藍羽，沒有那一個國家、那一個人敢輕視他們，否則就會付出代價。

東方秀和漁于淳望二人從內心深處羨慕藍翎、藍羽，欽佩維戈、雷格，所以今日見到雷格也很客氣，雙方雖各爲其主，但並不影響他們的品德、心性。

當下，東方秀客氣地說道：「不久前聞聽聖王天雷教誨，述說大將軍雷格武藝精湛，神罡大成，今日東方秀和兄弟漁于淳望有意領教一番，望大將軍不吝賜教！」

雷格聽後心中大異，聖王天雷說他神罡大成一事不會錯，但以東海六公子之一東方秀說要與漁于淳望一起領教自己，明明白白地說出雙戰，這可不是一般人可以說出口的話，就這份胸懷氣度就贏得了雷格的好感，何況東方秀尊敬大哥聖王天雷，語氣中敬佩有加，更增添了雷格的好感。

說實在話，東方秀耍了個心眼，他雖然佩服聖王天雷，但也恨得要死，天雷武藝可是貨真價實，他們六個人領教過，還是天雷手下留情，沒有傷了他們，如今他雖然與漁于淳望一起出戰雷格，心裏也沒有絲毫把握，說出這一番話，也真是難爲了他。

但不管如何，他這一番話贏得了雷格的好感，爲他和漁于淳望挽留住了性命，這倒是他沒有想到的好處。

雷格點頭道：「久聞聖王說東海六公子人才出眾，品德高尚，在東部戰區時多受照顧，今日相見也是緣分，領教不敢，大家切磋一下倒好，請！」

雷格是乾脆的人，心想既然大哥手下留情，沒有傷他們的性命，是念及當初他們的好處，今日交戰，雖各為其主，但也不能違背大哥一番心意，一會兒動手，留些情面就是，全當是幫助大哥還了他們的情誼。

東方秀聽雷格說個請字，立即看了漁于淳望一眼，二人會意，東方秀手提長槍，漁于淳望擺大刀，左右站立，氣勢大長，高手風範立即就顯了出來。

雷格抬手摘下腰間天罡刀，邁步向前走去，每跨出一步，氣勢就長了一分，十步之後，氣勢已經與二人氣勢相抗衡，伴隨著雷格不斷向前邁動的腳步，氣勢越加強大，東方秀和漁于淳望二人在雷格氣勢的帶動下也是不斷增加，雙方漸漸接近。

雷格秋水神罡大成，功力比二人自然就深厚了幾分，氣勢也大上幾分，在他氣勢的壓力下，東方秀和漁于淳望漸漸支持不住，二人心意相通，想絕對不可任由雷格氣勢再長，所以二人一聲斷喝，刀槍並舉，從左右殺了過來。

雷格從小與天雷和維戈練習刀槍，可以說比別人瞭解得多，在如此刀槍之下想傷了他，那是不可能的事情，他閃身一轉，躲過刀槍，手中長刀如一道驚虹般出鞘，閃電般擊向二人。

三人刀槍並舉，殺在一起，有一段時間，長空旋見各部準備得差不多了，雷格與東方秀、漁于淳望戰成一團，是個好機會，忙傳令各部進攻。

雷格一邊與二人交戰，一面觀看著長空旋等人的情況，以他的武藝，一點也沒有什麼事情，見長空旋率領軍隊進攻，明白了東海六公子的用心，當下心中冷笑一聲，並不言語。

長空旋率領軍隊分四路攻擊前進，路過雷格與東方秀、漁于淳望交戰處並不停留，向前攻去。

姆里爲雷格壓住陣角，這時候見長空旋進攻，心中大怒，心道：東海六公子真他媽的浪得虛名，乘人之危，也太小看了藍羽了，當下傳令道：

「弩弓箭準備，給我狠殺，一個不留，他奶奶的！」

長空旋等帶人衝了上去，首先遭到一陣箭雨，射殺萬餘人，隨後，藍羽衛士收起弓箭，長刀出鞘，怒吼著衝了上去，雙方大軍混戰成一團。

藍羽衛士三人一組，自動結成陣型，三角型陣把敵人圈入其中，不斷地斬殺敵人，一旦有人倒地，其餘人立即加入到旁邊一組中，或四人一組，或五人一組，自由組合，三才陣、四象陣、五行陣交錯，刀光閃動間必有人倒下。

長空旋和司空禮、夏寧謀、海島宇也被捲入大一點陣中，左衝右突，不斷地吼叫，他們沒有想到藍羽衛士個個都是武藝上的好手，陣法變幻莫測，一點也沒有討得好處。

雷格身在亂戰中間，身體不斷地向敵人中間移動，每向外跨出一步，刀閃現間必有人倒下，東方秀和漁于淳望拼命糾纏，但雷格的功力、刀法比他們強上許多，身周圍更形成了一個氣網，保護著自己，軍兵想向他伸刀，全部被震了出去。

很快東海六公子就發現情況不妙，整個藍鳥軍人雖然少，但個個都是軍中好手，武藝嫻熟，陣法精奇，如此下去，很快就會被消滅了，東方秀和漁于淳望二人身形一晃，閃了出去，忙傳令收兵後撤，部隊很快就退了下去。

姆里剛想帶人追趕，雷格擺擺手，眾人止住腳步，望著東海六公子帶人狼狽而去，哈哈大笑。

隨後，雷格傳令收兵。

東海聯盟是一狹長地域的聯盟國家，其國土西沿千雲山、白雲山南北走向，東臨東海，向大海延伸幾千里，由近千個島嶼組成，沿海地區狹長，寬只有四百多里遠，而南北卻長二千餘里。

藍鳥軍深入東海，藍羽搶佔雲中關谷，使東海聯盟形勢出現了扭曲的現象，從東海沿岸起被藍鳥軍切成幾段。整個南部地區被藍鳥軍佔領，中南郡府縹緲城被藍鳥軍平原兵團包圍，中央地區的海陽城正受藍鳥軍新月兵團和平原兵團二部圍攻，北部雲中關谷被藍羽佔領，使遠在中原的遠征軍困在雲中關谷外。

東海六公子率五萬騎兵北上，志在奪回雲中關谷，打通與中原的聯繫，使遠征軍順利回歸國內，但是，受到大將軍雷格率領藍羽衛士的頑強抵抗，慘敗而回，不得已只好退回關谷城，從新整備、徵調軍隊，意在發起第二次進攻。

大將軍雷格率領藍羽十萬鐵騎攻佔了大營後，命令一部隊清剿殘餘敵人，餘部安馬休息，藍羽三日奔馳，一場血戰，個個已經疲憊不堪，沒有了力氣。

第二十一軍團長里騰率領五萬人沒有管關谷口的作戰，直接率領本部奔向三十里外的雲中關，用時僅僅一個時辰就到達關下，守軍六千人拼死抵抗，但在里騰優勢兵力打擊下被全殲，雲中關被順利奪下，然後，第二十一軍團全軍下馬駐守，嚴密監視關外敵人大軍的動靜。

東海聯盟軍主帥東方闊海率領五十五萬大軍東撤，用時三月個零十天，順利達到雲中關谷地區，距離雲中關只有五十里，安下大營休息。

一路上，東海聯軍沒有受到藍鳥軍追擊，整個行動比較順利，但是，聯盟內不好的消息不時地傳來，縹緲城、海陽城連續被藍羽、平原兵團攻擊，藍鳥新月兵團越過千雲寨東進，協助藍羽圍困海陽城，所有的消息東方闊海都知道，他心急如焚，但是大軍行動慢，有勁也使不上，乾著急。

漁于飛雲和東海六公子順利到達海陽城，使東方闊海的心稍微安定一些，如今距離雲中關近在咫尺，他長出了口氣，心想沒什麼事情了，等天亮後入關，回師京城，擊潰藍羽、新月、平原兵團，安定東海，至於爭霸中原的事情，以後再說。

藍翎主帥維戈率領二十萬騎兵東下，順東方闊海撤退的路線追擊，騎兵日夜兼程，如今距離東方闊海部只有一百多公里，兩軍相差只有一日路程。

東方闊海等人也知道藍翎東下追擊的消息，但是，由於東海聯軍先行一月有餘，東方闊海得到藍翎的消息後，督軍急進，一路緊趕，終於使藍翎沒有追上，如今大軍已經到達雲中關外，只需要一日就可進關，藍翎想憑藉騎兵攻克雲中關，威脅東海聯軍幾乎不可能了。

東方闊海打著如意算盤，命令部隊抓緊時間休息，晚上，他立身在大帳篷外，望著滿天星斗，思緒萬千，從幾年前遠征中原開始，到進入聖日帝國的京城不落城，直至如今退軍東海，功虧一簣，近十年的血戰，無數東海優秀子弟倒在了中原的沃土上，且勞民傷財，一無所獲，想起了這一切，他的淚水不禁悄悄地流了下來。

長空飛躍一聲不響地來到東方闊海身後，把一件大斗篷披在了他的身上，然後，他才對著東方闊海說道：

「大哥，中原爭霸，逐鹿天下爲時尙早，以後我們有的是機會，這次我們雖然沒有取得成功，但是，東海子弟也算是見識過了中原肥沃富饒，以後他們以此立志，東海聯盟總有一天會雄霸中原！」

東方闊海苦笑了一下道：「飛躍，你不用安慰我，逐鹿天下本就不是件容易的事情，千百年來東海幾代人努力奮鬥，終沒有實現的理想我們也算是完成了，畢竟我們佔有過不落城，就算我一生不再出東海，我也問心無愧了，再沒有什麼遺憾。」

「大哥，小弟也感同身受，只是我們生不逢時而已，聖日老神仙早有準備，培養出像雪無痕這樣的一批英才，我們就算再努力也不能與老神仙相比，但小弟畢竟到中原走一遭，也掌握過不落城，今生已無遺憾了！」

東方闊海點頭道：「飛躍你能這麼想我很高興，以後我們把東海交給孩子們，我們一起到大海深處走一朝，享受陽光、海水的溫暖，感受天地的廣闊，享受人間的快樂！」

「大哥說得好，小弟敢不從命！」

「回去吧！」

二人默默地走回大營，天亮後，東方闊海下令拔營起寨，大軍向前推進，士兵們遠望著漸漸而近的雲中關，興奮異常，腳步自然就輕快了許多，半天多的時間急趕五十里，這是平時一天多的路程，可是如今士兵思鄉心切，步伐輕快，速度自然就快了不少。

雲中關漸近，從遠處望去，千雲山和白雲山起伏疊蕩，高聳入雲，在兩山的相連處，山勢漸漸低垂，從東向西吹來的海風從山低處吹來，帶著海水的腥味，格外的熟悉、親切。

雲中關高大雄偉，高高的關牆三十米，白色大理石關牆泛著刺眼的光亮，門如敞開的山口，飄揚的旗幟清晰可見。

距離越來越近，東方闊海和長空飛躍、司空傲雪等人的臉色漸漸的越來越白，全無血色，那高高飄揚旗幟是那麼的熟悉，但它絕對不是東海聯盟的飛鷹戰旗，而是藍色的飛鳥戰旗，明顯地可以看出是藍羽飛羽旗幟。

東方闊海在馬上晃了晃，失聲道：「怎麼回事？」

長空飛躍顫聲回答道：「大哥，雲中關失守了！」

司空傲雪雙眼圓睜，臉色發白，驕傲的神色已經不見，他驚慌地說道：「失守了？這怎麼可能？」

東方闊海穩了穩心神，然後吩咐道：「飛雲，你去確認一下，命令大軍就地安營，一旦雲中關失守，我們要立即發起攻擊！」

「是，大哥！」長空飛躍撥馬而出。

「來人，立即聯繫都城軍部，詢問是怎麼回事，飛雲不可能把雲中關丟失了！」

「是，盟主！」

東方闊海等人立即下馬，早有人傳令大軍紮營，五十五萬大軍在關前一里處起開始紮下大寨，連綿二十餘里，這時候，士兵個個神色驚慌，知道事情不好。

長空飛躍打馬來到關前，向上望去，一桿藍色飛羽戰旗隨風飄擺，關牆上一色藍衣士兵，一員大將立在關牆之上，黑黑的臉色，黑色的戰甲，外罩藍色披風，雙眼凝視著關外的大軍，嘴角帶著一絲的冷笑。

在他的身旁，左右各站立著十幾名將官，一樣的盔甲，一樣的藍色披風，一樣的冷笑，長空飛躍的臉色變得十分難看，他定定心神，喝問道：「關上是什麼人？」

里騰看了雷格一眼，見他沒什麼反應，回答道：「你是什麼人，難道連藍羽的飛羽戰旗都不認識嗎？」

長空飛躍心一沉，回答道：「我是長空飛躍，你是什麼人？」

「藍鳥軍第二十一軍團軍團長里騰，聽說過嗎？」

長空飛躍點頭道：「聽說過，藍羽主帥雷格大將軍可在？」

里騰看了雷格一眼，稍微後退一步。

雷格冷聲答道：「我就是雷格！」

長空飛躍雙眼精光暴射，凝視了雷格片刻道：「久聞藍羽大將軍雷格大名，今日得見三生有幸，不過雷格，憑你區區幾許人馬能頂住我五十五萬大軍的攻擊嗎？我勸你立即開關投降，我東海大軍饒你不死，怎麼樣？」

雷格嘿嘿冷笑了兩聲道：「笑話，雷格怕過誰，東海區區五十五萬軍隊就可以戰勝藍羽，簡直是可笑之極，長空飛躍，我勸你下馬投降，可保東海安寧，否則，藍翎、藍羽前後夾擊，東海軍轉眼可滅亡！」

「住口，雷格，今日我東海大軍必可取你魁首，你稍等片刻！」長空飛躍說完撥馬而回。

雷格今日一早率領部分藍羽衛起程趕往雲中關第二十一軍，到達後，立即派出斥候向前偵察敵軍的情況，近午間時分，斥候回報，東海大軍已經不遠了，雷格立即要求部隊加強戒備，準備廝殺，過午後，東方闊海果然率領大軍來到關前，雷格帶人注目觀看，才有了剛才一幕。

長空飛躍催馬回到大營，東方闊海、海島無疆、司空傲雪和夏寧博海正在營前等待著他，這時候夕陽斜下，紅日把西方的半邊天映照得通紅，彩霞萬丈，千雲山、白雲山沐浴在晚霞裏。

「飛躍，怎麼樣？」

「大哥，是藍羽雷格！」

東方闊海早就預料到了，但他還是向長空飛躍確認了一下，心裏存著一絲希望，但答案並不理想。

「大哥，需要立即攻關嗎？」海島無疆問道。

東方闊海沉默了一會兒，抬眼看了看正在紮營的士兵，無奈的表情清晰可見，他苦笑地說道：「無疆，士兵經過一日行軍，都很累了，按說需要馬上攻城，但你們看這些孩子們還行嗎？」

幾個人默默無語，他們知道士兵行軍五十里，如今正在安營紮寨，如果攻擊一處平坦敵營還可以，要想攻擊像雲中關谷這樣的要塞卻很難，得不償失，徒增兵力傷亡。

「大哥，我們手中沒有多少攻城裝備，士兵們也很累了，明日再說吧！」長空飛躍無奈地說。

「好吧，讓孩子們好好休息一夜，傲雪，你辛苦些帶人伐木，製造裝備，希望在短時間內完成，藍翎不遠了！」

「是，大哥！」

「哎……」東方闊海一下子像老了十年，滿臉的滄桑，他歎息一聲，默默轉身地向大營走去。

突然，從西方傳來了戰馬的轟鳴聲，緊接著喊殺聲大起，士兵叫喊著向兩邊跑去，一名軍官快速地來到東方闊海等人的面前，急聲說道：

「盟主，藍鳥騎士團殺上來了！」

「什麼？」

「藍鳥騎士團殺來了！」

「維戈欺我太甚，來人，備馬！」

「大哥，等等！」長空飛躍急忙叫道：「大哥，如今我軍剛剛紮營，士兵還沒有緩過氣，現組織人也不一定能擋住藍鳥騎士團，先安定下來再說，只騎士團一路，事情沒有那麼嚴重，我和無疆、傲雪先去看看！」

「好……吧！」

請續看《風月帝國 6》